운수 좋은 날

열림원 논술 한국문학 03

운수 좋은 날

현진건

열림원

| 차 례 |

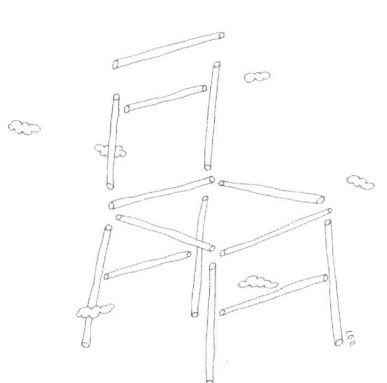

희생화

현진건의 처녀작으로
자유연애가 봉건적인 사회 분위기로
좌절되는 과정을 그려낸 작품.

 **감상의 길잡이**

"아아, 사랑아, 사랑의 불아!"

가부장적인 집안의 아들 K와 기독교 집안의 딸 S의 자유연애

「희생화」는 1920년 11월 『개벽』을 통해 발표한 현진건의 첫 작품입니다. 초기에는 신변소설적 특징을 보이는 「빈처」「술 권하는 사회」「타락자」를 발표하고 이후에는 보다 다양한 주제와 인물이 등장하는 단편소설과 역사장편소설을 발표했습니다. 그가 활동을 시작한 때는 3·1 운동 직후로, 새로운 사상의 유입으로 인해 사회 혼란이 초래되던 시기였습니다. 현진건은 이런 시기에 사회의 문제를 사실적으로 그려낸 사실주의 작가로서, 또 기교나 기법이 뛰어난 단편소설의 선구자로서 평가되고 있습니다.

「희생화」는 현진건이 스스로 러시아 작가 투르게네프의 낭만주의적 성향을 띤 단편에 비교할 만큼 대단한 자부심을 가지고 발표했습니다. 「희생화」에 얽힌 심경을 담은 그의 수필에 당시의 상황이 실감나게 서

술되어 있습니다.

　스물한 살 때『개벽』에「희생화」란 것을 처음 발표했다. 바로 어제
와 같은 그때의 일이 역력히 기억에 남았건만 벌써 5년 전 옛이야기가
되었다.

　그때『개벽』의 학예부장으로 있던 나의 당숙인 현철 씨를 성도 내
며, 빌기도 하며 제발 그것을 내어달라고 조르고 볶았다. 간신히 내어
주겠다는 승낙을 받은 뒤에 그것이 실릴 잡지가 나오기를 얼마나 고대
하였을까. 그야말로 1일이 삼추(三秋)였다. 잡지의 나올 임시가 가까
워가자 하루에도 몇 번씩 그의 집에 들러서 활자로 나타난 나의 첫 작
품을 보려고 초초한지 몰랐다.

　급기야 그 보잘것없는 작품이 활자로 나타났을 제 나의 기쁨이란!
형용할 길이 없었다. 아무리 훌륭한 지위를 얻은들 이에서 더 좋으랴!
아무리 끔찍한 명예를 얻은들 이에서 더 즐거우랴! 나의 몸은 갑자기
보석과 같이 번쩍이는 듯하였다.『아라비안 나이트』엔 여성의 키스로
말미암아 단박에 수십 장(丈)을 자란 남성이 있었지만 나는 이「희생
화」가 잡지에 게재됨으로 말미암아 천 길 만 길로 키가 커진 듯도 하
였다.

하지만「희생화」에 대한 반응은 그리 좋지 않고 황석우가 일개 무
명산문이라며 혹평을 한 이후로 주목을 받지 못했습니다.「희생화」는
근대교육을 받은 남녀 주인공들이 자유의지로 연애를 하지만 봉건적인
가풍을 버리지 못하는 남자 집안의 반대로 좌절하고 마는 사랑을 그리

고 있습니다. 결국 남자는 공부를 핑계로 유학의 길을 떠나고 여자 주인공은 남자를 기다리다가 슬픔에 못 이겨 죽게 되지요. 두 주인공의 사랑의 모습을 지나치게 감상적으로 묘사하고 있기는 하지만 당시 과도기의 신구세력을 대표하는 두 집안을 통해 사회의 모습을 약하게나마 비판하고 있기도 합니다. 여자 주인공의 기독교 집안과 남자 주인공의 가부장적인 집안의 대립은 이들의 사랑이 둘만의 문제가 아니라 그 시대의 사회 문제임을 말해주고 있습니다.

이처럼 현진건은 당시 식민지 상황에서 일제에 타협하지는 않았으나 그렇다고 적극적으로 투쟁하지도 않았습니다. 오히려 부조리한 현실과 일제 침략을 사실적으로 그림으로써 간접적으로 저항한 작가라고 할 수 있습니다. 이러한 저항과 현실 인식은 1920년대 초기에는 주관적이고 소극적으로 나타났지만 1920년대 중반에 가서는 더욱 적극적으로 나타나고 있습니다.

희생화

1

어머님은 우리 남매를 데리고 사직골 막바지에서 쓸쓸한 가정을 이루었었다.

우리 아버지는 내가 세 살 먹던 가을에 돌아가셨다 한다. 어머님께서 시시로 눈물을 머금고 아버지께서 목사로 계시던 것이며, 그 열렬한 웅변이 죄 많은 사람을 감동시켜 하느님을 믿게 하던 것이며, 자기 몸은 죽음도 돌아보지 아니하고 교회 일에 진심갈력(盡心竭力)¹⁾하던 것을 이야기하신다. 나보다 4년 맏이인 누님은 이 말을 들을 적마다 그 맑고 고운 눈에 눈물이 어리었다. 철모르는 나는 그 이야기보다 어머님과 누님이 우는 것이 슬퍼서 눈물을 흘렸다.

집안은 넉넉지는 아니하나 많지 않은 식구라 아버지 생전에 장만하여

---

1) 진심갈력(盡心竭力) 마음과 힘을 다함.

주신 몇 섬지기[2]나 추수하는 것으로 기한(飢寒)[3]은 면할 수 있었다.

아버지의 감화인지는 모르나 어머님은 우리 남매를 학교에 다니게 하였다. 벌써 10여 년 전 일이라 누님 공부시키는 데 대하여 별별 비평이 다 많았다. 그러나 어머님은 무슨 까닭에 여자교육이 필요한 것인 줄은 모르셨겠지마는 아마 여자도 교육시키는 것이 좋은 줄로 아신 것 같다.

2

누님은 18세의 꽃 같은 처녀로 ○○학교 여자부 4년급에 우등성적으로 진급되고 나도 그 학교 2년급에 진급되던 봄의 일이다.

나의 손을 붉게 하고 내 얼굴을 푸르게 하던 추위는 없어진 지 오래이다. 햇볕은 따뜻하고 바람 끝은 부드럽다. 잔디밭에는 새싹이 돋아나고 개나리와 진달래는 벌써 산야를 붉고 누렇게 수놓았다.

어느덧 버드나무 얽힌 곳에 꾀꼬리는 벗을 찾고 아지랑이 희미한 하늘에 종달새는 높이 떴다.

우리 집 뜰 앞에 심어둔 두어 나무 월계화(月季花)[4]도 춘군(春君)의 고운 빛을 나도 받았노라는 듯이 난만히 피었었다.

하룻날, 떠오르는 선명한 햇빛이 어렴풋이 조으는 듯한 아침 안개에

---

2) 섬지기 볍씨 한 섬의 모를 심을 만한 논밭의 넓이. 한 마지기의 10배이며 논은 약 2천 평, 밭은 약 1천 평.
3) 기한(飢寒) 굶주리고 헐벗어 배고프고 추움.
4) 월계화(月季花) 장미과의 상록활엽 관목으로, 5월에서 가을까지 홍자색이나 연분홍색의 꽃이 피고 둥근 열매가 붉게 익음.

위황(煒煌)5)한 금색을 흩을 적에 누님은 가늘게 숨쉬는 춘풍에 머리카락을 날리며 어리인 듯이 월계화를 바라보고 섰다. 쏘아오는 햇발이 그의 눈을 비추니 고개를 갸웃하며 한 손을 이마 위에 얹고 눈을 스르르 감더니 아직도 어슴푸레하게 조으는 월계화 그늘에 몸을 숨기매 이슬 젖은 꽃송이가 누님의 뺨을 스친다. 손으로 가벼이 화판(花瓣)6)을 만지며 고개를 숙여 꽃을 들여다본다……

나도 한참 누님과 월계화를 바라보다가 학교에 갈 시간이나 아니되었나 하고 방에 걸린 시계를 보니 아니나다를까 벌써 시간이 다 되어간다. 급히 건넌방에 들어가 책보를 싸가지고 나오며, "누님, 어서 학교에 가요. 벌써 시간이 다 되었어요." "응, 벌써!" 하고 누님은 내 말에 놀라 돌아서더니 허둥허둥 건넌방에 들어가 책보를 싸더니 또 망연히 앉아 있다.

"어서 가요."

나는 조급히 부르짖었다. 누님은 또 한 번 몸을 일으켰다.

요사이 누님은 하는 일이 매우 이상하였다. 그 열심으로 하던 공부도 책을 보다가 말고 망연자실하여 먼 산만 머얼거니 바라보고 있을 적이 많았다.—누님이 잠은 어머님을 모시고 큰방에서 자되 공부는 나를 데리고 건넌방에서 했으므로 누님이 정신 잃고 앉은 것을 여러 번 보았다.

그날 밤 새로 한 시나 되어 잠을 깨니 갑자기 뒤가 보고 싶었다. 나는 급히 일어나 뒷간에 갔다. 뒤를 보고 나오니 이미 이지러진 어스름 반달이 중천에 걸려 있다. 나는 달을 치어다보며 한 걸음 두 걸음 마당 가운

5) 위황(煒煌) 밝게 반짝반짝 빛나는.
6) 화판(花瓣) 꽃잎.

데로 나왔다. 뜰 앞 월계화는 희미한 달빛에 어슴푸레하게 비추이는데 꽃 사이로 허여스름한 무엇이 보인다. 자세히 보니 누님이 꽃에다 머리를 파묻고 서 있다. 그의 흰 옥양목 겹저고리가 내 눈에 띄움이라. 왜 누님이 저기 저러고 서 있나? 온 세상이 따뜻한 봄의 탄식에 싸이어 고요히 잠든 이 밤중에 무슨 까닭으로 나와 섰나?

나는 어린 가슴을 두근거리며,

"누님 거기서 무엇 해요?"

내 소리에 깜짝 놀랐는지 몸을 흠칫하더니 아무 대답이 없다. 가만히 가까이 가서 어깨를 가볍게 흔들었다. 숨을 급히 쉬는지 등이 들먹들먹한다. 나오는 울음을 물어 멈추는지 가늘게 떨리는 오열성[7]이 들린다. 나는 바싹 대들어 누님의 얼굴을 보았다.

분결[8] 같은 두 손 사이로 보이는 얼굴은 발그레했다. 나는 웬일인가 하고 얼굴 가린 두 손을 힘써 떼었다. 두 손은 젖어 있었다. 누님의 두 눈으로 눈물이 흘러내린다. 구슬 같은 눈물이 점점이 월계화에 떨어진다. 월계화는 그 눈물을 머금어 엷은 명주(明紬)로 가린 듯한 달빛에 어렴풋이 우는 것 같다. 누님의 머리는 불덩이같이 더웠다.

"왜 안 자고 나왔니……"

하며 내 손을 밀치는 그 손은 떠는 듯하였다. 나는 목멘 소리로,

"누님, 왜 우서요? 네?"

하고 내 눈에도 눈물이 핑 돌았다.

이슬에 젖은 꽃향기는 사랑의 노래와 같이 살근살근 가슴을 여의고

7) 오열성 목이 메어 우는 소리.
8) 분결 분의 곱고 부드러운 결.

따뜻한 미풍은 연애에 타는 피처럼 부드럽게 뺨을 스쳐간다. 이런 밤에 부드러운 창자에 느낌이 없으랴! 꽃다운 마음에 수심이 없으랴!

철모르는 나는 "누님, 어서 들어가셔요" 하고 누님의 손목을 이끌었다. 맥이 종작없이[9] 뛰는 것을 감각하였다. 누님은 눈물을 씻으며, "먼저 들어가거라. 나도 곧 들어갈 것이니……" 하였다.

"대관절 웬일이야요? 어데가 편찮으세요?"

"아니, 공연히 마음이 뒤숭숭하구나"

하더니 한 손으로 월계화 가지를 부여잡고 이마를 팔에다 대며 흑흑 느끼며 운다.

으스름 달빛은 쓰린 이별에 우는 눈의 시선같이 몽롱하게 월계화 나무 위에 흘러 있다.

3

이틀 후 공일날 누님과 나는 창경원 구경을 갔었다.

창경원 벚꽃이 한창이란 기사가 수일 전부터 신문에 게재되고 일기도 화창하므로 구경꾼이 구름같이 모여들어 넓으나 넓은 어원(御苑)[10]이 희도록 덮여 있다. 과연 벚꽃은 필 대로 피어 동물원에서 식물원 가는 길 양편에는 만단홍금(萬緞紅錦)[11]이 펼쳐진 듯하다.

"국주(國柱)야, 우리는 동물원은 그만두고 저 잔디밭에 앉아 꽃구경

9) 종작없다 말이나 태도가 똑똑하지 못하여 종잡을 수가 없다.
10) 어원(御苑) 궁궐 안의 동산과 정원.

이나 실컷 하자."

누님은 찬성을 구하는 듯이 나를 들여다보며 묻는다. 나도 짐승 곁에 가니 야릇한 무슨 냄새가 나던 것을 생각하고, "그럽시다"라고 곧 찬성하였다.

우리는 길옆 잔디밭 은근한 편 소나무 밑에 좌정¹²⁾하였다. 붉은 놀 같은 꽃다리 밑으로 지나가는 흰옷 입은 유객(遊客)¹³⁾들은 꽃빛에 비치어 불그스름해 보이는 것이 말할 수 없는 춘흥을 자아낸다. 어린 나도 따뜻한 듯한 부드러운 듯한 봄의 기쁨을 깨달아 웃는 낯으로 누님을 돌아보니 누님은 나직이 한숨을 쉬며 고개를 숙이더니 푸른 풀 사이에 핀 노란 꽃을 하나 꺾어 뺨에다 대인다. 무슨 걱정이나 있는 듯이 눈살을 찌푸렸다. 나는 그날 밤에 누님이 월계화 사이에서 울던 광경을 가슴에 그리면서 유심히 누님의 행동을 살피었다.

누님이 얼굴에 수색(愁色)¹⁴⁾을 띤 것이 퍽 애처로워서 무슨 이야기를 하여 누님의 흥미를 끌까 하고 곰곰 생각하며 이리저리 살피었다.

우연히 식물원 편을 바라보다가 그곳을 가리키며 누님을 흔들며, "저기를 좀 보셔요" 하였다. 웬일인지 누님은 깜짝 놀란다. 곤한 잠을 깬 사람에게 흔히 있는 표정으로 내가 가리키는 곳을 바라본다. 거기서 우리 학교 교복을 입은 학생 하나가 이리로 내려온다. 그는 우리 학교 4년급 급장이었다. 누님이 한참 머얼거니 바라보다가 두 추파(秋波)¹⁵⁾가 마

---

11) 만단홍금(萬緞紅錦) 갖가지 붉은색 비단.
12) 좌정 '앉음'을 높이어 이르는 말.
13) 유객(遊客) 유람하는 사람.
14) 수색(愁色) 근심스러운 기색.

주친 것 같다. 누님은 고개를 숙이었다. 나는 누님이 귀밑이 발그레해진 것을 보았다. 누님이 내 무릎을 꼭 잡으며,

"거기 무엇이 있다고 날더러 보라니?"

간신히 귀에 들릴 만큼 말하였다.

"아야, 아이고 아파요. 왜 저이를 모르셔요? 그이가요, 이번에 첫째로 4년급에 진급한 이야요. 공부를 썩 잘하고 또 재주가 비범하대요. 게다가 얼굴이 저렇게 잘났겠지요."

나는 바로 내나 그런 듯이 기뻐하면서 입에 침이 없이 칭찬하였다. 누님은 부끄럽게 웃으며,

"왜 내가 그를 모른다. 4년이나 한 학교에 다녔는데…… 그래서 그 사람 보라고 사람을 흔들고 야단을 했니?"

"그러면요…… 그런데요, 어저께 내가 누님보다 좀 일찍이 나왔지요? 집에 오니까 어머님 친구 몇 분이 오셨는데 누님 칭찬이 야단입디다. '어쩌면 인물도 그다지 잘나고, 재주도 그렇게 좋고, 참 복 많이 받았습니다'라고요. 나는 그 말을 듣고 춤이라도 출 듯이 기뻐하였어요. 저 사람도 장하지만 누님은 더 장해요."

나는 그 사람을 너무 칭찬하여 행여나 누님이 그에게서 질까봐서 또 한참 누님을 추어올렸다. 누님은 또 얼굴을 붉히며, "너는 별소리를 다 하는구나. 누가 네게 칭찬 듣고 싶다디."

우리가 이런 수작을 하는 틈에 그가 벌써 우리 앞을 지나가며 슬쩍 누님을 보았다. 두 시선은 또 한 번 마주쳤다. 누님의 얼굴은 갑자기 다홍

---

15) 추파(秋波) 이성의 관심을 끌기 위하여 은근히 보내는 눈길.

빛을 띠었다. 그가 중인총중(衆人叢中)[16]에 섞이어 점점 멀어가는 양을 누님이 물끄러미 바라본다. 그는 나가버렸다. 누님의 눈이 이리로 도는 바람에 그 사람의 뒤꼴을 보는 누님을 도적(盜賊)해 보던 내 눈이 잡히었다. "너는 남의 얼굴을 왜 빤히 들여다보니?" 하고 누님의 얼굴은 또다시 붉어졌다. "보기는 누가 봐요" 하고 나는 빙그레 웃었다.

4

그 이튿날 아침에 누님은 좀처럼 바르지 않던 분을 약간 바르며 더럽지도 않은 옷을 벗고 새옷을 갈아입었다. "네가 오늘은 웬일이니?" 하고 어머님이 의아해하신다. 누님이 머뭇머뭇하더니 어린애 모양으로 어머님 가슴에 안기며, "제가 오늘은 퍽 잘나 보이지요?" 하고 웃는다. 그 웃음과 함께 누님의 얼굴에 홍조가 퍼진다. 과연 오늘은 누님이 더 어여뻐 보였다. 두 손으로 기운 없이 뒤로 큰방 문을 짚고 비스듬히 문에다 몸을 반만 실려 웃는 양이 말할 수 없이 어여뻤다. 어리인 우유에 분홍물을 들인 듯한 두 뺨은 부풀어오른 듯하고 장미꽃빛 같은 입술이 방실 벌어지며 보일 듯 말 듯이 흰 이가 번쩍 어린다. 춘산(春山)을 그린 듯한 눈썹은 살짝 위로 치어오른 듯하며, 그 밑에서 추수(秋水) 같은 맑은 눈이 웃음의 가는 물결을 친다.

어머님이 누님을 보고 웃으시며,

---

16) 중인총중(衆人叢中) 많은 사람 가운데.

"언제는 못났디."

"그런데 오늘은요?" 누님이 되질러 묻는다.

"오냐, 오늘은 더 이뻐 보인다."

"어머니, 정말이야요?" 하고 누님은 또 빵긋 웃는다. 수색(羞色)[17]에 싸인 희색(喜色)[18]이 드러난다.

"오늘은 정말 더 이뻐 보인다. 너의 부친이 보셨던들 작히 기뻐하시겠니" 하시며 어머님의 눈에는 눈물이 스르르 어리었다. 곱게 빛나던 누님의 얼굴에도 구름이 끼인 것 같다. 그러나 얼마 아니 되어 그 구름이 스러지고 또다시 기쁨과 희망의 빛이 번쩍거린다.

우시는 어머님을 민망히 바라보던 누님이 지은 듯한 슬픈 어조로 "어머님, 마음 상하지 마셔요" 하었나.

"얘, 시간이 다 되었겠다. 내 걱정일랑 말고 어서 학교에나 가거라" 하고 어머님은 눈물을 삼키셨다.

우리는 책보를 끼고 나섰다.

학교 문턱에 들어서니 종소리가 들린다. 우리는 달음박질하여 들어갔다. 전 학도가 다 모였다. 모두 행렬과 번호를 마치자, "기착(氣着), 경례(敬禮), 출석원(出席員) 도합 ○○명"이라 하는 카랑카랑한 소리가 들렸다. 그는 4년급 급장의 소리다. 이 소리가 끝나자 여자부 편에서도 이와 같은 호령과 보고를 하는 소리가 들렸다. 그는 옥을 바수는 듯한 날카로운 소리였다. 그는 우리 누님의 소리다. 오늘은 웬셈인지 이 두 소리가 나의 어린 가슴을 뛰게 하였다.

---

17) 수색(羞色) 부끄러워하는 기색.
18) 희색(喜色) 기뻐하는 얼굴빛.

그다음 토요일 하학한 후에 교우회가 모인다고 4년급 학도들이 학교 문을 걸고 파수를 보며, 철없는 1, 2년급들이 나가는 것을 막아섰다. 우리가 늘 모이는 강당에 들어가니 벌써 이편에는 남학생, 저편에는 여학생이 빽빽이 앉아 있었다. 나도 거기 앉았노라니 무엇이니 무엇이니 하고 한참 야단들이더니 얼마 아니 되어 4년급생이 흰 종잇조각을 돌리며, "지육부(智育部) 간사(幹事) 투표권이오. 한 장에 한 명씩 쓰시오" 하며 외친다.

내 곁에 앉은 녀석이 똑똑한 체로, "유기명 투표야요, 무기명 투표야요?" 묻는다. "물론 무기명 투표지요." 아까 웨던 4년급생이 대답한다. 저편에서 "무기명 투표란 무엇이오?" 하는 녀석이 있다. "그것도 모르면서 회(會) 할 적마다 집에만 가려고 하지! 무기명 투표란 것은 선거자의 이름을 쓰지 않는 것이오." 꾸짖는 듯이 그 4년급생이 말하고 기색이 엄숙하다. 나는 무의식적으로 단박 4년급 급장 이름을 썼다. 필경 남자부에서는 최다점으로 그가 선거되고, 여자부에서는 최다점으로 우리 누님이 선거되었다.

그후부터 누님이 간사회 한다, 지육부 간사회 한다 하고 저녁 먹고 나가면 밤 아홉 점, 열 점이나 되어 돌아오는 일이 빈번히 있었다. 그 회에 갈 적마다 안 보던 거울도 보고, 늘어진 머리카락도 쓰다듬어 올리며 옷고름도 고쳐 매었다.

하룻밤은 누님이 지육부 간사회 한다고 저녁 먹고 나가더니 열 점이나 되어도 돌아오지 않는다. 어머님은 별별 염려를 다 하시다가

"네 누이가 여태껏 돌아오지를 않니, 회는 벌써 끝났을 것인데, 너 좀 가보아라."

나는 두루마기를 입고 집을 나와 사직골 막바지로부터 광화문통에 가는 길로 타박타박 걸어간다. 달도 없는 5월 그믐밤이었다. 전등도 별로 없고 행인도 희소한 어둠침침한 길을 걸어가려니 무시무시한 생각이 난다. 나는 무서운 생각을 쫓느라고 발을 쾅쾅 구르며 "하나, 둘" 하고 달음박질하였다. 한참 뛰어가니 숨이 헐떡거리고 진땀이 흐른다. 모자를 벗어 부채질하면서 천천히 걸어간다. 내 앞 멀지 않은 곳에서 이리로 향하여 젊은 남녀가 짝을 지어 올라온다. 그는 남학생과 여학생이었다. 그와 누님이었다. 나는 가슴이 설렁하며 일종 호기심이 일어났다. 살짝 남의 집 담 모퉁에 은신하였다. 둘은 내가 거기 숨어 있는 줄은 모르고 영어로 무어라고 소곤거리며 지나간다. 그중에 이 말이 제일 똑똑히 들렸다.(그때는 몰랐지만 시금 생각하니 아마 이 말인 것 같다.)

"Love is blind(사랑은 맹목적이라지요)"라니까 누님은 소리를 죽여 웃으며, "But, our love has eyes(그런데 우리 사랑은 보는 사랑이지요)" 하였다. 그들이 지나가자 나도 가만가만 뒤를 따랐다. 어두운 속이라 누님의 흰 적삼이 퍽 눈에 뜨인다. 전등 켠 뉘 집 대문 앞을 지날 때에 나는 그의 바른손이 누님의 왼손을 꼭 쥔 것을 보았다. 나는 웬일인지 싱긋이 웃었다. 그들이 행여나 나를 돌아볼까봐서 발자취를 죽이고 남의 담에 몸을 부비대며 꽤 멀리 떨어져 갔다. 우리 집 가까이 와서 둘이는 걸음을 멈추더니 서로 악수를 하고 또 악수를 하는 것 같았다. 연연히 서로 떠나기를 싫어하는 것 같다. 한참이나 그리하다가 그가 손을 놓고 또 무어라고 수군거리더니 돌아서 온다. 누님은 우리 집 문 앞에 서서 한참이나 그의 가는 양을 바라보고 서 있다. 그는 또 내 곁으로 지나간다. 그의 걸음걸이는 허둥지둥하였다. 그가 지나간 후 나는 달음박질하여 집에 돌아왔다. 대문턱에 들어서니 어머님과 누님의 문답하는 소리가 들린다.

"왜 그처럼 늦었니? 나는 별별 근심을 다 했다."

"오늘은 상의할 일이 좀 많아서……" 누님이 머뭇머뭇한다.

"그애는 어디로 갔나? 같이 오지를 안 하니. 오는 길에 못 봤어?" 어머님이 묻는다.

"그애가 어디로 갔을고…… 길에서 만났을 것인데." 누님이 걱정한다.

나는 안방 문을 열고 시침을 뚝 따고 "누님 인제 왔어요" 하고 빙그레 웃었다. 어머님은 놀라며 "너 뺨에, 옷에 맨 흙투성이니, 웬일이니?" 하신다.

"담에 붙어 와…… 아니야요. 저저……" 하고 누님을 보고 빙글빙글 웃었다. 누님의 얼굴은 또 빨개졌다.

5

그후 더운 날 달밤에 누님은 친구하고 어디를 간다, 어디를 간다 하고 자주자주 나갔었다. 누님은 늘 나를 따돌리고 혼자 나갔으므로 푸른 물 잦아진 곳과 달빛 고요한 데에서 그와 누님이 만나 꿈 같은 사랑의 속살거림을 몇 번이나 하였는지 나는 모른다.

누님의 출입이 자주롭고 기색이 수상하였던지 어머님이, "이제 네가 어디 나가거든 꼭 네 동생을 데리고 다녀라" 하신 뒤로는 누님이 집에 들면 공연히 짜증을 내며 하염없는 수색이 적막한 화용(花容)[19]을 휩쌌었다. 그리고 때때로 머리가 아프다 하며 이불을 쓰고 누웠었다.

하루는 우리가 점심을 마친 후 누님이 날더러, "너 나하고 남산공원 산보 가런?" 하였다. 그때는 유월 염천이라 더운 기운이 사람을 찌는 듯하였다. 나도 거기 가서 서늘한 공기도 마시고 무성한 초목으로부터 뚝뚝 돈는 취색(翠色)²⁰⁾에 땀난 몸을 씻으리라 생각하고 곧 "네" 하였다.

우리는 광화문통에서 전차를 타고 진고개²¹⁾를 거쳐 남산공원을 올라갔다. 저편 언덕 위에 그가 기다리기 지루하다는 듯이 앉았다 섰다가 하는 것이 보였다. 누님이 갑자기 돌아서 나를 보며, "너 이거 가지고 진고개 가서 과자 좀 사와! 응" 하며 돈 20전을 주었다. 나는 급히 진고개로 나왔다. 얼른 과자를 사가지고 가본즉 그와 누님은 그림자도 보이지 않는다. (어디로 갔을까?) 나는 누님이 무슨 위험한 곳에나 간 것같이 가슴이 팔딱거렸다. 이리저리 아무리 살펴도 그들은 없다. 나는 이편으로 기웃기웃, 저편으로 기웃기웃하였다. 한참이나 취색이 어린 남산 정상을 치어다보다가 또다시 걸어갔었다. 한동안 걸어가도 보이지 않는다. (아이고, 어디로 또 그만 가버렸어. 이리로는 아마 아니 갔나 보다) 하고 돌아서 오던 길로 도로 온다.

갔던 길로 도로 오려니 퍽 먼 것 같다. (에이그, 그동안에 내가 퍽도 걸었네) 속으로 중얼중얼하였다. 골딱지가 나니까 더 더운 것 같다. 대기는 횃불에 와글와글 끓는 것 같다. 나는 이 대기에 잠기어 몸이 삶아지는지? 땀이 줄줄 흘러내리고 숨은 헐떡헐떡 차오른다. 모자를 벗으니 머

---

19) 화용(花容) 꽃같이 아름다운 여자의 얼굴.
20) 취색(翠色) 남색과 파랑의 중간색.
21) 진고개 현재의 명동.

리에서 김이 무럭무럭 난다. 나는 부글부글 고여오르는 심술을 억지로 참으며 아까 그가 섰던 곳까지 돌아왔다. "어디로 갔을까? 저리로 가보자." 혼잣말로 투덜거리고 아까 갔던 남산 방면으로 걸어갔었다. 한동안 걸어가도 그들은 또 보이지 않는다. 참고 참았던 짜증이 일시에 폭발이 되었다. 잔디밭에 털썩 주저앉아 엉엉 울었다. 풀들을 쥐어뜯으며 한참 울다가 하도 내가 어린애 같은 것이 부끄럽고 우스웠다. 그렁그렁한 눈물을 씻고 희희 한 번 웃은 뒤 이리저리 또 살펴보기 시작하였다.

저편 좀처럼 사람 눈에 뜨이지 않을 소나무 그늘 밑에 그들이 나란히 앉아 있는 것을 보았다. 나는 잃었던 보배를 발견한 듯이 기뻐하였다.

"누님 거기 기셔요?" 고함을 지르고 뛰어가려다가 에라, 무슨 이야기를 하는지 좀 엿들으리라 하고 어느 밤에 그들의 뒤를 따라가던 모양으로 가만가만 걸어 가까이 갔었다. 한낮이므로 유객 하나 없고 바람 한 점 불지 않는다. 더운 공기는 기름 언 것같이 조금도 파동이 없다. 남이 들을까봐서 가만가만히 하는 이야기도 낱낱이 내 귀에 들렸다.

"물론 그렇게 해야지요. 그런데 요사이는 어째 볼 수가 없어요?" 그가 말하였다.

"어머님께서 어디 나가게 하셔야지요. 나가거든 꼭 네 동생을 데리고 다녀라 하시겠지요. 그래서 오늘도 같이 왔지요." 그리고 누님이 웃으며 말을 이어, "딴 이야기 하느라고 잊었구려, 기다리신다고 오죽 지난하셨겠어요."

"한 시간이나 넘어 기다렸어요. 오늘도 아마 못 오시는가 보다 하고 그만 가버릴까까지 하였어요."

"네? 가버릴까 하였어요? 제가 언제 약속 어긴 일이 있어요. 저는 어찌 급했던지 점심을 먹는데 밥이 입으로 들어가는지 코로 들어가는지 몰랐어요."

둘이 웃는다. 나도 웃었다. 나는 드디어 어린애가 꽃에 앉은 나비를 잡으러 갈 때에 가는 걸음걸이로 한 걸음 두 걸음 가까이 갔었다. 사랑하는 이들은 달디단 이야기에 얼이 빠져 사람 오는 줄도 모른다. 그들 앉은 소나무 뒤에 살짝 붙어 섰다. 두 어깨가 닿아 있고 누님의 풀린 머리카락이 그의 뺨을 스친다. 그와 누님의 눈과 입에는 정이 찬 웃음이 넘치운다. 그러다가 두 손길을 마주잡고 실심(失心)한 사람 모양으로 서로 들여다본다. 누님의 몸으로부터 발산하는 따뜻하고 향기로운 기운에 나도 싸인 것 같았다. 나는 와락 달려들며,

"누님, 여기 세셔요, 나는 어디 가셨다고…… 아이, 사람 애도 픽 먹이시지!"

둘은 깜짝 놀랐었다. 누님의 모시적삼이 달싹달싹하는 것을 보고 누님의 가슴이 팔딱거리는구나 하였다.

그는 시치미를 뚝 따려 하였으나 '부끄럼'이란 원소가 얼굴에 퍼뜨리는 붉은빛을 감출 길이 없었다.

"에그, 나는 누구라구, 퍽도 놀랐다." 누님은 두근거리는 가슴을 한 손으로 어루만지며 말하였다. 누님이 그를 향하며,

"이 애가 제 동생이야요. 아직 철이 안 나서…… 많이 사랑해주셔요" 한 뒤 나를 보고 그를 눈으로 가리키며,

"너 이 보고 이후일랑은 형님이라 하여라."

"어째서 형님이라 해요?" 내가 애를 먹이었다. 누님의 얼굴은 새빨개지며 나를 흘겨본다.

"왜 누님 성나셨소? 그러면 형님이라 하지요" 하고 어리광을 부리며,

"형님, 누님, 과자 잡수셔요" 하고 쥐었던 과자를 앞에 내놓았다. 누님이 나를 보고 방그레 웃으며,

"우리는 먹기 싫으니 너 혼자 저쪽에 가서 먹고 있거라. 우리 갈 때 부를 것이니……."

나도 길게 방해 놀기가 싫었다. 과자를 쥐고 나와 풀밭에 앉아 먹으며 혼잣말로, "내 뱃속에 영감쟁이가 열둘이나 들어앉았는데 어린애로만 여기지……" 하고 웃었다.

그 긴긴 해가 벌써 서산에 걸렸다. 낙조에 비치는 녹수(綠樹)²²⁾와 방초(芳草)²³⁾는 불이 붙은 것같이 붉어 보인다.

나도 이동안에 퍽도 심심하였다. 풀을 자리 삼아 눕기도 하고 기지개도 켜고 몸을 비비 틀기도 하며 곡조도 모르는 창가²⁴⁾를 함부로 부르기도 하였다. 이제나 올까, 저제나 부를까 고대고대하여도 그들의 그림자는 얼른도 아니한다. 무슨 이야기가 그렇게 많은고, 아마 사랑하는 사람끼리의 이야기는 끝이 없는가 보다. 벌써 이야기한 것이 수만 마디가 넘건마는 말 몇 마디 못하여 해는 어이 수이 가나, 하는 것이다.

남산 밑 풀과 나무에 빛나던 붉은빛은 점점 걷히고 모색(暮色)²⁵⁾이 가물가물 쳐들어온다. 햇빛은 쫓기어 남산 정상을 향하여 자꾸 기어올라가더니 남산 맨 꼭대기에 옴츠리고 앉았을 뿐이다.

검푸른 저문 빛이 남산 밑을 에워싸자 정상에 비치는 햇빛조차 스러

---

22) 녹수(綠樹) 푸른 잎이 우거진 나무.
23) 방초(芳草) 향기로운 풀.
24) 창가 개화기에 유행했던 서양식 가락의 노래.
25) 모색(暮色) 해 질 무렵의 경치.

지고 저편 하늘에 붉은 놀이 흰 구름을 붉고 누렇게 물들인다.

　나는 참다못하여 몸을 일으키어 그곳으로 갔다. 어두운 빛에 놀랐는지 그들도 일어섰다. 나는 걸음을 멈추고 나무로 깎아 세워놓은 사람 모양으로 주춤 섰다. 누님의 걱정스러운 떨리는 소리가 나의 이막(耳膜)[26]을 울림이라.

　"K씨! 우리가 목전의 즐거움만 다행히 여겨 그냥 이리 지내다가는 우리의 꿈 같은 행복이 끝에는 소태 같은 고통으로 변할 것 같아요. 우리 각각 꼭 아까 말한 것과 같아야 됩니다."

　"아무렴요! 꼭 그리해야 될 터인데…… 아까도 말했지만 우리 집은 워낙 완고라……." 그의 말은 떨렸다.

　나는 가슴이 선뜩하였디. 무슨 말을 하였나! 무슨 일을 하려는가? 엿듣지 못한 것이 한이 되었다. 둘은 이리로 걸어온다. 누님의 눈은 약간 발그레하였다. 그 고운 뺨에 눈물 흔적이 보였다. 나는 또 웬일인가 하고 가슴이 선뜩하였다.

6

　그날 밤에 나의 어린 소견에도 별별 생각을 다 하고 씩씩이 잠도 잘 자지 못하였다. 내가 어렴풋이 잠을 깰 적마다 큰방에서 어머님과 누님이 무어라고 이야기하는 소리가 간단없이 들렸다.

---

26) 이막(耳膜) 고막.

새로 한 점이나 되어 내가 또 잠을 깨니 큰방에서 훌쩍훌쩍 우는 소리가 들린다. 울음 섞인 어머님의 말소리가 난다.

"그래, 네가 요사이 늘 탈기를 하고 행동이 수상하더라…… 나는 허락한다 하더라도 만일 그 집에서 안 된다면 네 신세가 어떻게 되니…… 네가 다만 하나 있는 어미 몰래 그 사람과 약혼한 것이 괘씸하다. 아비 없이 너를 금옥과 같이 길러내어 이런 일이 날 줄이야. 남편이 없다고 너까지 나를 업신여기는 게지……."

누님은 흑흑 느끼며,

"어머님, 잘못하였습니다. 무어라고 말씀을 여쭈어야 좋을지…… 친키도 전에 말씀 여쭈기도 부끄러운 일이고…… 친한 뒤에 몇 번이나 말씀 여쭈려 하였지만 입이 잘 떨어지지지를 않았어요…… 들어주셔요. 암만 어머님이라도 그때는 부끄러웠어요. 이젠 서로 약혼까지 해놓으니 몸과 마음이 달아 부끄러움도 돌아볼 수 없게 되었어요. 그래서 뻔뻔스럽게 여쭌 것이야. 어머님 말씀같이 그가 저를 잊을 리는 없어요. 버릴 리는 없어요. 그다지 다정한 그가 그럴 리가 있다고요? 어제 공원에서 단단히 맹서하였습니다. 각각 부모님께 여쭈어 들으시면 이 위에 더 좋은 일이 없거니와 만일 그렇지 않거든 멀리멀리 달아나겠다구요. 배가 고프고 옷이 차더래도, 부모님도 못 보고 형제도 못 보더래두 둘이 같이만 있으면 행복이라구요. 온갖 곤란과 갖은 고통을 달게 겪겠다구요. 정말 그래요. 저도 그 없으면 미칠 것 같아요. 어머님이 허락을 아니 하신다 할 것 같으면 저는 이 세상에 살아 있을 것 같잖아요."

밀려오는 물을 막았던 방축을 무너버릴 때에 물밀 듯이 누님이 말하였다. 흔히 순결한 처녀가 사랑의 불을 가슴속에 깊이깊이 숨겨두고 행여나 남이 알까봐서 전전긍긍[27]하며 호올로 간장을 태우다가도 한번 자기 친한 이에게 발설하기 시작하면 맹렬히 소회(所懷)[28]를 베푸는 것이다.

나는 가슴을 울렁거리며 안방에 건너왔다.

누님은 어머님 무릎에 머리를 파묻고 울며, 어머님은 누님의 등에다 이마를 대고 운다. 나도 한참 초연히 섰다가 어머님 곁에 앉았다. 어머님을 흔들며 목멘 소리로,

"어머님, 우지 마셔요." 이 말을 마치자 가슴이 찌르르해지며 흐르는 눈물을 금할 길이 없었다. 어머님은 눈물을 삼키고 누님을 흔들며,

"이애, 이애, 그만 그쳐라."

누님은 더 섧게 운다.

"이애, 남부끄럽다. 그만두어라. 오냐, 네 원내로 하마. 그도 한빈 데리고 오너라."

어머님은 그만 동곳[29]을 빼었다. 여자가 수약(雖弱)이나 위모칙강(爲母則強)[30]이란 말은 어찌 생각하고 한 소리인고?

이틀 후, 누님이 그를 데리고 왔다. 그의 곱상스러운 얼굴과 얌전한 거동이 어머님의 사랑을 이끌었다. 참 내 딸의 짝이라 하였다. 애녀(愛女)의 평생이 유탁(有託)하다 하였다. 단꿈이 꾸이리라 하였다. 기쁜 날이 오리라 하였다. 더구나 맑은 눈과 까만 눈썹이 내 딸과 흡사하다 하였다. 누님과 그가 영어로 말하는 양을 보고 뜻도 모르면서 웃으셨다.

---

27) 전전긍긍 매우 두려워하며 조심함.
28) 소회(所懷) 마음에 품은 생각.
29) 동곳 상투를 짠 뒤에 풀어지지 않게 꽂는 물건. '동곳을 빼다'는 머리를 풀고 잘못을 빈다는 뜻으로 잘못을 인정하고 굴복한다는 말.
30) 여자가 수약(雖弱)이나 위모칙강(爲母則強) 비록 여자는 약하지만 어머니는 강하다는 말.

재미스러운 딸의 장래 가정을 꿈꾸고 사랑스러운 외손자를 꿈꾸었다.

그후부터는 남의 이목을 피해가며 몇 번이나 서로 맞추어서 길게 기다려가지고 살짝이 만나던 애인들은 자주로이 우리 집에서 만나 웃고 즐기게 되었다.

7

어떤 날 저녁에 그가 우리 집에 왔다. 그때 마침 어머님은 어디 가시고 나와 누님과 단둘이 있었다.

나는 와락 내달으며, "형님 오셔요"라고 반갑게 인사하였다. 누님도 반가이 맞으며,

"요사이는 왜 오시지 안 하셔요?"

"아니, 내가 언제 왔는데" 하고 그는 지어서 웃는다.

누님은 눈을 스르르 감으며 무엇을 생각하는 듯하더니,

"오늘은 7월 초열흘이고 초칠일이 공일이라…… 공일날 오시고 오늘 처음이지요."

"그래요. 한 사흘밖에 더 되었어요?"

"사흘! 저는 한 3년이나 된 듯하였어요. 사흘 만에 한 번씩 만나?! 멀어요! 퍽 멀구말구요. 사흘이 그다지 가까운 것 같습니까?"
하고 누님은 무엇을 찾는 듯이 그를 바라본다.

"사흘만에 한 번씩 와도 장하지요"
하고 그는 또 웃는다.

"장해요! 사흘 동안에 제가 몇 번이나 문 밖을 내다보는지 아셔요. 저는 온갖 걱정을 다 했지요. 몸이 편찮으신가, 꾸중이나 뫼셨는가……"

하고 목소리는 전성(顫聲)[31]을 띠어가며 눈에는 눈물이 괴이어진다.

"저는 우리 일에 대하여 무슨 큰 걱정이나 생겼나 하고 얼마나 애간장을 태웠는지요!"

하고는 눈물이 그렁그렁 넘쳐흐른다.

"아니야요. 여하간 죄 없이 잘못하였습니다."

그는 눈살을 찌푸리고 선웃음을 치며,

"어린애 모양으로 걸핏하면 울기는 왜 울어요. 저 동생 부끄럽지 않아요. (갑자기 어조가 야릇하게 변하며) 그런데 내가 어제도 올라카고, 아래도 올켔지마는 올리칼 떼미디 동무가 찾아와서 올 수가 있어야지."

울던 누님이 웃음을 띠었다. 나도 웃었다.

그는 대구 사람이다. 그의 부모는 아직도 대구에서 산다. 서울 있는 오촌 당숙집에 유숙하고 있다. 그는 서울 온 지가 벌써 5, 6년이 지났으므로, 사투리는 거의 안 쓰게 되었으나 때때로 우리를 웃기려고 야릇한 말을 하였다.

"올라카고, 갈라카고." 흉내를 내며 나는 방바닥에 뚤뚤 굴러가며 웃었다. 그는 시치미를 뚝 따고,

"남 이야기하는데 웃기는 와 웃소. 가 참 얄궂다" 하였다. 누님은 어떻게 웃었는지 얼굴이 붉어지고 배를 움켜쥐고 숨찬 소리로,

"그만두셔요. 그만 웃기셔요."

31) 전성(顫聲) 떨리어 나오는 소리.

한참 동안 우리는 이렇게 웃고 즐기다가 나를 누님이 또 심부름을 시켰다. —무슨 심부름이던가 생각이 아니 난다. 그가 오기만 하면 누님이 무엇 좀 사오너라, 어디 좀 갔다오너라 하고 늘 나를 따돌렸다.

"에그, 누님도 왜 나를 따돌려."

두덜두덜하면서 집을 나왔다. 반달은 비스듬히 푸른 하늘에 걸리어 있다. 만경창파에 외로이 떠나가는 일엽편주(一葉片舟)³²)와 같았다.

나 없는 동안에 그들이 무슨 이야기를 하는지 듣고 싶어서 급히 오느라고 오는 것이 한 시간이 넘어 걸리었다. 나는 벌써 엿듣기에 익숙하여 사뿐 중문에 들어서며 가만히 살펴보니 애인들은 달 비치는 월계화 나무 밑에 평상을 내어놓고 나란히 앉아서 무어라고 소곤거린다. 나는 숨소리도 크게 아니 쉬고 귀를 기울었다.

"그러면 어째요. 어머님께서는 좀처럼 올라오시지 않을 것이고…… 왜 그러면 상서(上書)³³)로 이 사정을 못 아뢸 것이야 있어요?"

누님의 애타는 소리가 들린다.

"글쎄요, 몇 번이나 상서를 썼지만…… 부치지를 못하겠어요."

"만일 차일피일하다가 딴 데 혼인을 정해놓으시면 어째요?"

"정해놓아도 안 가면 그만이지요."

"그러면 어렵지 않아요."

"그런데 오촌 당숙 내외분은 아마 이 눈치를 아시는 것 같아서…… 네? 아마 그런 것 같아요. 그래서 집에서 무슨 통기(通寄)가 있었는지 할아버지께서 일간 올라오신대요."

32) 일엽편주(一葉片舟) 한 척의 조각배.
33) 상서(上書) 웃어른에게 글을 올림.

"올라오시면 죄다 여쭙겠단 말씀이구려."

"글쎄요. 그런데…… 우리 할아버지는 참 호랑이 같은 어른이라…… 완고완고, 참 완고하신데…… 나도 어찌할 줄을 모르겠어요. 그래서 밤에 잠이 잘 오지 않아요"

하고 머리를 긁적긁적하고 눈살을 찡기더니 또 말을 이어,

"오늘 또 아버지께서 하서(下書)34)하셨는데 이번 울산 김승지 집에서 너를 선보러 간다니 행동을 단정히 하여라 하는 뜻입디다. 참 기막힐 일이야요"

하고 한숨을 내쉰다.

"부모님께 하루바삐 이 사정을 여쭈지 않으면 큰일나겠습니다그려."

누님의 안타까운 소리가 들린다.

"여하한 꾸중을 모시더라도 장가를 못 가겠다 할 터이야요. 조금도 걱정마셔요."

그는 결심한 듯이 고개를 들며 단연히 말하였다.

밝은 달은 애타는 양인의 가슴을 나는 몰라라 하는 듯이 이리저리로 미끄러져가며 더운 공기에 맑은 빛을 흩날린다. 월계화는 더욱 붉고 더욱 곱다. 진세(塵世)35)의 우수고뇌를 나는 잊었노라 하는 것 같았다.

34) 하서(下書) 웃어른이 주신 편지.
35) 진세(塵世) 속세.

8

그 이튿날 일어난 누님의 얼굴은 해쓱하였다. 머리카락이 흩어질 대로 흩어진 것을 보아도 작야(昨夜)[36]에 잠을 못 이루어 몇 번이나 베개를 고쳐 벤 것을 가히 알 터다. 누님이 사랑의 맛이 쓰고 떫은 것을 처음으로 맛보았도다. 행복의 해당화를 꺾으려면 가시가 손 찌르는 줄 비로소 알았도다.

하루가 가고, 이틀이 가고, 어느덧 일주일을 지내었건만, 누님이 오늘이나 와서 호음(好音)[37]을 전해줄까, 내일이나 와서 희식(喜息)을 알려줄까 고대고대하는 그는 코끝도 보이지 않는다.(내가 학교에를 가도 그를 볼 수 없었고 누님도 이때부터 심사가 산란하여 학교에 못 갔었다.)

이동안에 누님은 어찌 애를 태웠던지 양협(兩頰)[38]에 고운 빛이 사라져가고 눈언저리는 푸른 기를 띠고 들어갔다. 입술은 까뭇까뭇 타들어가고 두 팔은 맥없이 늘어졌다.

일주일 되던 날 누님은 생각다 못하여 편지 한 장을 주며,

"너 이 편지 가지고 그댁에서 그가 있거든 전하고, 못 보거든 도로 가지고 오너라" 하였다.

전일(前日)에 그를 따라 한 번 그 집에 갔던 일이 있으므로 그 집을 자세히 알아두었다. 그 집 대문에 들어서니 행랑사람도 없고 그가 있던 사랑문도 닫히어 있다.

36) 작야(昨夜) 어젯밤.
37) 호음(好音) 좋은 소식.
38) 양협(兩頰) 두 빰.

안에서 기운찬 노인의 성난 말소리가 나의 귀를 울린다.

"이놈, 아직 학생이니 장가를 못 가겠다? 핑계야 좋지, 이놈 괘씸한 놈. 들으니 네가 어떤 여학생을 얻어가지고 미쳐 날뛴다는구나! 아니야 요란 다 무엇이야. 부모가 들이는 장가는 학생이라 못 가겠고, 학생 신분으로 계집은 해도 관계찮으나, 이놈 고약한 놈! 네 원대로 그 학교나 마치고 장가들일 것이로되, 벌써 어린 놈이 못 견뎌서 여학생을 얻느니, 무엇을 얻느니, 그냥 두다간 네 신세를 망치고 가문을 더럽힐 터이야. 그래서 하루바삐 정혼하고 인유(姻需)까지 보내었는데 지금 와서 가느니 마느니 하면 어찌하잔 말이냐. 암만 어린 놈의 소견이기로…… 그 집은 울산 일판에 유명한 집안이라 재산도 있고, 양반도 좋고…… 다 된 혼인을 이편에서 되혼하면 그 신부는 생과부로 늙으린 말이냐. 일부 염원(一婦念怨)에 오월비상(五月飛霜)³⁹⁾이란 말 못 들었어! 죽어도 못 가겠다. 허허, 이놈 박살할 놈 조부모도 끊고, 부모도 끊고, 일가친척도 끊으려거든 네 마음대로 좀 해보아라."

나는 이 말을 들으니 소름이 쭉 끼치었다. 한편으로는 분하기 짝이 없었다. 깨끗한 누님이 이다지 모욕을 당한 것이 절절히 분하였다. 곧 들어가 분풀이나 할 듯이 작은 눈을 흡뜨고 고사리 같은 손을 불끈 쥐었다.

"허허, 이놈 괘씸한 놈! 에이 화나. 거기 내 두루막 내"
하는 그 노인의 우렁찬 소리가 또 들린다. 나는 간담이 서늘하였다. 그 노인이 신을 찍찍 끌고 이리로 나오는 것 같다. 나는 무서운 증(症)이 나서 급히 달음박질하여 그 집을 나왔다.

---

³⁹⁾ 일부염원(一婦念怨)에 오월비상(五月飛霜) 여자가 한을 품으면 오월에도 서리가 내린다.

9

　그날 밤 어머님 잠드신 후 누님이 살짝 내게로 건너와서, "이애, 너 본 대로 좀 이야기하여다고, 응?" 이 말을 하는 누님의 얼굴은 고뇌와 수괴(羞愧)[40]의 빛이 보인다. 어린 동생에게 애인의 말을 물어도 부끄러워하였다. 나는 입을 다물고 묵묵히 앉았었다. 차마 그 이야기를 할 수가 없었다.

　"왜 또 심술이 났니? 어서 이야기를 좀 하려무나. 편지를 도로 가지고 온 것을 보니 형님을 못 만났니? 만나도 못 전했니? 혹은 무슨 일이 났더냐? 남의 속 고만 태고 어서 좀 이야기하여다고. 가련한 네 누이의 청이 아니냐."

　이 말소리는 애원처량(哀婉凄凉)하였다. 나의 어린 가슴이 찌르는 듯하며 눈물이 넘쳐나온다. 이다지 나에게 정다이 구는 누님이 가슴에 그리던 꿈 같은 장래가 물거품에 돌아가고 만 것이 슬펐음이라. 그리고 순결한 우리 누님이 그 노인에게 '어떻다'든가, '계집을 했다'든가 하는 더러운 소리를 들은 것이 이가 떨렸다.

　나는 비분한 어조로 그 집에서 들은 것을 이야기하였다. 정신없이 듣고 있던 누님은 내 말이 끝나자 기운 없이 쓰러지며 이 이야기를 들을 적부터 괴었던 눈물이 불덩이 같은 뺨을 쉬일 새 없이 줄줄 흘러내린다. "누님, 누님" 하고 나도 누님의 가슴에 안기며 울었다.

　이럴 즈음에 누가 대문을 가벼이 흔들며 떨리는 소리로,

---

40) 수괴(羞愧) 부끄럽고 창피스러워 볼 낯이 없음.

"S씨, S씨, 주무셔요?" 한다. 누님은 이 소리를 듣고 얼른 일어났다. 애인의 음성은 이럴 때라도 잘 들리는 것이다. 나올 듯, 나올 듯하는 울음을 입술로 꼭 다물어 막으며 급히 나갔다.

대문 소리가 나더니 "K씨! 오셔요" 하며 우는 소리가 들린다. 나도 나갔다. 둘은 서로 붙들고 눈물비가 요란히 떨어진다. 누님이 울음 반 말 반으로,

"저는 또다시…… 못…… 뵈올 줄…… 알았지요" 하였다. 그도 흑 흑, 느끼며,

"다 내 잘못이야요" 하였다.

"저 까닭에 오늘 매우 꾸중을 뫼셨지요."

"어떻게 일있어요?"

누님이 내가 편지를 가지고 그 집에 갔다가 내가 들은 이야기를 하였다. 그리고 우는 소리로, "좀 들어가셔요" 하였다.

"아니야요, 명일(明日)[41]은 할아버지께서 꼭 데리고 가실 모양이야요. 지금 곧 멀리 달아나려고 합니다. 그래서 이런 말이나 몇 마디 할 양으로 왔어요."

누님은 자기의 귀를 의심하는 듯이,

"네? 멀리멀리 가셔요? 부모를 버리시고, 형제도 버리시고 멀리 가셔요? 제 신세는 벌써 불쌍하게 되었습니다. 불쌍한 저 때문에 전정(前程)[42]이 구만리 같은 당신을 또 불행하게 만들 것이야 무엇 있습니까. 절랑 영영히 잊으시고 부모님 말씀으로 장가드셔요. 장가드시는 이하고

41) 명일(明日) 내일.
42) 전정(前程) 앞길.

나 백년이 다 진토록 정다운 짝이 되어주서요. 아들 낳고, 딸 낳고……
저의 모든 것을 바쳐도 당신이 행복되신다면 그만이야요! 곧 당신의 기
쁨이 제 기쁨이 아니야요. 당신의 행복이 제 행복이 아니야요. 한숨 쉬
고 눈물 흘리면서도 당신의 행복의 그늘에서 웃어볼까 합니다." 열정 찬
눈으로부터 하염없이 흘러내리는 눈물에 적막한 화용이 아롱진다.

"아아, S씨를 내 손으로 불행하게 맨들고 나 혼자 행복을…… 사랑
을 떠나 행복이 있을까요. 나에게 행복을 줄 S씨가 눈물바다에 허우적
거릴 때 나 혼자 행복의 정상에서 내려다보며 웃을 수가 있을까요? 없
어요! S씨 없고는 나 혼자 행복을 누릴 수가 없어요!"

"제 불행은 제 손으로 맨든 것입니다. 그러나 우리가 오늘날 이렇게
된 것이 당신의 잘못도 아니고, 저의 잘못도 아니야요. 그 묵고 썩은 관
습이 우리를 이렇게 맨든 것입니다. 그러하지만 저 때문에 당신의 마음
을 수란(愁亂)43)하게 맨든 것 같아서 어떻게 가엾고 애달픈지 몰라요.
그런데 이 위에 더 당신을 영영히 불행하게 하겠어요. 당신이 행복되신
다면, 저는 오늘 죽어도 아깝잖아요."

"안 될 말씀입니다. 그런 말씀을 들을수록…… 기가 막혀요! 해야 늘
그 말이니까 길게 말할 것 없이 나는 가겠어요. S씨, 부디 안녕히."

그는 흐르는 눈물을 씻으며 결심한 듯이 돌아서 가려 한다. "K씨!"
안타까운 떠는 소리로 부르더니 복받쳐나오는 울음이 말을 막는다. 그
는 또 한 번 돌아다보고 "S씨! 부디 안녕히……." 말을 마치자 그는 떨
어지지 않는 발길을 돌려 마음은 이리로, 몸은 저리로 멀어간다……

---

43) 수란(愁亂) 시름이 많고 마음이 산란함.

나는 심장을 누가 칼로 싹싹 에이는 것 같았다.

10

그후 그는 어디로 갔는지 영영히 소식을 들을 수가 없고 누님은 시름시름 병들기 시작하여 날이 가고 달이 갈수록 병은 점점 깊어온다.

이슬 젖은 연화(蓮花)같이 불그스름하던 얼굴이 청색창경(菁色窓鏡)44)에 비치는 이화(梨花)45)처럼 해쓱하였다. 익어가는 임금(林檎)46) 같이 혈색 좋던 살이 서리 맞은 황엽(黃葉)47)처럼 배배 말라간다. 거슴츠레한 눈은 흰 눈물에 붉어졌다.

그러다가 차마 볼 수 없이 바싹 말라버렸다. 마치 백골을 엷은 백지로 덮어두고 물을 흠씬 품어놓은 것같이 되고 말았다. 마침내 한강 얼음 얼고, 남산에 눈 쌓일 제, 누님은 그에게 한숨을 주고 눈물을 주던 이 세상을 떠나버렸다.

아아, 사랑아, 사랑의 불아! 네가 부드럽고 따뜻함으로 철없는 청춘들은 그의 연하고 부드러운 심장에 너를 보배만 여겨 강징난다. 잔인한 너는 그만 그 심장에다 불을 붙인다. 돌기둥 같은 불길이 종작없이 오른다. 옥기(玉肌)48)조차 타 버리고 홍안(紅顔)49)도 타버리고 금심(錦

44) 청색창경(菁色窓鏡) 푸른색 유리창.
45) 이화(梨花) 배꽃.
46) 임금(林檎) 능금, 사과.
47) 황엽(黃葉) 노랗게 물든 식물의 잎.
48) 옥기(玉肌) 옥과 같이 희고 아름다운 살갗.

心)⁵⁰⁾도 타버리고 수장(繡腸)⁵¹⁾도 타버린다! 방 안에 켰던 촉(燭)불 홀
연히 꺼지거늘 웬일인가 살펴보니 초가 벌써 다 탔더라! 양협이 젖던 눈
물 갑자기 마르거늘 무슨 연유 물었더니 숨이 벌써 끊겼더라.

49) 홍안(紅顔) 혈색이 좋은 얼굴.
50) 금심(錦心) 수를 놓은 마음.
51) 수장(繡腸) 수를 놓은 마음. 시문에 뛰어난 사람 또는 그 시상을 일컫는 말.

1 소설의 제목인 '희생화'가 의미하는 바는 무엇일까요?

'희생화'는 '희생이 되는 꽃'입니다. 꽃이라고 하면 일반적으로 여성을 떠올리게 되지요. 이 작품에서 희생화는 바로 K와 사랑을 나누고 있는 누님을 의미합니다. 누님 S는 근대적 교육을 받은 학생으로 공부도 잘하고 재주도 비범하고 얼굴이 잘생긴, 자유연애를 몸소 실천하고 있는 신세대 인물입니다. K와 사랑을 하고 결혼을 약속하지만 봉건적이고 보수적인 남자 집안의 반대로 좌절하고 말지요. K집안의 반대가 있기까지 누님 S는 사랑에 있어 적극적이고 주도적인 인물이었습니다. 그런데 K는 가문을 중시하고 할아버지의 권위가 칼끝같이 서 있는 집안에 정면으로 대결하지 못한 채 유학의 길을 선택하고, S는 이로 인한 정신적인 충격으로 죽음에 이르게 됩니다. 늦봄 꽃잎이 하늘거리며 떨어지는 것을 떠올리게 하는 이 작품은 시대적 상황으로 인해 사랑의 좌절을 겪고 죽어가는 서글픈 S의 모습을 '희생화'라는 제목으로 상징적으로 표현하고 있습니다.

2 '나'는 10여 년 전의 누님 S와 남자 주인공 K의 사랑 이야기를 회상하며 이 야기를 하고 있습니다. 이런 서술방법은 이 소설에서 어떤 역할을 하고 있나요?

'나'는 과거에 자신이 목격했던 누님의 사랑을 안타까운 마음으로 회 상하고 있습니다. 봄날 누님이 월계화를 보며 수심에 찬 모습이나 K와 누님이 만나는 장면, 그리고 K에게 할아버지가 호통치는 소리 등을 가 까운 곳에서 지켜보고 이를 관찰자의 입장에서 독자에게 전달해줍니 다. 이것은 이 이야기가 마치 과거에 실제로 있었던 사실이라는 환상을 주면서 동시에 '나'와 독자가 함께 과거의 정황을 되돌아보는 계기를 마련해줍니다. 또한 봉건사회의 가족의식과의 대립으로 인해 좌절된 사랑이 한 여인의 문제만이 아닌, 그 시대의 문제임을 간접적으로 보여 주고 있습니다.

3 S와 K는 자신들의 사랑에 대해 각각 어떤 방식으로 대응하고 있나요?

여자 주인공 S는 기독교 목사의 딸로 태어났으며 아버지가 돌아가신 후에도 어려운 형편 속에서 신교육을 받았습니다. S가 공원에서 남자와 자유롭게 만나고 부모의 허락 없이 자발적으로 약혼을 하는 사실을 보면 자유연애에 있어 적극적이고 주도적이며 근대적 자아의식을 지녔다는 사실을 알 수 있습니다. 반면에 K는 S와 마찬가지로 신교육을 받았고 근대적인 자아의식을 가지고 자유연애를 했지만 할아버지나 집안 어른들에게 자신의 입장을 적극적으로 주장하지 못합니다. 완고한 집안 어른들이 자신의 주장을 용납하지 않을 것을 알고 있기 때문에 편지를 써도 부치지 못하지요. 그래서 여자 주인공 S에 비해 남자 주인공 K가 행동양식에 있어서 다소 소극적인 모습을 보인다고 할 수 있습니다.

4 S와 K의 관계를 알고 S의 어머니와 K의 할아버지가 보인 반응은 이 소설에서 어떤 의미를 갖고 있나요?

S와 K의 연애에 대해 K의 할아버지는 "그냥 두다가는 네 신세를 망치고 가문을 더럽힐 터이야"라고 말하고, S의 어머니는 "만일 그 집에서 안 된다면 네 신세가 어떻게 되니? 네가 다만 하나 있는 어미 몰래 그 사람과 약혼한 것이 괘씸하다"라고 말합니다. 할아버지가 말하는 신세 망침은 가부장제 사회에서 가문에 누를 끼치는 것으로서 K라는 개인이 가문에 구속되어 있음을 대변하고 있습니다. 반면에 S의 어머니가 말하는 신세 망침은 S라는 개인의 운명을 말하는 것으로 파혼으로 인해 앞길이 막히게 됨을 염려하고 있지요. 두 집안의 가치관 차이는 혼례문제에서도 알 수가 있습니다. 할아버지는 손자의 의사에 관계없이 가문에 봉사할 수 있는 며느리로서 가부장의 권위를 드러낼 수 있는 정혼 형태를 요구하고 있으며, S의 어머니는 딸이 자의로 행한 약혼에 동조를 하고 있습니다. 그러나 전통적인 가부장제 속의 가치관은 뚜렷하게 드러나는데 비해 신가정의 어머니는 뚜렷한 가치관을 가지고 있지 않습니다. 이러한 차이는 확고한 구가정의 가치관에 의해 확고하지 않은 신가정의 가치관이 침식당할 수밖에 없음을 상징적으로 보여줍니다.

5 「희생화」가 발표되었을 때 황석우는 무명산문에 지나지 않는다고 혹평을 하였습니다. 이 소설의 어떤 부분 때문일까요?

이 소설은 황석우로부터 "소설도 무엇도 아닌 무명의 일개 산문"이라고 혹평을 받았을 뿐 아니라 사회적 인습에 희생당한 남녀간의 사랑의 비애를 담은 작품 정도로 인식되어 별로 주목을 받지 못했습니다. 그 까닭은 주인공들의 사랑이 좌절되는 사회적 인습이나 제도에 대한 객관적 관찰과 묘사보다는 사랑의 좌절이나 실패가 서술자나 주인공에게 초래한 마음의 상처, 슬픔, 탄식, 후회, 분노 등 감정적이고 감상적인 태도의 표현에 더 역점을 두고 있기 때문입니다. 이런 직접적인 감정 노출은 신파극의 대사를 옮겨놓은 듯한데, 특히 마지막 부분에 누님이 죽고 그 슬픔을 이야기 할 때에는 동생이 아닌 작가가 직접 자신의 목소리로 안타까워하고 한탄하고 있어 마치 무성영화의 변사를 연상하게 합니다.

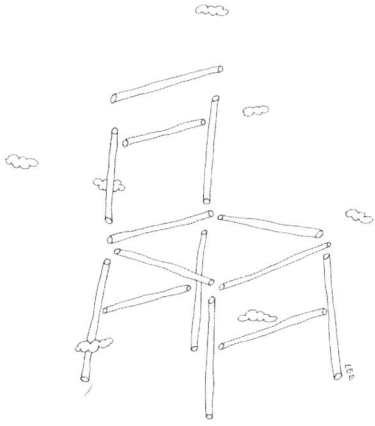

빈처

일상생활의 사소한 사건을 통해
아내의 헌신적인 내조와 가난한 무명작가의
예술적 욕구를 담담하게 묘사한 작품.

"아아, 나에게 위안을 주고 원조를 주는 천사여!"

가난한 무명작가와 아내 사이에서 벌어지는 갈등과 고뇌

현진건의 출세작인 「빈처」는 「희생화」를 발표한 후 두 달이 지난 1921년 1월에 또다시 『개벽』을 통해 발표되었습니다. 「희생화」는 발표 당시 평가가 좋지 않았지만, 「빈처」는 현진건의 작가적 능력을 확실히 검증해주는 작품으로 주목을 받았습니다.

이 작품은 돈의 가치가 중시되는 당시 사회에서 예술적 가치를 추구하는 지식인의 모습을 담고 있습니다. 주인공은 글을 쓰지만 경제적으로는 무능하고 이로 인해 부인에 대한 미안한 마음과 주변의 따가운 시선을 의식하고 있습니다. 또한 유학을 다녀왔지만 사회로부터 인정받지 못하는 지식인의 실정과 돈에 의해서 모든 가치가 결정되는 당시 사회의 모습을 이 작품은 사실적으로 그리고 있습니다. 마치 현진건이 자신의 상황을 주인공 '나'에게 투영시켜 자신에 대한 변론을 하는 것처럼 느껴지기도 합니다. 「빈처」의 주인공은 작가 현진건과 많이 닮아 있습니다. 유학을 다녀온 것도 그렇고, 아내의 모습은 현진건의 실제 부인 '순덕'과 비슷하다고 합니다. 그래서 이 소설을 자전적 소설이라고도 하지요.

앞의 글 「희생화」에서는 남녀 주인공이 자신들의 선택에 따라 마음에 끌리는 사람과 자유연애를 했습니다. 그러나 「빈처」의 주인공 '나'와 아내는 자유의사에 의한 것이 아니라 부모님이 정해준 사람과 얼굴도 한번 제대로 못 보고 결혼을 했습니다. 「희생화」의 여자 주인공처럼 신교육을 받은 여성을 신여성, 그리고 빈처의 아내처럼 교육을 받지 못한 여성을 구여성이라고 합니다. 지금은 자유롭게 사람을 사랑하고 만나고 결혼하는 것을 당연하게 생각하지만 당시에는 부모님이 정해주는 배우자와 결혼하는 것이 당연한 일이었습니다. 그래서 서구의 신교육을 받은 지식인들은 자신들과 마찬가지로 신여성과의 자유연애를 꿈꾸었습니다. 「빈처」에서도 이런 작가의 생각이 드러나고 있습니다.

실제 현진건은 구여성 '순덕'을 아내로 맞은 것에 대해 처음에는 다소 불만이 있었으나 자신을 끝없이 믿어주고 내조를 아끼지 않는 아내에게 고마운 마음을 가졌다고 합니다. 이런 아내의 모습은 「빈처」뿐만 아니라 「타락자」나 「술 권하는 사회」 등에서도 일관되게 나타나고 있습니다.

빈처

1

"그것이 어째 없을까?"

아내가 장문을 열고 무엇을 찾더니 입안말로 중얼거린다.

"무엇이 없어?"

나는 우두커니 책상머리에 앉아서 책장만 뒤적뒤적하다가 물어보았다.

"모본단(模本緞)¹⁾ 저고리가 하나 남았는데."

"……."

나는 그만 묵묵하였다.

아내가 그것을 찾아 무엇을 하려는 것을 앎이라. 오늘 밤에 옆집 할멈을 시켜 잡히려 하는 것이다.

이 2년 동안에 돈 한 푼 나는 데 없고 그래도 주리면 시장할 줄 알아

---

1) 모본단(模本緞) 짜임이 곱고 윤이 나며 무늬가 아름다운 비단.

기구(器具)와 의복을 전당국[2] 창고에 들이밀거나 고물상 한구석에 세워두고 돈을 얻어오는 수밖에 없었다.

지금 아내가 하나 남은 모본단 저고리를 찾는 것도 아침거리를 장만하려 함이다. 나는 입맛을 쩍쩍 다시고 폈던 책을 덮으며 "후우" 한숨을 내쉬었다.

봄은 벌써 반이나 지났건마는 이슬을 실은 듯한 밤기운이 방구석으로부터 슬금슬금 기어나와 사람에게 안기고, 비가 오는 까닭인지 밤은 아직 깊지 않건만 인적조차 끊어지고 온 천지가 비인 듯이 고요한데 투닥투닥 떨어지는 빗소리가 한없이 구슬픈 생각을 자아낸다.

"빌어먹을 것, 되는 대로 되어라."

나는 점점 견딜 수 없어 두 손으로 흩어진 머리카락을 쓰다듬어 올리며 중얼거려보았다. 이 말이 더욱 처량한 생각을 일으킨다. 나는 또 한 번,

"후—" 한숨을 내쉬며 왼팔을 베고 책상에 쓰러지며 눈을 감았다.

이 순간에 오늘 지낸 일이 불현듯 생각이 난다.

늦게야 점심을 마치고 내가 막 궐련(卷煙)[3] 한 개를 피워 물 적에 한성은행 다니는 T가 공일이라고 찾아왔다.

친척은 다 멀지 않게 살아도 가난한 꼴을 보이기도 싫고, 찾아갈 적마다 무엇을 꾸어내라고 조르지도 아니하였건만 행여나 무슨 구차한 소리를 할까봐서 미리 방패막이를 하고 눈살을 찌푸리는 듯하여 나는 발을 끊고, 따라서 찾아오는 이도 없었다.

2) 전당국 전당포.
3) 궐련(卷煙) 얇은 종이로 가늘게 말아놓은 담배.

다만 이 T는 촌수가 가까운 까닭인지 자주 우리를 방문하였다. 그는 성실하고 공순하여 소소한 소사(小事)에 슬퍼하고 기뻐하는 인물이었다. 동년배인 우리들은 늘 친척간에 비굣거리가 되었었다. 그리고 나의 평판이 항상 좋지 못했다.

"T는 돈을 알고 위인이 진실해서 그애는 돈푼이나 모을 것이야! 그러나 K(내 이름)는 아무짝에도 못 쓸 놈이야. 그 잘난 언문 섞어서 무어라고 끄적거려놓고 제 주제에 무슨 조선에 유명한 문학가가 된다니! 시러베아들놈⁴⁾!"

이것이 그네들의 평판이었다. 내가 문학인지 무엇인지 하는 소리가 까닭 없이 그네들의 비위에 틀린 것이다. 더군다나 나는 그네들의 생일이나 혹은 대사 때에 돈 한 푼 이렇다는 일이 없고, T는 소위 착실히 돈벌이를 해가지고 국수 밥소나 보조를 하는 까닭이다.

"얼마 아니 되어 T는 잘살 것이고 K는 거지가 될 것이니 두고 보아!"

오촌 당숙은 이런 말씀까지 하였다 한다.

입 밖에는 아니 내어도 친부모 친형제까지라도 심중으로는 다 이렇게 생각할 것이다.

그래도 부모는 달라서 화가 나시면,

"네가 그리하다가는 말경(末境)에 비렁뱅이가 되고 말 것이야"

라고 꾸중은 하셔도,

"사람이란 늦복(福) 모르느니라."

"그런 사람은 또 그렇게 되느니라"

---

4) 시러베아들놈 실없는 사람을 욕으로 이르는 말.

하시는 것이 스스로 위로하는 말씀이고 또 며느리를 위로하는 말씀이었다.

이것을 보아도 하는 수 없는 놈이라고 단념을 하시면서 그래도 잘되기를 바라시고 축원하시는 것을 알겠더라.

여하간 이만하면 T의 사람됨을 가히 알 수가 있다. 그리고 그가 우리 집에 올 것 같으면 지어서 쾌활하게 웃으며 힘써 재미스러운 이야기를 하였다. 단둘이 고적하게 그날그날을 보내는 우리에게는 더할 수 없이 반가웠다.

오늘도 그가 활발하게 집에 쑥 들어오더니 신문지에 싼 기름한 것을 '이것 봐라' 하는 듯이 마루 위에 올려놓고 분주히 구두끈을 끄른다.

"이것은 무엇인가?"

나는 물어보았다.

"저어, 제 처의 양산이야요. 쓰던 것이 벌써 낡았고 또 살이 부러졌다나요."

그는 구두를 벗고 마루에 올라서며 나오는 웃음을 참지 못하여 벙글벙글하면서 대답을 한다.

그는 나의 아내를 돌아보며 돌연히,

"아주머니, 좀 구경하시렵니까?"

하더니 싼 종이와 집을 벗기고 양산을 펴 보인다.

흰 비단 바탕에 두어 가지 매화를 수놓은 양산이었다.

"검정이는 좋은 것이 많아도 너무 칙칙해 보이고…… 회색이나 누렁이는 하나도 그것이야 싶은 것이 없어서 이것을 산걸요."

그는 '이것보다도 더 좋은 것을 살 수가 있다' 하는 뜻을 보이려고 애를 쓰며 이런 발명까지 한다.

"이것도 퍽 좋은데요."

이런 칭찬을 하면서 양산을 펴들고 이리저리 홀린 듯이 들여다보고 있는 아내의 눈에는, '나도 이런 것을 하나 가졌으면⋯⋯'하는 생각이 역력히 보인다.

나는 갑자기 불쾌한 생각이 와락 일어나서 방으로 들어오며 아내의 양산 보는 양을 빙그레 웃고 바라보고 있는 T에게,

"여보게, 방에 들어오게그려, 우리 이야기나 하세."

T는 따라 들어와 물가폭등에 대한 이야기며, 자기의 월급이 오른 이야기며, 주권(株券)을 몇 주 사두었더니 꽤 이익이 남았다든가, 각 은행 사무원 경기회에서 자기가 우월한 성적을 얻었다든가, 이런 것 저런 것 한참 이야기하다가 돌아갔었다.

T를 보내고 책상을 향하여 짓던 소설의 결미(結尾)를 생각하고 있을 즈음에,

"여보!"

아내의 떠는 목소리가 바로 내 귀 곁에서 들린다.

핏기 없는 얼굴에 살짝 붉은빛이 돌며 어느 결에 내 곁에 바짝 다가앉았더라.

"당신도 살 도리를 좀 하세요."

"⋯⋯."

나는 또 '시작이구나' 하는 생각이 번개같이 머리에 번쩍이며 불쾌한 생각이 벌컥 일어난다. 그러나 무어라고 대답할 말이 없이 묵묵히 있었다.

"우리도 남과 같이 살아보아야지요."

아내가 T의 양산에 단단히 자극을 받은 것이다. 예술가의 처 노릇을

하려는 독특한 결심이 있는 그는 좀처럼 이런 소리를 입 밖에 내지 아니하였다. 그러나 무엇에 상당한 자극만 받으면 참고 참았던 이런 소리를 하게 되는 것이다.

나도 이런 소리를 들을 적마다 '그럴 만도 하다'는 동정심이 없지 아니하나 심사가 어쩐지 좋지 못하였다. 이번에도 '그럴 만도 하다'는 동정심이 없지 아니하되 또한 불쾌한 생각을 억제키 어려웠다.

잠깐 있다가 불쾌한 빛을 나타내며,

"급작스럽게 살 도리를 하라면 어찌할 수가 있소. 차차 될 때가 있겠지!"

"아이구, 차차란 말씀 그만두구려, 어느 천년에."

아내의 얼굴에 붉은빛이 짙어지며 선에 없던 흥분한 어조로 이런 말까지 하였다. 자세히 보니 두 눈에 은은히 눈물이 고이었더라.

나는 잠시 멍멍하게 있었다. 성낸 불길이 치받쳐 올라온다. 나는 참을 수 없었다.

"막벌이꾼한테 시집을 갈 것이지, 누가 내게 시집을 오랬소! 저따위가 예술가의 처가 다 뭐야!"

사나운 어조로 몰풍스럽게[5] 소리를 꽥 질렀다.

"에그!⋯⋯"

살짝 얼굴빛이 변해지며 어이없이 나를 보더니 고개가 점점 수그러지며 한 방울, 두 방울, 방울방울 눈물이 장판 위에 떨어진다.

나는 이런 일을 가슴에 그리며 그래도 내일 아침거리를 장만하려고

5) **몰풍스럽다** 성격이나 태도가 정이 없고 냉랭하며 퉁명스러운 데가 있다.

옷을 찾는 아내의 심중을 생각해보니 말할 수 없는 슬픈 생각이 가을바람과 같이 설렁설렁 심골(心骨)6)을 분지르는 것 같다.

쓸쓸한 빗소리는 굵었다 가늘었다 의연히 적적한 밤공기에 더욱 처량히 들리고, 그을음 앉은 등피(燈皮)7) 속에서 불빛은 구름에 가린 달빛처럼 우는 듯 조는 듯, 구차히 얻어 산 몇 권 양책의 표제 금자가 번쩍거린다.

2

장 앞에 초연히 서 있던 아내가 무엇이 생각났는지 고개를 끄덕끄덕하며 들릴 듯 말 듯 목 안의 소리로,

"오호…… 옳지, 참 그날……."

"찾았소?"

"아니야요, 벌써…… 저 인천 사시는 형님이 오셨던 날……."

"……."

아내가 애써 찾던 그것도 벌써 전당포의 고운 먼지가 앉았구나! 종지 하나라도 차근차근 아랑곳하는 아내가 그것을 잡혔는지 안 잡혔는지 모르는 것을 보면 빈곤이 얼마나 그의 정신을 물어뜯었는지 가히 알겠다.

"……."

"……."

6) 심골(心骨) 마음속.
7) 등피(燈皮) 등불이 꺼지지 않도록 바람을 막고 불빛을 밝게 하기 위해 남포등에 씌우는 유리로 만든 물건.

한참 동안 서로 아무 말이 없었다.

가슴이 어째 답답해지며 누구하고 싸움이나 좀 해보았으면, 소리껏 고함이나 질러보았으면, 실컷 맞아보았으면 하는 일종 이상한 감정이 부글부글 피어오르며 전신에 이(?)가 스멀스멀 기어다니는 듯 옷이 어째 몸에 끼이며 견딜 수가 없다.

나는 이런 감정을 노골적으로 드러내며,

"점점 구차한 살림에 싫증이 나서 못 견디겠지?"

아내는 무엇을 생각하는지 모르게 정신을 잃고 섰다가 그 거슴츠레한 눈이 둥그레지며,

"네에? 어째서요?"

"무얼 그렇지."

"싫은 생각은 조금도 없어요."

이렇게 말이 오락가락함을 따라 나는 흥분의 도(度)가 점점 짙어간다.

그래서 아내가 떨리는 소리로,

"어째 그런 줄 아세요?"

하고 반문할 적에,

"나를 숙맥으로 알우?"

라고, 격렬하게 소리를 높였다.

아내는 살짝 분한 빛이 눈에 비치어 물끄러미 나를 들여다본다.

나는 괘씸하다는 듯이 흘겨보며,

"그러면 그것 모를까! 오늘까지 잘 참아오더니 인제는 점점 기색이 달라지는걸 뭐! 물론 그럴 만도 하지마는!"

이런 말을 하는 내 가슴에는 지난 일이 활동사진 모양으로 얼른얼른

나타난다.

6년 전에(그때 나는 16세이고 저는 18세였다) 우리가 결혼한 지 얼마 아니 되어 지식에 목마른 나는 지식의 바닷물을 얻어 마시려고 표연히[8] 집을 떠났었다. 광풍(狂風)에 나부끼는 버들잎 모양으로 오늘은 지나(支那)[9], 내일은 일본으로 굴러다니다가 금전의 탓으로 지식의 바닷물도 흠씬 마셔보지도 못하고 반거들충이[10]가 되어 집에 돌아오고 말았다.

시집올 때에는 방글방글 피려는 꽃봉오리 같던 아내가 어느 겨를에 이울어가는 꽃처럼 두 뺨에 선연(鮮妍)한 빛이 스러지고 벌써 두어 금 가는 줄이 그리어졌다.

처가 덕으로 집칸도 장만하고 세간도 얻어 우리는 소위 살림을 하게 되었다. 처음에는 그럭저럭 지내었지마는 한 푼 나는 데 없는 살림이라 한 달 가고 두 달 갈수록 점점 곤란해질 따름이었다.

나는 보수 없는 독서와 가치 없는 창작으로 해가 지며 날이 새며 쌀이 있는지 나무가 있는지 망연케 몰랐다.

그래도 때때로 맛있는 반찬이 상에 오르고 입은 옷이 과히 추하지 아니함은 전혀 아내의 힘이었다. 전들 무슨 벌이가 있으리요, 부끄럼을 무릅쓰고 친가에 가서 눈치를 보아가며, 구차한 소리를 하여가지고 얻어 온 것이었다. 그것도 한두 번 말이지 장구한 세월에 어찌 늘 그럴 수가 있으랴! 말경에는 아내가 가져온 세간과 의복에 손대는 수밖에 없었다. 잡히고 파는 것도 나는 알은체도 아니하였다. 그가 애를 쓰며 통명스러

---

8) 표연히 홀가분하고 거침없이.
9) 지나(支那) 중국을 달리 이르는 말.
10) 반거들충이 무엇을 배우다가 중도에 그만두어 다 이루지 못한 사람.

운 옆집 할멈에게 돈푼을 주고 시켰었다.

이런 고생을 하면서도 그는 나의 성공만 마음속으로 깊이깊이 믿고 빌었었다. 어느 때에는 내가 무엇을 짓다가 마음에 맞지 아니하여 쓰던 것을 집어던지고 화를 낼 적에,

"왜 마음을 조급하게 잡수세요! 저는 꼭 당신의 이름이 세상에 빛날 날이 있을 줄 믿어요. 우리가 이렇게 고생을 하는 것이 장차 잘될 근본 이야요"

하고 그는 스스로 흥분되어 눈물을 흘리며 나를 위로하는 적도 있었다.

내가 외국으로 다닐 때에 소위 신풍조[11]에 띠어 까닭 없이 구식 여자가 싫어졌다. 그래서 나의 일찍이 장가든 것을 매우 후회하였다.

어떤 남학생과 어떤 여학생이 서로 연애를 주고받고 한다는 이야기를 들을 적마다 공연히 가슴이 뛰놀며 부럽기도 하고 비감스럽기도[12] 하였다.

그러나 낫살이 들어갈수록 그런 생각도 없어지고 집에 돌아와 아내를 겪어보니 의외에 그에게 따뜻한 맛과 순결한 맛을 발견하였다. 그의 사랑이야말로 이기적 사랑이 아니고 헌신적 사랑이었다. 이런 줄을 점점 깨닫게 될 때에 내 마음이 얼마나 행복스러웠으랴! 밤이 깊도록 다듬이를 하다가 그만 옷 입은 채로 쓰러져 곤하게 자는 그의 파리한 얼굴을 들여다보며,

"아아, 나에게 위안을 주고 원조를 주는 천사여!"

하고 감격이 극하여 눈물을 흘린 일도 있었다.

11) 신풍조 새로운 세상의 추세.
12) 비감스럽다 슬픈 느낌이 든다.

내가 아다시피 내가 별로 천품은 없으나 어쨌든 무슨 저작가(著作家)로 몸을 세워보았으면 하여 나날이 창작과 독서에 전심력을 바쳤다. 물론 아직 남에게 인정될 가치가 없는 것이다. 그 영향으로 자연 일상생활이 말유하게[13] 되었다.

　이런 곤란에 그는 근 2년 견디어왔건만 나의 하는 일은 오히려 아무보람이 없고 방 안에 놓였던 세간이 줄어지고, 장롱에 찼던 옷이 거의 다 없어졌을 뿐이다. 그 결과 그다지 견딜성 있던 그도 요사이 와서는 때때로 쓸데없는 탄식을 하게 되었다. 손잡이를 잡고 마루 끝에 우두커니 서서 하염없이 먼 산만 바라보기도 하며 바느질을 하다 말고 실신한 사람 모양으로 멍멍히 앉았기도 하였다. 창경(窓鏡)[14]으로 비치는 어스름한 햇빛에 나는 흔히 그의 눈물 머금은 근심 있는 눈을 발견하였다.

　이럴 때에는 말할 수 없는 쓸쓸한 생각이 들며 일없이,

　"마누라!"

하고 부르면 그는 몸을 움찔하고 고개를 저리 돌리어 치맛자락으로 눈물을 씻으며,

　"네에?"

하고 울음에 떨리는 가는 대답을 한다. 나는 등에 물을 끼얹는 듯 몸이 으쓱해지며 처량한 생각이 싸늘하게 가슴에 흘렀다.

　그러지 않아도 자비(自卑)[15]하기 쉬운 마음이 더욱 심해지며, '내가 무자격한 탓이다' 하고 스스로 멸시를 하고 나니 더욱 견딜 수 없다.

---

13) 말유하다(末由—)　보잘것없다.
14) 창경(窓鏡)　유리창.
15) 자비(自卑)　스스로 자신을 낮춤.

'그럴 만도 하다'는 동정심이 없지 아니하되 그래도 그만 불쾌한 생각이 일어나며, '계집이란 할 수 없어.'

혼자 이런 불평을 중얼거리었다.

환등(幻燈)[16] 모양으로 하나씩 둘씩 이런 일이 가슴에 나타나니 무어라고 말할 용기조차 없어졌다.

나의 유일의 신앙자(信仰者)이고 위로자이던 저까지 인제는 나를 아니 믿게 되었다. 그는 마음속으로, '네가 육 년 동안 내 살을 깎고 저미었구나! 이 원수야' 할 것이다.

이렇게 생각하매 그의 불같던 사랑까지 없어져가는 것 같았다. 아니, 흔적도 없이 사라지고 만 것 같았다.

나는 감상적으로 허둥지둥하며,

"낸들 마누라를 고생시키고 싶어 시켰겠소! 비단옷도 해주고 싶고, 좋은 양산도 사주고 싶어요! 그러기에 왼종일 쉬지 않고 공부를 아니하우. 남 보기에는 편편히 노는 것 같아도 실상은 그렇지 않애! 본들 모른단 말이오."

나는 점점 강한 가면(假面)을 벗고 약한 진상(眞相)을 드러내며 이와 같은 가소로운 변명까지 하였다.

"온 세상 사람이 다 나를 비소하고[17] 모욕하여도 상관이 없지만 마누라까지 나를 아니 믿어주면 어찌한단 말이오."

내 말에 스스로 자극이 되어가지고 마침내,

"아아!"

16) 환등(幻燈) 그림, 필름 따위를 확대하여 스크린에 비추는 기계, 환등기.
17) 비소하다(誹笑—) 코웃음 치다.

길이 탄식을 하고 그만 쓰러졌다.

　이 순간에 고개를 숙이고 아마 하염없이 입술만 물어뜯고 있던 아내가 홀연,

　"여보!"

울음소리를 떨면서 무너지는 듯이 내 얼굴에 쓰러진다.

　"용서……"

하고는 북받쳐 나오는 울음에 말이 막히고 불덩이 같은 두 뺨이 내 얼굴을 누르며 흑흑 느끼어 운다.

　그의 두 눈으로부터 샘솟 듯하는 눈물이 제 뺨과 내 뺨 사이를 따뜻하게 젖어 퍼진다. 내 눈에서도 눈물이 흘러내린다. 뒤숭숭하던 생각이 다시 뜨거운 눈물에 봄눈 슬듯 스러지고 말았다.

　한참 있다가 우리는 눈물을 씻었다. 내 속이 얼마큼 시원한지 몰랐다.

　"용서하여주세요! 그렇게 생각하실 줄은 몰랐어요."

　이런 말을 하는 아내는 눈물에 불어오른 눈꺼풀을 아픈 듯이 끔적거린다.

　"암만 구차하기로니 싫증이야 날까요! 나는 한번 먹은 맘이 있는데."

　가만가만히 변명을 하는 아내의 눈물 흔적이 어룽어룽한 얼굴을 물끄러미 바라보며 겨우 심신이 가뜬하였다.

3

　어제 일로 심신이 피곤하였는지 그 이튿날 늦게야 잠을 깨니 간밤에

오던 비는 어느 결에 그치었고 명랑한 햇발이 미닫이에 높았더라.

아내가 다시금 장문을 열고 잡힐 것을 찾을 즈음에 누가 중문을 열고 들어온다. 우리는 누군가 하고 귀를 기울일 적에 밖에서,

"아씨!"

하는 소리가 들렸다.

아내는 급히 방문을 열고 나갔다. 그는 처가에서 부리는 할멈이었다. 오늘이 장인 생신이라고 어서 오라는 말을 전한다.

"오늘이야? 참, 옳지. 오늘이 이월 열엿샛날이지, 나는 깜빡 잊었어!"

"원, 아씨는 딱도 하십니다. 어쩌면 아버님 생신을 잊는단 말씀이야요. 아무리 살림이 재미가 나시더래도!"

시근둥한 할멈은 신웃음을 쳐가며 이런 소리를 한다. 가난한 살림에 골몰하느라고 자기 친부의 생신까지 잊었는가 하매 아내의 정지(情地)[18]가 더욱 측은하였다.

"오늘은 본가 아버님 생신이라요. 어서 오시라는데……."

"어서 가구려……."

"당신도 가셔야지요. 우리 같이 가세요"

하고 아내는 하염없이 얼굴을 붉힌다.

나는 처가에 가기가 매우 싫었었다. 그러나 아니 가는 것도 내 도리가 아닐 듯하여 하는 수 없이 두루마기를 입었다.

아내는 머뭇머뭇하며 양미간을 보일 듯 말 듯 찡그리다가 곁눈으로 살짝 나를 엿보더니 돌아서서 급히 장문을 연다.

---

18) 정지(情地) 사정이 딱한 처지.

'흥, 입을 옷이 없어서 망설거리는구나.'

나도 슬쩍 돌아서며 생각하였다. 우리는 서로 등지고 섰건만 그래도 아내가 거의 다 빈 장 안을 들여다보며 입을 만한 옷이 없어서 눈살을 찌푸린 양이 눈앞에 선연함을 어찌할 수가 없었다.

"자아, 가세요."

무엇을 생각하는지 모르게 정신을 잃고 섰다가 아내의 부르는 소리를 듣고 나는 기계적으로 고개를 돌리었다. 아내는 당목[19] 옷으로 갈아입고 내 마음을 알았던지 나를 위로하는 듯이 방그레 웃는다. 나는 더욱 쓸쓸하였다.

우리 집은 천변 배다리 곁이었고 처가는 안국동에 있어 그 거리가 꽤 멀었다. 나는 천천히 가노라 하고 아내는 속히 오노라고 오건마는 그는 늘 뒤떨어졌다. 내가 한참 가다가 뒤를 돌아다보면 그는 늘 멀리 떨어져 나를 따라오려고 애를 쓰며 주춤주춤 걸어온다. 길가에 다니는 어느 여자를 보아도 거의 다 비단옷을 입고 고운 신을 신었는데 당목옷을 허술하게 차리고 청록당혜(靑鹿唐鞋)[20]로 타박타박 걸어오는 양이 나에게 얼마나 애연한[21] 생각을 일으켰는지! 한참 만에 나는 넓고 높은 처갓집 대문에 다다랐다.

내가 안으로 들어갈 적에 낯선 사람들이 나를 흘끔흘끔 본다.

그들의 눈에,

'이 사람이 누구인가. 아마 이 집 하인인가 보다'

---

[19] 당목 되게 드린 무명실로 폭이 넓고 바닥을 곱게 짠 피륙.
[20] 청록당혜(靑鹿唐鞋) 청록색의 울이 깊고 코가 작은 가죽신.
[21] 애연하다(哀然—) 슬픈 기분을 자아내다.

하는 경멸히 여기는 빛이 있는 것 같았다.

안대청 가까이 들어오니 모두 내게 분분히 인사를 한다. 그 인사하는 소리가 내 귀에는 어째 비소하는 것 같기도 하고 모욕하는 것 같기도 하여 공연히 가슴이 두근거리고 얼굴이 후끈거린다.

그중에 제일 내게 친숙하게 인사하는 사람이 있다. 그는 아내보다 3년 맏이인 처형이었다. 내가 어려서 장가를 들었으므로 그때 그는 나를 못 견디게 시달렸다. 그때는 그게 싫기도 하고 밉기도 하더니 지금 와서는 그때 그러한 것이 도리어 우리를 무관하고 정답게 만들었다.

그는 인천 사는데 자기 남편이 기미(期米)22)를 하여가지고 이번에 돈 10만 원이나 착실히 땄다 한다. 그는 자기의 잘사는 것을 자랑하고자 함인시 비난을 내리감고 일굴에 부유한 태(態)가 질질 흐른다. 그러니 분(粉)으로 숨기려고 애쓴 보람도 없이 눈 위에 퍼렇게 멍든 것이 내 눈에 띄었다.

"왜 마누라는 어쩌고 혼자 오세요?"

그는 웃으며 이런 말을 하다가 중문 편을 바라보더니,

"그러면 그렇지! 동부인 아니하고 오실라구."

혼자 주고받고 한다.

나도 이 말을 듣고 슬쩍 돌아다보니 아내가 벌써 중문 앞에 들어섰다. 그 수척한 얼굴이 더욱 수척해 보이며 눈물 고인 듯한 눈이 하염없이 웃는다. 나는 유심히 그와 아내를 번갈아 보았다. 처음 보는 사람은

---

22) 기미(期米) 현물 없이 미곡을 사고파는 일. 미곡의 시세를 이용하여 약속만으로 거래하는 일종의 투기 행위.

분간을 못하리만큼 그들의 얼굴은 혹사하다.[23] 그런데 얼굴빛은 어쩌면 저렇게 틀리는지! 하나는 이글이글 만발한 꽃 같고, 하나는 시들마른 낙엽 같다. 아내를 형이라고, 처형을 아우라 하였으면 아무라도 속을 것이다. 또 한 번 아내를 보며 말할 수 없는 쓸쓸한 생각이 다시금 가슴을 누른다.

딴 음식은 별로 먹지도 아니하고 못 먹는 술을 넉 잔이나 마시었다. 그래도 바늘방석에 앉은 것처럼 앉아 견딜 수가 없다. 집에 가려고 나는 몸을 일으켰다. 골치가 띵 하며 내가 선 방바닥이 마치 폭풍에 도도하는[24] 파도같이 높았다 낮았다 어질어질해서 곧 쓰러질 것 같다.

이 거동을 보고 장모가 황망히[25] 일어서며,

"술이 저렇게 취해가지고 어데로 갈라구, 여기서 한잠 자고 가게."

나는 손을 내저으며,

"아니에요, 집에 가겠어요."

취한 소리로 중얼거리었다.

"저를 어쩌나!"

장모는 걱정을 하시더니,

"할멈, 어서 인력거 한 채 불러오게"

한다.

취중에도 인력거를 태우지 말고 그 인력거 삯을 나를 주었으면 책 한 권을 사 보련만 하는 생각이 있었다. 인력거를 타고 얼마 아니 가서 그

---

23) 혹사하다(酷似―) 서로 같다고 할 만큼 아주 많이 닮다.
24) 도도하다 넓은 물줄기의 흐름이 성난 듯 거칠고 세차다.
25) 황망하다(慌忙―) 마음이 급해 허둥지둥하다.

만 잠이˙들었다. 한참 자다가 잠을 깨어보니 방 안에 벌써 남폿불[26]이 키었었는데 아내는 어느 결에 왔는지 외로이 앉아 바느질을 하고, 화로에서는 무엇이 끓는 소리가 보글보글하였다.

아내가 나의 잠 깬 것을 보더니 급히 화로에 얹힌 것을 만져보며,

"인제 그만 일어나 진지를 잡수세요"

하고 부리나케 일어나 아랫목에 파묻어둔 밥그릇을 꺼내어 미리 차려둔 상에 얹어서 내 앞에 갖다놓고 일변 화로를 당기어 더운 반찬을 집어 얹으며,

"자아, 어서 일어나세요"

한다. 나는 마지못하여 하는 듯이 부스스 일어났다.

머리가 오히려 아프며 목이 말라서 국과 물을 연해 들이켰다.

"물만 잡수셔서 어째요. 진지를 좀 잡수셔야지."

아내는 이런 근심을 하며 밥상머리에 앉아서 고기도 뜯어주고 생선 뼈도 추려주었다. 이것은 다 오늘 처가에서 가져온 것이다. 나는 맛나게 밥 한 그릇을 다 먹었다. 내 밥상이 나매 아내가 밥을 먹기 시작한다. 그러면 지금껏 내 잠 깨기를 기다리고 밥을 먹지 아니하였구나 하고 오늘 처가에서 본 일을 생각하였다.

어제 일이 있은 후로 우리 사이에 무슨 벽이 생긴 듯하던 것이 그 벽이 점점 엷어져가는 듯하며 가엾고 사랑스러운 생각이 일어났었다. 그래서 우리는 정답게 이런 이야기, 저런 이야기를 하게 되었다. 우리의 이야기는 오늘 장인 생신 잔치로부터 처형 눈 위에 멍든 것에 옮겨갔다.

---

26) 남폿불 석유를 연료로 하는 서양식 등잔.

처형의 남편이 이번 그 돈을 딴 뒤로는 주야 요리점과 기생집에 돌아다니더니 일전에 어떤 기생을 얻어가지고 미쳐 날뛰며 집에만 들면 집안 사람을 들볶고 걸핏하면 처형을 친다 한다.

이번에도 별로 대단치 않은 일에 처형에게 밥상으로 냅다 갈겨 바로 눈 위에 그렇게 멍이 들었다 한다.

"그것 보아, 돈푼이나 있으면 다 그런 것이야."

"정말 그래요. 없으면 없는 대로 살아도 의좋게 지내는 것이 행복이야요."

아내는 충심(衷心)으로 공명해[27]주었다.

이 말을 들으매 내 마음은 말할 수 없이 만족해지면서 무슨 승리나 한 듯이 득의양양[28]하였다.

그리고 마음속으로,

'옳다, 그렇다. 이렇게 지내는 것이 행복이다'

하였다.

4

이틀 뒤 해 어스름에 처형은 우리 집에 놀러왔었다. 마침 내가 정신없이 무엇을 생각하고 있을 즈음에 쓸쓸하게 닫혀 있는 중문이 찌긋하며 비단옷 소리가 사락사락 들리더니 아랫목은 내게 빼앗기고 윗목에서 바

27) 공명하다(共鳴―) 남의 사상이나 의견 따위에 동감하다.
28) 득의양양 뜻을 이루어 우쭐거리며 뽐내는 모양.

느질을 하고 있던 아내가 문을 열고 나간다.

"아이고, 형님 오셔요."

아내의 인사하는 소리가 들리더니 처형이 계집 하인에게 무엇을 들리고 들어온다.

나도 반갑게 인사를 하였다.

"그날 매우 욕을 보셨죠? 못 잡숫는 술을 무슨 짝에 그렇게 잡수세요."

그는 이런 인사를 하다가 급작스럽게 계집 하인이 든 것을 빼앗더니 신문지로 싼 것을 끄집어내어 아내를 주며,

"내 신 사는데 네 신도 한 켤레 샀다. 그날 청록당혜를……."

말을 하려다가 나를 곁눈으로 흘끗 보고 그만 입을 닫친다.

"그것을 왜 또 사셨어요."

해쓱한 얼굴에 꽃물을 들이며 아내가 치사하는 것도 들은 체 만 체하고 처형은 또 이야기를 시작한다.

"올 적에 사랑양반을 졸라서 돈 백 원을 얻었겠지. 그래서 오늘 종로에 나와서 옷감도 바꾸고 신도 사고……."

그는 자랑과 기쁨의 빛이 얼굴에 퍼지며 싼 보를 끌러,

"이런 것이야!"

하고 우리 앞에 펼쳐놓는다.

자세히는 모르나 여하간 값 많은 품 좋은 비단인 듯하다. 무늬 없는 것, 무늬 있는 것, 회색, 초록색, 분홍색이 갖가지로 윤이 흐르며 색색이 빛이 나서 나는 한참 황홀하였다.

무슨 칭찬을 해야 되겠다 싶어서,

"참 좋은 것인데요."

이런 말을 하다가 나는 또 쓸쓸한 생각이 일어난다. 저것을 보는 아내의 심중이 어떠할까? 하는 의문이 문득 일어남이라.

"모다 좋은 것만 골라 샀습니다그려."

아내는 인사를 차리느라고 이런 칭찬은 하나마 별로 부러워하는 기색이 없다.

나는 적이 의외의 감(感)이 있었다.

처형은 자기 남편의 흉을 보기 시작하였다. 그 밉살스럽다는 둥 그 추근추근하다는 둥 말끝마다 자기 남편의 불미한 점을 들다가 문득 이야기를 끊고 일어선다.

"왜 벌써 가시려고 하셔요. 모처럼 오셨다가 반찬은 없어도 저녁이나 잡수세요"

하고 아내가 만류를 하니,

"아니, 곧 가야지. 오늘 저녁차로 떠날 것이니까 가서 짐을 매어야지. 아직 차 시간이 멀었어? 아니, 그래도 정거장에 일찍이 나가야지, 만일 기차를 놓치면 오죽 기다리실라구, 벌써 오늘 저녁차로 간다고 편지까지 했는데……"

재삼 만류함도 돌아보지 아니하고 그는 훌훌히 나간다. 우리는 그를 보내고 방에 들어왔다.

"그까짓 것이 기대리는데 그다지 급급히 갈 것이 무엇이야."

아내는 하염없이 웃을 뿐이었다.

"그래도 옷감 바꿀 돈을 주었으니 기다리는 것이 애처롭기는 하겠지."

밉살스러우니, 추근추근하니 하여도 물질의 만족만 얻으면 그것으로 기뻐하고 위로하는 그의 생활이 참 가련하다 하였다.

"참, 그런가보아요."

아내도 웃으며 내 말을 받는다.

이때에 처형이 사준 신이 그의 눈에 띄었는지 (혹은 나를 꺼려, 보고 싶은 것을 참았는지 모르나) 그것을 집어들고 조심조심 펴보려다가 말고 머뭇머뭇한다. 그 속에 그를 해케 할 무슨 위험품이나 든 것같이.

"어서 펴보구려."

아내는 이 말을 듣더니,

'작히 좋으랴.'

하는 듯이 활발하게 싼 신문지를 헤친다.

"퍽 이쁜걸요."

그는 근일에 드문 기쁜 소리를 치며 방비닥 위에 시뻔 내려놓고 버선을 당기며 곱게 신어본다.

"어쩌면 이렇게 맞어요!"

연해연방[29] 감사를 부르짖는 그의 얼굴에 흔연한[30] 희색이 넘쳐흐른다.

"……"

묵묵히 아내의 기뻐하는 양을 보고 있는 나는 또다시,

'여자란 할 수 없어'

하는 생각이 들며,

'조심하였을 따름이다'

하매 밤빛 같은 검은 그림자가 가슴을 어둡게 하였다.

---

29) 연해연방 끊임없이 잇따라 자꾸.
30) 흔연하다 기쁘거나 반가워 기분이 좋다.

그러면 아까 처형의 옷감을 볼 적에도 물론 마음속으로는 부러워하였을 것이다. 다만 표면에 드러내지 않았을 따름이다. 겨우 "어서 펴보구려" 하는 한 마디에 가슴에 숨겼던 생각을 속임 없이 나타내는구나 하였다.

내가 무엇을 생각하고 있는지 저는 모르고 새 신 신은 발을 조금 쳐들며,

"신 모양이 어때요?"

"매우 이뻐!"

겉으로는 좋은 듯이 대답을 하였으나 마음은 쓸쓸하였다. 내가 제게 신한 켤레를 사주지 못하여 남에게 얻은 것으로 만족하고 기뻐하는 거다.

웬일인지 이번에는 그만 불쾌한 생각이 일어나지 아니하였다. 처형이 동서(同壻)를 밉다거니 무엇이니 하면서도 기차를 놓치면 남편이 기다릴까 염려하여 급히 가던 것이 생각난다. 그것을 미루어 아내의 심사도 알 수가 있다. 부득이한 경우라 하릴없이 정신적 행복에만 만족하려고 애를 쓰지마는 기실(其實) 부족한 것이다. 다만 참을 따름이다. 그것은 내가 생각해야 된다.

이런 생각을 하니 그날 아내에게 그런 말을 한 것이 후회가 났다.

'어느 때라도 제 은공을 갚아줄 날이 있겠지!'

나는 마음을 좀 너그러이 먹고 이런 생각을 하며 아내를 보았다.

"나도 어서 출세를 하여 비단신 한 켤레쯤은 사주게 되었으면 좋으련만……."

아내가 이런 말을 듣기는 참 처음이다.

"네에?"

아내는 제 귀를 못 미더워하는 듯이 의아한 눈으로 나를 보더니 얼굴에 살짝 열기가 오르며,

"얼마 안 되어 그렇게 될 것이야요!"

라고 힘있게 말하였다.

"정말 그럴 것 같소?"

나는 약간 흥분하여 반문하였다.

"그러문요, 그렇고말고요."

아직 아무도 인정해주지 않은 무명작가인 나를 저 하나가 깊이깊이 인정해준다. 그러기에 그 강한 물질에 대한 본능적 요구도 참아가며 오늘날까지 몹시 눈살을 찌푸리지 아니하고 나를 도와준 것이다.

'아아, 나에게 위안을 주고 원조를 주는 천사여!'

마음속으로 이렇게 부르짖으며 두 팔로 덥석 아내의 허리를 잡아 내 가슴에 바싹 안았다. 그다음 순간에는 뜨거운 두 입술이…… . 그의 눈에도 나의 눈에도 그렁그렁한 눈물이 물 끓듯 넘쳐흐른다.

1 아내가 모본단 저고리를 찾는 것은 어떤 의미를 가지고 있나요?

이 소설에 나오는 아내는 남편보다 두 살 위입니다. 당시 결혼 풍습대로 적령기인 18세에 부모님이 정해주시는 남편과 결혼했으며, 그후 남편은 얼마 안 돼 3, 4년간 외국 유학을 떠났습니다. 아내는 독수공방을 하다가 남편이 외국 유학을 중단하고 돌아오자 친정의 도움으로 집도 얻고 가구도 장만하여 살림을 차리게 되었습니다. 처음에는 친정의 도움을 받아 가계를 꾸려나갔지만, 글을 쓰고 다른 일을 하지 않는 남편이 경제적인 능력이 없어 집 안에 있는 가구며 의복들을 아내가 저당 잡혀 최소한의 생활을 유지하고 있는 상황입니다. 아내가 모본단 저고리를 찾는 이유도 이것을 팔아서 생계를 꾸려나가기 위해서입니다. 이처럼 모본단 저고리는 외국에서 신식교육을 받았지만 생활에는 도움이 못 되고 있는 남편의 경제적인 무능과 이를 책임져야 하는 아내의 서글픈 처지를 보여주고 있습니다.

2 이 작품에서 은행원 T는 어떤 역할을 하고 있나요?

T는 착실하게 돈을 버는 은행 사무원인 반면 '나'는 예술을 한답시고 돈 한 푼 벌어오지 않고 처가 신세를 지는 사람입니다. 이처럼 '나'와는 대립되는 인물로, 친척들 사이에 경제적 능력과 성실성에서 여러모로 비교되고 있지요. 주인공인 '나'는 개인의 출세와 돈이라고 하는 그 사회의 가치를 거부하고 경제적 가난과 함께 정신적 고뇌를 겪어야 했던 1920년대 지식인의 전형적인 모습을 보여주고 있습니다. 그리고 또 다른 부류의 지식인인 은행원 T는 그러한 사회 속에서 시대상황과 마찰 없이 개인의 능력을 수단껏 발휘하고 살아가는 물질 지향적 인물입니다. 당시 지식인들은 물질적으로 빈곤했습니다. 무명작가뿐 아니라 유명작가가 되었다 하더라도 가난은 마찬가지였으며, 무명일 경우에 그들이 겪던 궁핍한 삶의 고통은 더욱 심했지요. 이 글에서 '나'는 이런 시대적 인물로서 생활의 고통을 겪고 있으며, T라는 인물의 등장은 나와 아내와의 사이에 물질적 가치를 상징하며 감정적 갈등을 일으키게 합니다.

3 장인 생신 잔치에서 본 처형 얼굴의 멍은 나와 아내에게 무엇을 깨닫게 해주나요?

장인의 생신 잔치가 있기 전날 T가 집으로 찾아와 자기 아내에게 줄 양산을 보여줍니다. 그가 가고 아내는 우리도 남같이 살아봐야 하지 않냐고 참았던 속내를 드러내 보입니다. 결국 서로를 다독거리며 화해를 하지만 T로 인해 생긴 갈등은 장인 생신날 처형의 등장으로 완전히 해결되고 있습니다. 처형은 비단을 감고 얼굴에 부유한 태가 흘렀지만 분 사이로 보이는 눈 위의 퍼런 멍은 숨길 수 없었지요. 돈은 있지만 남편의 외도와 손찌검에 시달리면서 참고 사는 처형과 남편의 사랑을 받으며 살지만 궁핍한 생활을 하는 아내가 대립 구조를 형성하면서 부부는 물질적 풍요보다는 사랑과 물질이 조화될 수 있는 삶이 중요하다는 것을 깨닫게 합니다.

4 주인공 '나'에게 글을 쓴다는 것은 어떤 의미가 있나요?

주인공 '나'는 명성을 얻지 못한 무명작가입니다. 그래서 친척이나 다른 사람들에게는 직업이 없이 놀고먹는, 현실에 적응하지 못하는 타락자일 뿐입니다. 돈이면 다 된다는 이런 현실 속에서 '나'는 문학을 함으로써 지식인의 사명을 다한다고 여기고 있습니다. 그러면서도 돈을 완전히 무시하지 못하고 얼른 출세해서 비단신 한 켤레쯤 아내에게 사주고 싶다고 말합니다. '나'에게 글을 쓴다는 것은 출세의 수단이며 사회적·경제적 상승을 꾀하는 통로를 의미합니다. 그러나 현실은 아직까지 '나'를 인정하지 않고 있으며 최고의 가치를 두고 있는 예술이 주변 사람들에게 한낱 무능의 상징으로만 평가됩니다. 이러한 현실에 대해 '나'는 초연한 태도를 취하지 못하며 갈등하고 주변의 시선을 의식하고 있습니다.

5 이 소설에서 아내의 모습은 어떻게 그려지고 있나요?

앞의 소설 「희생화」는 발표 당시 많은 혹평을 받았지만 「빈처」는 현진건의 작가적인 능력을 확실히 검증하는 작품으로 주목을 받았습니다. 글을 쓰는 작가를 주인공으로 하여 그 주변 일상에서 소재를 가져온 점으로 미루어 자서전적 성격이 짙은 작품입니다. 특히 「빈처」의 아내는 현진건의 실제 아내와 닮은 점이 아주 많다고 합니다. 처음에 현진건은 자신의 의사를 반영하지 않은 재래식 중매결혼에 대해 불만이 있었으나 자신을 끝없이 믿어주고 내조를 아끼지 않는 아내에게 고마운 마음이 있었지요. 이것이 「빈처」에서 잘 드러나고 있습니다. 「빈처」에서의 아내는 가난에 대한 속상함은 있지만 그래도 남편을 이해해주는 따뜻하고 포근한 마음을 가진 사람입니다. 잘사는 T에 대해서 부러워하기도 하지만 남편의 말 한 마디에 오히려 힘을 내라고 남편을 위로해주고 있습니다. 이런 아내의 모습은 「빈처」 외에도 「타락자」 「술 권하는 사회」 「정조와 약가」 「운수 좋은 날」 등에서도 비슷한 모습으로 등장하고 있습니다.

술 권하는 사회

식민지 시대에 적응하지 못하는
지식인의 고뇌를 통해 술을 마시게 하는
사회와 개인의 관계를 투시한 작품.

감상의 길잡이

"그 몹쓸 사회가, 왜 술을 권하는고!"
일제 치하 시대, 사회에 적응하지 못하는 지식인의 고뇌

「술 권하는 사회」는 「빈처」를 발표한 같은 해인 1921년 11월 『개벽』 17호에 발표된 작품입니다. 앞의 「빈처」와 마찬가지로 이 작품은 1920년대 지식인의 모습을 담고 있습니다. 「빈처」는 돈의 가치를 중시하는 사회에서 경제적인 능력이 없는 지식인의 모습에 초점을 맞추어 정신적 행복과 물질적 가치에 대해 이야기하고 있습니다. 반면에 「술 권하는 사회」는 3·1운동 실패 이후 더 심각하게 방황하고 고뇌하고 있는 지식인의 모습이 드러납니다. 구여성인 부인은 「빈처」의 아내에 비해 훨씬 답답하고 말이 통하지 않습니다. 그리고 남편은 사회의 구조와 모순, 인간관계 등 사회가 자신에게 술을 권한다며 술로 도피를 하게 됩니다. 아내에게 이렇게 될 수밖에 없는 자신의 상황을 설명하지만 자신을 인정하지 않는 사회의 벽처럼 아내의 벽도 높고 단단하기만 합니다. 결국은 다시 집을 박차고 나오게 되지요. 어쩌면 지식인으로서 인정받지 못하고 있는 상황, 구여성 아내에게 느끼는 답답함과 위안, 시대적 정황에 대한 불만, 경제적으로 넉넉하지 못한 어려운 살림살이 등은 바로 현진건 자신의 모습이었겠지요. 그리고 이런 문제의 해결책은 술을 마시는 것이었습니다.

실제로 현진건은 둘째가라면 서러울 정도로 술을 좋아하는 문인이었습니다. 글을 쓰는 친구로는 박영희, 나도향, 홍사용, 이장희, 오상순, 박종화, 이상화, 김기진 등이 있었으며, 화가로는 최승만, 이상범, 노수현, 이마동 등이 있었습니다. 그들은 해 질 무렵 개벽사에 모여 종로 우미관 뒷골목 버드나무집과 재동의 선술집, 그 당시 유명한 다방골 민순자집, 양백화의 애인이리고 놀리던 에지당 집을 다니며, 일제하 암울한 시대를 한잔 술로 달랬습니다. 「술 권하는 사회」에서 나오듯 술은 아마도 그들의 유일한 낙이었을 것입니다. 방인근의 회고에 따르면 아침 일찍이 광화문통에서 현진건을 만나면 술을 마셨는지 비틀거려서, "한잔할까?"하고 말하면, "했어, 밥벌이 해야지"하고 동아일보사로 쑥 들어갔다고 합니다. 저렇게 취해서 어떻게 일하나 걱정했지만 그는 동아일보사 사회부장으로서 척척 일을 해냈습니다. 실제 현진건의 모습과 「술 권하는 사회」의 주인공 모습이 닮았다고 느껴지는 부분입니다. 이 소설을 읽으면서 우리 사회의 지식인들이 가져야 할 소명의식과 태도는 무엇인지 생각했으면 합니다.

술 권하는 사회

"아이그, 아야."

홀로 바느질을 하고 있던 아내는 얼굴을 살짝 찌푸리고 가늘고 날카로운 소리로 부르짖었다. 바늘 끝이 왼손 엄지손가락 손톱 밑을 찔렀음이다. 그 손가락은 가늘게 떨고 하얀 손톱 밑으로 앵둣빛 같은 피가 비친다. 그것을 볼 사이 없이 아내는 얼른 바늘을 빼고 다른 손 엄지손가락으로 그 상처를 누르고 있다. 그러면서 하던 일가지를 팔꿈치로 고이고이 밀어 내려놓았다. 이윽고 눌렀던 손을 떼어보았다. 그 언저리는 인제 다시 피가 아니 나려는 것처럼 혈색(血色)이 없다. 하더니, 그 희던 꺼풀 밑에 다시금 꽃물이 차츰차츰 밀려온다. 보일 듯 말 듯한 그 상처로부터 좁쌀 날 같은 핏방울이 송송 솟는다. 또 아니 누를 수 없다. 이만하면 그 구멍이 아물었으려니 하고 손을 떼면 또 얼마 아니 되어 피가 비치어 나온다.

인제 헝겊 오락지[1]로 처매는 수밖에 없다. 그 상처를 누른 채 그는 바느질고리에 눈을 주었다. 거기 쓸 만한 오락지는 실패 밑에 있다. 그 실패를 밀어내고 그 오락지를 두 새끼손가락 사이에 집어 올리려고 한동안 애를 썼다. 그 오락지는 마치 풀로 붙여둔 것같이 고리 밑에 착 달라붙어 세상 집혀지지 않는다. 그 두 손가락은 헛되이 그 오락지 위를 긁적거리고 있을 뿐이다.

"왜 집혀지지를 않아!"

그는 마침내 울 듯이 부르짖었다. 그리고 그것을 집어줄 사람이 없나 하는 듯이 방 안을 둘러보았다. 방 안은 텅 비어 있다. 어느 뉘 하나 없다. 호젓한 허영(虛影)만 그를 휘싸고 있다. 바깥도 죽은 듯이 고요하다. 시시로 퐁퐁하고 떨어지는 수도의 물방울 소리가 쓸쓸하게 들릴 뿐. 문득 전등불이 광채를 더하는 듯하였다. 벽상(壁上)[2]에 걸린 괘종(掛鐘)의 거울이 번들하며, 새로 한 점을 가리키려는 시침(時針)이 위협하는 듯이 그의 눈을 쏜다. 그의 남편은 그때껏 돌아오지 않았었다.

아내가 되고 남편이 된 지는 벌써 오랜 일이다. 어느덧 7, 8년이 지났으리라. 하건만 같이 있어본 날을 헤아리면 단 1년이 될락 말락 한다. 막 그의 남편이 서울서 중학을 마쳤을 제 그와 결혼하였고, 그러자마자 고만 동경(東京)에 부급(負笈)[3]한 까닭이다. 거기서 대학까지 졸업을 하였다. 이 길고 긴 세월에 아내는 얼마나 괴로웠으며 외로웠으랴! 봄이면 봄, 겨울이면 겨울, 웃는 꽃을 한숨으로 맞았고 얼음 같은 베개를 뜨

---

1) 오락지 '오라기'의 사투리. 실이나 헝겊 따위의 동강 난 조각.
2) 벽상(壁上) 벽 위.
3) 부급(負笈) 타향으로 공부하러 감.

거운 눈물로 덥히었다. 몸이 아플 때, 마음이 쓸쓸할 제, 얼마나 그가 그리웠으랴! 하건만 아내는 이 모든 고생을 이를 악물고 참았었다. 참을 뿐이 아니라 달게 받았었다. 그것은 남편이 돌아오기만 하면! 하는 생각이 그에게 위로를 주고 용기를 준 까닭이었다. 남편이 동경에서 무엇을 하고 있나? 공부를 하고 있다. 공부가 무엇인가? 자세히 모른다. 또 알려고 애쓸 필요도 없다. 어찌하였든지 이 세상에 제일 좋고 제일 귀한 무엇이라 한다. 마치 옛날이야기에 있는 도깨비의 부자(富者) 방망이 같은 것이려니 한다. 옷 나오라면 옷 나오고, 밥 나오라면 밥 나오고, 돈 나오라면 돈 나오고…… 저 하고 싶은 무엇이든지 청해서 아니 되는 것이 없는 무엇을, 동경에서 얻어가지고 나오려니 하였었다. 가끔 놀러오는 친척들이 비단옷 입은 것과 금지환(金指環) 낀 것을 볼 때에 그 당장엔 마음 그윽히 부러워도 하였지만 나중엔 '남편만 돌아오면' 하고 그것에 경멸하는 시선을 던졌다.

남편이 돌아왔다. 한 달이 지나가고 두 달이 지나간다. 남편의 하는 행동이 자기의 기대하던 바와 조금 배치(背馳)[4]되는 듯하였다. 공부 아니한 사람보다 조금도 다른 것이 없었다. 아니다, 다르다면 다른 점도 있다. 남은 돈벌이를 하는데 그의 남편은 도리어 집안 돈을 쓴다. 그러면서도 어디인지 분주히 돌아다닌다. 집에 들면 정신없이 무슨 책을 보기도 하고 또는 밤새도록 무엇을 쓰기도 하였다.

'저러는 것이 참말 부자 방망이를 맨드는 것인가 보다.'

아내는 스스로 이렇게 해석한다.

---

[4] 배치(背馳) 서로 반대로 되어 어그러지거나 어긋남.

또 두어 달 지나갔다. 남편의 하는 일은 늘 한 모양이었다. 한 가지 더한 것은 때때로 깊은 한숨을 쉬는 것뿐이었다. 그리고 무슨 근심이 있는 듯이 얼굴을 펴지 않았다. 몸은 나날이 축이 나간다.

'무슨 걱정이 있는고?'

아내는 따라서 근심을 하게 되었다. 하고는 그 여윈 것을 보충하려고 갖가지로 애를 썼다. 곧 될 수 있는 대로 그의 밥상에 맛난 반찬가지를 붙게 하며 또 곰 같은 것도 만들었다. 그런 보람도 없이 남편은 입맛이 없다 하며 그것을 잘 먹지도 않았었다.

또 몇 달이 지나갔다. 인제 출입을 뚝 끊고 늘 집에 붙어 있다. 걸핏하면 성을 낸다. 입버릇 모양으로 화난다, 화난다 하였다.

어느 날 새벽, 아내가 어렴풋이 잠을 깨어, 남편의 누웠던 자리를 더듬어보았다. 쥐이는 것은 이불자락뿐이다. 잠결에도 조금 실망을 아니 느낄 수 없었다. 잃은 것을 찾으려는 것처럼, 눈을 부스스 떴다. 책상 위에 머리를 쓰러뜨리고 두 손으로 그것을 움켜쥐고 있는 남편을 보았다. 흐릿한 의식이 돌아옴에 따라, 남편의 어깨가 들썩들썩 움직임도 깨달았다. 흑흑 느끼는 소리가 귀를 울린다. 아내는 정신을 바짝 차렸다. 불현듯이 몸을 일으켰다. 이윽고 아내의 손은 가볍게 남편의 등을 흔들며 목에 걸리고 나오지 않는 소리로,

"왜 이러고 계셔요?"

라고 물어보았다.

"……"

남편은 아무 대답이 없다. 아내는 손으로 남편의 얼굴을 괴어 들려고 할 즈음에, 그것이 뜨뜻하게 눈물에 젖는 것을 깨달았다.

또 한두어 달 지나갔다. 처음처럼 다시 출입이 자주로웠다. 구역이 날 듯한 술냄새가 밤늦게 돌아오는 남편의 입에서 나게 되었다. 그것은 요사이 일이다. 오늘 밤에도 지금까지 돌아오지 않았다. 초저녁부터 아내는 별별 생각을 다하면서 남편을 고대고대하고 있었다. 지리한 시간을 속히 보내려고 치웠던 일가지를 또 꺼내었다. 그것조차 뜻같이 아니 되었다. 때때로 바늘이 헛되이 움직이었다. 마침내 그것에 찔리고 말았다.

'어데를 가서 이때껏 오시지 않아!'

아내는 이제 아픈 것도 잊어버리고 짜증을 내었다. 잠깐 그를 떠났던 공상과 환영이 다시금 그의 머리를 떠돌기 시작하였다. 이상한 꽃을 수놓은, 흰 보(褓) 위에 맛난 요리를 담은 접시가 번쩍인다. 여러 친구와 술을 권커니 잣거니 하는 광경이 보인다. 그의 남편은 미친 듯이 껄껄 웃는다. 나중에는 검은 휘장이 스르르 하는 듯이 그 모든 것이 사라져버리더니 낭자(狼藉)한 요리상만이 보이기도 하고, 술병만 희게 빛나기도 하고, 아까 그 기생이 한 팔로 땅을 짚고 진저리를 쳐가며 웃는 꼴이 보이기도 하였다. 또한 남편이 길바닥에 쓰러져 우는 것도 보였다.

"문 열어라!"

문득 대문이 덜컥 하고 혀가 꼬부라진 소리로 부르는 듯하였다.

"네."

저도 모르게 대답을 하고 급히 마루로 나왔다. 잘못 신은, 발에 아니 맞는 신을 질질 끌면서 대문으로 달렸다. 중문은 아직 잠그지도 않았고 행랑방5)에 사람이 없지 않지마는 으레 깊은 잠에 떨어졌을 줄 알고 자

---

5) 행랑방 대문의 양쪽 문간에 있는 방.

기가 뛰어나감이었다. 가느름한 손이 어둠 속에서 희게 빗장을 잡고 한참 실랑이를 한다. 대문은 열렸다.

　밤바람이 선득하게 얼굴에 안친다. 문 밖에는 아무도 없다! 온 골목에 사람의 그림자도 볼 수 없다. 검푸른 밤빛이 허연 길 위에 그물그물 깃들었을 뿐이었다.

　아내는 무엇에 놀란 사람 모양으로 한참 멀거니 서 있었다. 문득 급거히[6] 대문을 닫친다. 마치 그 열린 사이로 악마나 들어올 것처럼.

　'그러면 사람 소리였구면'

하고 싸늘한 뺨을 쓰다듬으며 해쭉 웃고 발길을 돌리었다.

　'아니, 내가 분명히 들었는데…… 혹 내가 잘못 보지를 않았나? ……길바닥에나 쓰러져 있었으면 보이지도 않을 디야…….'

　중문까지 다다르자 별안간 이런 생각이 그의 걸음을 멈추게 하였다.

　'대문을 또 좀 열어볼까? ……아니야, 내가 헛들었지. 그래도 혹 ……아니야, 내가 헛들었지.'

　망설거리면서도 꿈꾸는 사람 모양으로 저도 모를 사이에 마루까지 올라왔다. 매우 기묘한 생각이 번개같이 그의 머리에 번쩍인다.

　'내가 대문을 열었을 제 나 몰래 들어오지나 않았나……?'

　과연 방 안에 무슨 소리가 나는 것 같았다. 확실히 사람의 기척이 있다. 어른에게 꾸중 모시러 가는 어린애처럼 조심조심 방문 앞에 왔다. 그리고 문간 아래로 손을 대며 하염없이 웃는다. 그것은 제 잘못을 용서해줍시사 하는 어린애 같은 웃음이었다. 조심조심 방문을 열었다. 이불

[6] 급거히　급히 서둘러서.

이 어째 움직움직하는 듯하였다.

'나를 속이려고 이불을 쓰고 누웠구면'

하고 마음속으로 소곤거렸다. 가만히 내려앉는다. 그 모양이 이것을 건드려서는 큰일이 나지요 하는 듯하였다. 이불을 펄쩍 쳐들었다. 빈 요가 하얗게 드러난다. 그제야 확실히 아니 온 줄 안 것처럼,

"아니 왔구면, 안 왔어!"

라고 울 듯이 부르짖었다.

남편이 돌아오기는 새로 두 점이 훨씬 지난 뒤였다. 무엇이 털썩하는 소리가 들리고 잇달아,

"아씨, 아씨!"

라고 부르는 소리가 귀를 때릴 때에야 아내는 비로소 아직도 앉았을 자기가 이불 위에 쓰러져 있음을 깨달았다. 기실, 잠귀 어두운 할멈이 대문을 열었으리만큼 아내는 깜박 잠이 깊이 들었었다. 하건만 그는 몽경(夢境)[7]에서 방황하는 정신을 당장에 수습하였다. 두어 번 얼굴을 쓰다듬자 불현듯 밖으로 나왔다.

남편은 한 다리를 마루 끝에 걸치고 한 팔을 베고 옆으로 누워 있다. 숨소리가 씨근씨근한다.

막 구두를 벗기고 일어나 할멈은 검붉은 상을 찡그려 붙이며,

"어서 일어나 방으로 들어가세요"

라고 한다.

"응, 일어나지."

7) 몽경(夢境) 꿈속.

나리는 혀를 억지로 돌리어 코와 입으로 대답을 하였다. 그래도 몸은 꿈쩍도 않는다. 도리어 그 개개 풀린 눈을 자려는 것처럼 스르르 감는다. 아내는 눈만 비비고 서 있다.

"어서 일어나셔요. 방으로 들어가시라니까."

이번에는 대답조차 아니한다. 그 대신 무엇을 잡으려는 것처럼 손을 내어젓더니,

"물, 물, 냉수를 좀 주어"

라고 중얼거렸다.

할멈은 얼른 물을 떠다 이취자(泥醉者)[8]의 코밑에 놓았건만, 그사이에 벌써 아까 청(請)을 잊은 것같이 취한 이는 물을 먹으려고도 않는다.

"왜 물을 아니 잡수셔요."

곁에서 할멈이 깨우쳤다.

"응, 먹지 먹어"

하고, 그제야 주인은 한 팔을 짚고 고개를 든다. 한꺼번에 물 한 대접을 다 들이켜버렸다. 그리고는 또 쓰러진다.

"에그, 또 눕네"

하고, 할멈은 우물로 기어드는 어린애를 안으려는 모양으로 두 손을 내어민다.

"할멈은 고만 가 자게."

주인은 귀찮다는 듯이 말을 한다.

이를 어찌해 하는 듯이 멀거니 서 있는 아내도 할멈이 고만 갔으면

---

8) 이취자(泥醉者) 술이 몹시 취하여 곤드레만드레한 사람.

하였다. 남편을 붙들어 일으킬 생각이야 간절하였지마는, 할멈이 보는 데 어찌 그럴 수 없는 것 같았다. 혼인한 지가 7, 8년이 되었으니 그런 파수(破羞)⁹⁾야 되었으련만 같이 있어본 날을 꼽아보면, 그는 아직 갓 시집온 색시였다.

"할멈은 가 자게"

란 말이 목까지 올라왔지만 입술에서 사라지고 말았다. 마음 그윽히 할멈이 돌아가기만 기다릴 뿐이었다.

"좀 일으켜드려야지."

가기는커녕 이런 말을 하고, 할멈은 선웃음을 치면서 마루로 부득부득 올라온다. 그 모양은 마치 주인 나리가 약주가 취하시거든 방에까지 모셔다드려야 제 도리에 옳지요, 하는 듯하였다.

"자아, 자아."

할멈은 아씨를 보고 히히 웃어가며, 나리의 등 밑으로 손을 넣는다.

"왜 이래, 왜 이래, 내가 일어날 테야"

하고 몸을 움직이더니, 정말 주인이 부스스 일어난다. 마루를 쾅쾅 눌러 디디며, 비틀비틀, 곧 쓰러질 듯한 보조(步調)로 방문을 향하여 걸어간다. 와지끈하며 문을 열어젖히고는 방 안으로 들어간다. 아내도 뒤따라 들어왔다. 할멈은 중간 턱을 넘어설 제, 몇 번 혀를 차고는 저 갈 데로 가버렸다.

벽에 엇비슷하게 기대어 있는 남편은 무엇을 생각하는 듯이 고개를 숙이고 있다. 그의 말라붙은 관자놀이에 펄떡거리는 푸른 맥(脈)을 아내

---

9) 파수(破羞) 부끄러워하지 않음.

는 걱정스럽게 바라보면서 남편 곁으로 다가온다. 아내의 한 손은 양복 깃을, 또 한 손은 그 소매를 잡으며 화(和)한 목성으로 "자아, 벗으셔요" 하였다.

남편은 문득 미끄러지는 듯이 벽을 타고 내려앉는다. 그의 쭉 뻗친 발끝에 이불자락이 저리로 밀려간다.

"에그, 왜 이리 하셔요. 벗자는 옷은 아니 벗으시고."

그 서슬에 넘어질 뻔한 아내는 애달프게 부르짖었다. 그러면서도 같이 따라 앉는다. 그의 손은 또 옷을 잡았다.

"옷이 구겨집니다. 제발 좀 벗으세요."

라고 아내는 애원을 하며, 옷을 벗기려고 애를 쓴다. 하나, 취한 이의 등이 친 근(丁斤)같이 벽에 척 들어붙었으니 벗겨질 리가 없다. 애를 쓰다 쓰다 옷을 놓고 물러앉으며,

"원 참, 누가 술을 이처럼 권하였노."

라고 짜증을 낸다.

"누가 권하였노? 누가 권하였노? 흥흥."

남편은 그 말이 몹시 귀에 거슬리는 것처럼 곱씹는다.[10]

"그래, 누가 권했는지 마누라가 좀 알아내겠소?"

하고 껄껄 웃는다. 그것은 절망의 가락을 띤, 쓸쓸한 웃음이었다. 아내도 따라 방긋 웃고는 또 옷을 잡으며,

"자아, 옷이나 먼저 벗으셔요. 이야기는 나중에 하지요. 오늘 밤에 잘 주무시면 내일 아침에 가르쳐드리지요."

---

10) **곱씹다** 말이나 생각 따위를 거듭 되풀이하다.

"무슨 말이야, 무슨 말이야. 왜 오늘 일을 내일로 미루어. 할 말이 있거든 지금 해!"

"지금은 약주가 취하셨으니, 내일 약주가 깨시거든 하지요."

"무엇? 약주가 취해서?"

하고 고개를 쩔레쩔레 흔들며,

"천만에, 누가 술이 취했단 말이오. 내가 공연히 이러지, 정신은 말뚱말뚱하오. 꼭 이야기하기 좋을 만해. 무슨 말이든지…… 자아."

"글쎄, 왜 못 잡수시는 약주를 잡수셔요. 그러면 몸에 축이 나지 않아요"

하고 아내는 남편의 이마에 흐르는 진땀을 씻는다.

이취자는 머리를 흔들며,

"아니야, 아니야, 그런 말을 듣자는 것이 아니야"

하고 아까 일을 추상하는 것처럼 말을 끊었다가 다시금 말을 이어,

"옳지, 누가 나에게 술을 권했단 말이오? 내가 술이 먹고 싶어서 먹었단 말이오?"

"자시고 싶어 잡수신 건 아니지요. 누가 당신께 약주를 권하는지 내가 알아낼까요? 저…… 첫째는 화증이 술을 권하고, 둘째는 하이칼라가 약주를 권하지요."

아내는 살짝 웃는다. 내가 어지간히 알아맞췄지요, 하는 모양이었다.

남편은 고소(苦笑)[11]한다.

"틀렸소, 잘못 알았소. 화증이 술을 권하는 것도 아니고, 하이칼라가

---

11) 고소(苦笑) 쓴웃음.

술을 권하는 것도 아니오. 나에게 권하는 것은 따로 있어. 마누라, 내가 어떤 하이칼라한테나 홀려 다니거나, 그 하이칼라가 늘 내게 술을 권하거니 하고 근심을 했으면 그것은 헛걱정이지. 나에게 하이칼라는 아무 소용도 없소. 나의 소용은 술뿐이오. 술이 창자를 휘돌아, 이것저것을 잊게 맨드는 것을 나는 취(取)할 뿐이오"

하더니, 홀연 어조를 고쳐 감개무량하게,

"아아, 유위유망(有爲有望)[12]한 머리를 알코올로 마비 아니 시킬 수 없게 하는 그것이 무엇이란 말이오"

하고, 긴 한숨을 내쉰다. 물큰물큰한 술냄새가 방 안에 흩어진다.

아내에게는 그 말이 너무 어려웠다. 고만 묵묵히 입을 다물었다. 눈에 보이지 않는 무슨 벽이 사기와 남편 사이에 끼리는 듯하였다. 남편의 말이 길어질 때마다 아내는 이런 쓰디쓴 경험을 맛보았다. 이런 일은 한두 번이 아니었다. 이윽고 남편은 기막힌 듯이 웃는다.

"흥, 또 못 알아듣는군. 묻는 내가 그르지, 마누라야 그런 말을 알 수 있겠소. 내가 설명해드리지. 자세히 들어요. 내게 술을 권하는 것은 화증도 아니고 하이칼라도 아니요, 이 사회란 것이 내게 술을 권한다오. 이 조선 사회란 것이 내게 술을 권한다오. 알았소? 팔자가 좋아서 조선에 태어났지, 딴 나라에 났더라면 술이나 얻어먹을 수 있나……."

사회란 무엇인가? 아내는 또 알 수가 없었다. 어찌하였든 딴 나라에는 없고 조선에만 있는 요릿집 이름이거니 한다.

"조선에 있어도 아니 다니면 그만이지요."

---

12) 유위유망(有爲有望) 능력이 있어 쓸모가 있으며 잘될 전망이 있음.

남편은 또 아까 웃음을 재우친다. 술이 정말 아니 취한 것같이 또렷또렷한 어조로,

　"허허, 기막혀. 그 한 분자(分子)된 이상에야 다니고 아니 다니는 게 무슨 상관이야. 집에 있으면 아니 권하고, 밖에 나가야 권하는 줄 아는가보아. 그런 게 아니야. 무슨 사회 사람이 있어서 밖에만 나가면 나를 꼭 붙들고 술을 권하는 게 아니야…… 무어라 할까…… 저 우리 조선 사람으로 성립된 이 사회란 것이, 내게 술을 아니 못 먹게 한단 말이오. …… 어째 그렇소? …… 또 내가 설명을 해드리지. 여기 회(會)를 하나 꾸민다 합시다. 거기 모이는 사람놈치고 처음은 민족을 위하느니 사회를 위하느니 그러는데, 제 목숨을 바쳐도 아깝지 않으니 아니하는 놈이 하나도 없어. 하다가 단 이틀이 못 되어, 단 이틀이 못 되어……."

　한층 소리를 높이며 손가락을 하나씩 둘씩 꼽으며,

　"되지 못한 명예 싸움, 쓸데없는 지위 다툼질, 내가 옳으니 네가 그르니, 내 권리가 많으니 네 권리가 적으니…… 밤낮으로 서로 찢고 뜯고 하지. 그러니 무슨 일이 되겠소. 회뿐이 아니라, 회사이고 조합이고…… 우리 조선놈들이 조직한 사회는 다 그 조각이지. 이런 사회에서 무슨 일을 한단 말이오. 하려는 놈이 어리석은 놈이야. 적이 정신이 바로 박힌 놈은 피를 토하고 죽을 수밖에 없지. 그렇지 않으면 술밖에 먹을 게 도무지 없지. 나도 전자에는 무엇을 좀 해보겠다고 애도 써보았어. 그것이 모두 수포야. 내가 어리석은 놈이었지. 내가 술을 먹고 싶어 먹는 게 아니야. 요사이는 좀 낫지마는 처음 배울 때에는 마누라도 아다시피 죽을 애를 썼지. 그 먹고 난 뒤에 괴로운 것이야 겪어본 사람이 아니면 알 수 없지. 머리가 지끈지끈 아프고 먹은 것이 다 돌아 올라오고…… 그래도

아니 먹은 것보담 나았어. 몸은 괴로워도 마음은 괴롭지 않았으니까. 그저 이 사회에서 할 것은 주정꾼 노릇밖에 없어……."

"공연히 그런 말 말아요. 무슨 노릇을 못해서 주정꾼 노릇을 해요! 남이라서……."

아내는 부지불식간(不知不識間)에 흥분이 되어 열기(熱氣) 있는 눈으로 남편을 바라보고 불쑥 이런 말을 하였다. 그는 제 남편이 이 세상에 가장 거룩한 사람이거니 한다. 따라서 어느 뉘보다 제일 잘될 줄 믿는다. 몽롱하나마 그의 목적이 원대하고 고상한 것도 알았다. 얌전하던 그가 술을 먹게 된 것은 무슨 일이 맘대로 아니 되어 화풀이로 그러는 줄도 어렴풋이 깨달았다. 그러나 술은 노상 먹을 것이 아니다. 그러면 패가망신하고 만다. 그러므로 하루바삐 그 화가 풀리었으면, 또다시 얌전하게 되었으면 하는 생각이 그의 머리를 떠날 때가 없었다. 그리고 그날이 꼭 올 줄 믿었다. 오늘부터는, 내일부터는…… 하건만, 남편은 어제도 술이 취하였다. 오늘도 한 모양이다. 자기의 기대는 나날이 틀려간다. 좇아서 기대에 대한 자신도 엷어간다. 애달프고 원(冤)한 생각이 가끔 그의 가슴을 누른다. 더구나 수척해가는 남편의 얼굴을 볼 때에 그런 감정을 걷잡을 수 없었다. 지금 저도 모르게 흥분한 것이 또한 무리가 아니었다.

"그래도 못 알아듣네그려. 참, 사람 기막혀. 본정신 가지고는 피를 토하고 죽든지, 물에 빠져 죽든지 하지, 하루라도 살 수가 없단 말이야. 흉장(胸腸)이 막혀서 못 산단 말이야. 에엣, 가슴 답답해"

라고 남편은 소리를 지르고 괴로워서 못 견디는 것처럼 얼굴을 찌푸리며 미친 듯이 제 가슴을 쥐어뜯는다.

"술 아니 먹는다고 흉장이 막혀요?"

남편의 하는 짓은 본체만체하고 아내는 얼굴을 더욱 붉히며 부르짖었다.

그 말에 몹시 놀란 것처럼 남편은 어이없이 아내의 얼굴을 바라보더니 그다음 순간에는 말할 수 없는 고뇌의 그림자가 그의 눈을 거쳐간다.

"그르지, 내가 그르지. 너 같은 숙맥더러 그런 말을 하는 내가 그르지. 너한테 조금이라도 위로를 얻으려는 내가 그르지. 후우."

스스로 탄식한다.

"아아, 답답해!"

문득 기막힌 듯이 외마디 소리를 치고는 벌떡 몸을 일으킨다. 방문을 열고 나가려 한다.

왜 내가 그런 말을 하였던고? 아내는 불시에 후회하였다. 남편의 저고리 뒷자락을 잡으며 안타까운 소리로,

"왜 어디로 가셔요. 이 밤중에 어디를 나가셔요. 내가 잘못하였습니다. 인제는 다시 그런 말을 아니하겠습니다. ……그러게 내일 아침에 말을 하자니까……."

"듣기 싫어, 놓아, 놓아요"

하고 남편은 아내를 떠다밀치고 밖으로 나간다. 비틀비틀 마루 끝까지 가서는 털썩 주저앉아 구두를 신기 시작한다.

"에그, 왜 이리하셔요. 인제 다시 그런 말을 아니한대도……."

아내는 뒤에서 구두 신으려는 남편의 팔을 잡으며 말을 하였다. 그의 손은 떨고 있었다. 그의 눈에는 단박에 눈물이 쏟아질 듯하였다.

"이건 왜 이래, 저리로 가!"

뱉는 듯이 말을 하고 휙 뿌리친다. 남편의 발길이 뚜벅뚜벅 중문에 다다랐다. 어느덧 그 밖으로 사라졌다. 대문 빗장 소리가 덜컥 하고 난다. 마루 끝에 떨어진 아내는 헛되이 몇 번,

"할멈! 할멈!"

하고 불렀다. 고요한 밤공기를 울리는 구두 소리는 점점 멀어간다. 발자취는 어느덧 골목 끝으로 사라져버렸다. 다시금 밤은 적적히 깊어간다.

"가버렸구면, 가버렸어!"

그 구두 소리를 영구히 아니 잃으려는 것처럼 귀를 기울이고 있는 아내는 모든 것을 잃었다는 듯이 부르짖었다. 그 소리가 사라짐과 함께 자기의 마음도 사라지고, 정신도 사라진 듯하였다. 심신이 텅 빈 듯하였다. 그의 눈은 하염없이 검은 빈 인개를 물끄러미 바라보고 있다. 그 사회란 독(毒)한 꼴을 그려보는 것같이.

쓸쓸한 새벽바람이 싸늘하게 가슴에 부딪친다. 그 부딪치는 서슬에 잠 못 자고 피곤한 몸이 부서질 듯이 지긋하였다.

죽은 사람에게서뿐 볼 수 있는 해쓱한 얼굴이 경련적으로 떨며 절망한 어조로 소곤거렸다.

"그 몹쓸 사회가, 왜 술을 권하는고!"

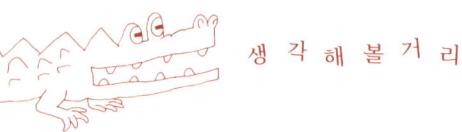

1 아내는 남편이 하는 공부를 왜 도깨비 방망이와 같다고 생각했나요?

아내는 결혼한 지 7, 8년이 되었지만 남편이 동경에서 공부를 하는 바람에 함께한 날은 일년도 안 됩니다. 긴 세월을 한숨으로 모든 고생을 참아가며 남편이 돌아오기만을 기다렸습니다. 그리고 남편이 하는 공부에 대해서 잘은 모르지만 이 세상에서 제일 좋고 귀한 것으로 생각하고 있습니다. 마치 옛날이야기에 나오는 도깨비 방망이처럼 옷 나와라 하면 옷이 나오고, 돈 나와라 하면 돈이 나오는 것으로 알고 있습니다. 이런 생각으로 남들이 잘사는 것도 꾹 참아내고 남편이 공부를 끝내고 돌아오면 긴 기다림에 대한 보상을 받을 수 있다고 여겼습니다. 이 소설에서 공부를 도깨비 방망이와 같다고 한 것은 공부가 사회적인 부나 명예 등 무엇이든지 얻게 해주는 수단이 될 수 있음을 의미합니다. 그리고 이것은 아내의 생각일 뿐 아니라 당시 사회의 전반적인 인식으로 보입니다.

2 아내가 거처하고 있는 공간의 상징적인 의미는 무엇인가요?

아내는 공부를 하지 못한 구여성으로 세상 돌아가는 일은 알지도 못하고 관심도 없습니다. 그녀가 바느질하며 늦게 들어오는 남편을 기다리는 방은 중문과 대문을 거쳐야만 밖으로 통할 수가 있습니다. 이중의 문 안에 갇힌 아내는 세태에 어두우며, 사회문제로 고민하는 남편과 대화가 안 됩니다. 이렇게 아내가 거처하고 있는 공간은 아내가 세상과 단절되어 있음을 상징적으로 보여주고 있습니다.

3 아내와 남편 사이의 보이지 않는 벽이란 무엇을 뜻하나요?

아내와 남편의 대화를 통하여 이들의 단절을 느낄 수 있습니다. 부인은 남편이 오면 금방이라도 잘살 줄 알았는데 공부를 안 한 사람과 다를 게 없이 술만 마시는 남편이 원망스럽습니다. 오늘부터는, 내일부터는 괜찮겠지 하고 기다려보지만 자신의 기대는 엷어져만 갑니다. 반면에 남편은 공부도 못 배우고 말까지 통하지 않는 아내가 답답하기만 합니다. 무슨 얘기를 해도 알아듣지 못하고 혹시라도 하는 기대에 속에 담긴 생각을 풀어내지만 전혀 위로가 되지 않습니다. 그래서 다시 답답해하며 자신이 한 말을 후회하고 밖으로 나가버립니다. 또다시 아내는 방에 덩그러니 혼자 남게 되고, 남편은 어두운 밤 기댈 사람이 없는 밖에서 방황합니다. 아내와 남편 사이의 대화의 벽은 배움의 차이와 서로에 대한 기대의 차이에서 비롯되며, 아내와 남편 둘 다 어디에도 의지할 곳이 없음을 보여주고 있습니다.

4 남편이 조선 사회가 나에게 술을 권하고 있다고 한 말은 무엇을 의미하나요?

술 마시고 늦게 돌아온 남편에게 아내는 누가 이처럼 술을 권했냐고 묻습니다. 이 말에 남편은 자신이 술 마시는 것은 아내의 말처럼 화가 나서도 아니고 자신이 하이칼라이기 때문도 아니라고 합니다. 그리고 이 사회라는 것이 술을 마시게 한다고 말하고 있습니다. 남편은 동경 유학을 다녀온 조선 최고의 엘리트입니다. 조국으로 돌아와서 어떤 일을 할 것인지 꿈도 많았겠죠. 하지만 그가 돌아온 조국은 3·1운동이 실패하고 허탈감에 빠져 있습니다. 자신의 이상을 추구하려 하지만 사회에 설 자리도 없고, 품었던 꿈들은 이루기 어려운 꿈이 되어버렸습니다. 분주히 돌아다니며 글을 쓰기도 하고 책을 보기도 하지만 돈을 벌지 못하고, 식민지 현실에서 자신의 힘은 나약하기만 합니다. 이렇듯 조선 사회가 술을 권한다는 말은, 남편이 무언가 해보려고 노력하지만 그 길은 보이지 않고 일제 식민지라는 시대적 조국의 현실 앞에 술로 도피하며 좌절하고 있는 지식인의 모습을 나타내고 있습니다.

5 왜 남편은 3·1운동 후 조선에 생긴 단체들에 대해 비판하고 있나요?

조선 사회는 3·1 운동 이후 집회·결사의 자유가 부분적으로 허용이 되면서 많은 사상단체와 사회운동단체들이 생겨났습니다. 조선경제회 (1919), 조선청년회연합회 (1920), 수양동우회 (1926), 조선물산장려회 (1920), 무산자동맹회 (1922), 조선노동공제회 (1920) 등은 그 대표적인 예입니다. 여러 단체가 난립하면서 실질적인 활동보다는 명분에 치우침으로써 부정적인 측면이 많았다고 합니다. 남편은 당시 조직 활동이 민족과 사회를 위한다는 대의명분 아래 실제로는 명예·지위·권력 다툼 등으로 얼룩져 있다고 폭로하고 있습니다. 그렇기 때문에 오욕으로 가득 찬 사회에서 자신의 뜻을 결코 펼칠 수 없다고 말합니다. 이는 20대 청년 현진건의 사상단체들에 대한 비판적인 의식을 엿볼 수 있는 부분입니다.

타락자

유망한 청년이 현실의 제약으로 타락하는 과정과
식민지 체제하의 나약한 지식인의 삶을 통해
그 계층의 아픔을 대변한 작품.

"인생이란 물거품의 그림자에 불과한 것이다"

식민 치하에서 지식인이 겪는 좌절과 타락

「타락자」는 1922년 『개벽』 19호부터 21호에 걸쳐 발표된 작품으로 현진건의 단편소설 중에서 분량이 가장 많습니다. 비교적 여러 가지 화제와 사건을 통해 「빈처」「술 권하는 사회」에서처럼 지식인의 현실도피와 방황하는 모습을 형상화하고 있습니다.

이 소설은 「타락자」라는 제목에서 알 수 있듯이 주인공 '나'의 타락하는 과정을 보여주고 있습니다. 화려한 미래를 꿈꾸며 공부밖에 모르던 모범적인 학생이자 유망한 청년이던 나는 집안 사정으로 동경 유학을 중도에 포기하고 돌아와 방황을 합니다. 그러던 어느 날 신문사에 입사하여 동료와 함께 요릿집에 갔다가 춘심이라는 기생을 만나게 됩니다. 주인공은 춘심과의 사랑으로 인해 가정과 사회로부터 불신을 받게되고, 자신은 물론 아내와 뱃속의 아기에게까지 성병을 옮기게 되지요.

그토록 애달프게 사랑하던 춘심은 자신을 배신하고 돈 많은 김승지에게 가버리고, 다시 돌아온 그의 가정은 온통 상처와 원망만이 남아 있습니다. 자신의 상황을 적극적으로 극복해나가지 못한 주인공의 비참한 타락의 결과입니다.

여담이지만 현진건은 일제시대 유명한 작가들 중 3대 미남에 속한다고 합니다. 현진건, 심훈, 안석영이 그들인데 장안 기생들의 흠모의 대상이었다고 해요. 이 소설에 등장하는 춘심은 실제로 현진건이 한때 맘을 주기도 했던 대구 기생이었답니다. 하지만 이를 제외하면 정갈하고 따뜻한 아내 순득과 보기 드물게 금슬 좋은 부부였다고 합니다. 아내와 지식인을 소재로 하고 있는 「빈처」「술 권하는 사회」「타락자」 등 초기 단편에는 현진건 자신의 모습도 곳곳에 투영되어 있습니다. 지식인으로서의 고뇌, 당시의 사회를 바라보는 비판적인 시각, 부모님의 정혼으로 결혼한 아내에 대한 생각 등 숨은 그림 찾기처럼 작가의 흔적을 찾아보는 것도 작품을 읽는 재미를 더할 것입니다.

이 작품은 현실적 제약으로 인해 공부를 포기한 주인공 '나'의 타락하는 과정을 그리고 있습니다. 여러분이 앞으로 하고자 하는 일에 만약 어떤 제약이 생긴다면 이것을 어떻게 극복해야 할지 생각해보면서 읽었으면 합니다.

타락자

1

우리 둘이—C와 나—명월관 지점에 왔을 때는 오후 일곱 점이 조금 지났을 적이었다. 봄은 벌써 반이 가까웠건만 찬바람이 오히려 사람의 살점을 에이는, 작년 2월 어느 날이다. 우리가 거기 간 것은 우리 사(社)에 처음 들어온 K군의 초대를 받은 까닭이었다.

이런 요리점에 오기가 그날이 처음은 아니다. 처음이 아니라면 많이 다닌 것 같지만 그런 것도 아니니 이번까지 어울려야 겨우 세 번밖에는 더 안 된다. 나는 이런 연회석(宴會席)에 참례할 적마다 매우 즐거웠다. 기다란 요리상을 중심으로 여러 사람이 둘러앉아 웃고 떠들며 술도 마시고 요리도 먹는 것이 좋았음이라. 아니 그것보다도 나의 가슴을 뛰게 한 것은 기생을 볼 수 있음이었다. 친할 수 있음이었다.

"무엇 때문에?"

이 물음에 답하기 전에 나는 잠깐 나의 경우를 설명해두고 싶다. 나는 일본에서 공부를 하다가 중도에 폐학(廢學)[1] 안 할 수 없게 된 사람이다. 그것은 어느덧 2년 전의 일이다.

　나도 공부할 적에는 모범적 학생, 유망한 청년이란 칭찬을 들었다. 기실 그것이 허예(虛譽)[2]가 아니었다. 남은 히비야〔日比谷〕 운동장에서 뛰고 천초구(淺草區) 놀이터에서 정신을 잃을 때에도 나는 한 자라도 알려 하며 두 자라도 배우려 하였다. 나는 공일도 모르고 휴일에도 쉬지 않았었다. 나의 유일의 벗은 서적뿐이었다. 나에게 위안을 주고 오락을 주는 것은 오직 지식뿐이었다. 창틈으로 새어오는 찬바람에 잠이 깨어지고 선선한 달빛이 찬물처럼 외로운 베개를 적시는 새벽, 사향(思鄉)[3]의 눈물을 뿌리다가도 갑자기 머리맡에 두었던 책을 집어 들었었나. 이나지 나는 공부에 열광적이었다. 공부만 하고 보면 위대한 인물이 될 수 있다. 내가 숭배하는 영웅호걸도 따를 수 있다. 그보다 지나간들 무엇이 어려우랴! 나는 까마득하나마 광채찬란(光彩燦爛)한 장래를 꿈꾸었다. 나의 환영(幻影)은 희망의 붉은 꽃이 필 대로 핀 꽃밭 사이로 떠돌았다. 물론 나는 이 꿈을 믿었었다. 이 환영을 참으로 여기었다. 그러나! 심술궂은 운명은 그것을 홍떵이치고 말았다. 불의에 오촌 당숙이 별세하시니 나는 그의 입후(入後)[4]가 아니 될 수 없었다. 80이 넘은 종조모(從祖母) 님의 홀손자가 되고 30이 남짓한 당숙모(堂叔母) 님의 외아들이 되고 말았다. 인제는 집을 떠날 수 없다. 바다를 건너 일본에

---

1) 폐학(廢學) 공부를 포기함.
2) 허예(虛譽) 실속이 없는 명예.
3) 사향(思鄉) 고향을 그리워하며 생각함.
4) 입후(入後) 양자로 들어감.

가기는커녕 며칠 시골만 다녀와도 할머님과 어머님이 우시며부시며 집 안이 호젓한 것을 하소연하신다.

꿈은 깨어졌다. 환영은 사라졌다. 광명이 기다리던 앞길에 잿빛 안개가 가리었다. 희망의 불꽃은 그물그물 사라져간다. 날이 감을 따라 달이 감을 따라 가슴을 캄캄하게 하는 실망의 구름장만 두터워갈 뿐이었다. 나의 혼은 얼마나 이 크나큰 손실에 오열하였는지, 신음하였는지! 마침내 돛대 꺾어진 배 모양으로 이리 비틀 저리 비틀하게 되고 말았다.

"되는 대로 되어라! 위인이 다 무엇이랴! 인생이란 물거품의 그림자에 불과한 것이다!"

밤새도록 잠 한숨 아니 자고 머릿속에서 온갖 신기루를 쌓아올리다가 그것이 싸늘한 현실에 무참히 깨어질 때 이런 자포자기하는 생각을 일으키기도 하였다.

공부할 동안 끊었던 담배도 어느 결엔지 잇게 되었다. 때때로 "화난다! 화난다!" 하고는 술을 찾기도 하였다. 술은 본래 못 먹음은 아니니 어릴 적부터 맛도 모르면서, 부친이 잡수실 술을 도둑해서 한 모금 두 모금 홀짝홀짝 마시었었다. 그래도 중간에 그것을 절금(切禁)[5]하였으니 정말 공부에 심신을 바친 나는 그것을 생각할 겨를도 없었다. 담배와 술을 먹게 된 때는 집에 나온 지 한 일년이나 되었으리라.

술은 먹는대도 요리점에서 버듬적하게 먹을 처지가 아니라(그런 처지야 만들려면 만들 수 있지만 그까지는 아직 타락되지 않았었다) 10전어치나 20전어치나 받아다가 집에서 자작(自酌)할 뿐이었다. 거배소수수편수

[5] 절금(切禁) 엄하게 금지함.

(擧杯消愁愁便愁)⁶⁾란 격으로 주기(酒氣)는 도리어 화증을 돕는다. 화풀 곳은 없다. 어찌 되든 집을 휙 나오는 수밖에 없다.

나오기는 나왔지만 발 돌릴 곳이 없다. 서울서 학교에 다닌 일도 없고 또 교제를 싫어하는 나라 어느 친구 하나 없다. 있대도 나의 화풀이 받을 벗은 아니다. 지향 없이 종로 네거리를 헤맬 따름이다. 남산공원에나 올라가서 저도 모를 소리를 지르기도 하고 한껏 흥분하여 혼자 우는 것이 고작이었다.

그후 내가 ○○사에 들어가자 오늘처럼 사우(社友)⁷⁾의 초대를 받아 요리점에 간 일이 있다. 거기서 나는 기생이란 물건을 보았다. 여염집 여자에게서는 좀처럼 볼 수 없는 어여쁜 표정, 옷이 몸에 들어붙은 듯한 아름다운 맵시, 교묘한 언사(言辭), 유혹적 웃음이 과연 그럴듯히였다. 묵묵히 보고만 있는 나에게도 위안을 주고 쾌락을 주는 것 같았다. 답답하던 가슴이 한결 풀리는 듯싶었다. 싸늘하던 심장에 따뜻한 피가 흐르는 듯싶었다.

'이럴 때에 기생이나 아는 것이 있었으면……'

쓸쓸히 덮쳐오는 환멸의 비애에 가슴을 물어뜯기다가 흔히 이런 생각을 하게 되었다. 전자(前者)에는 기생이라면 남의 피를 빨고 뼈를 긁어내는 요물(妖物)이고 사갈(蛇蝎)⁸⁾이라 하였었다. 그런 데 드나드는 사람조차 사람으로 알지 않았었다. 부랑자, 타락자…… 말 못할 인간이라 하였

---

6) 거배소수수편수(擧杯消愁愁便愁) 근심을 잊기 위해 술을 마셨는데 오히려 근심이 근심을 일으킨다는 말.
7) 사우(社友) 같은 회사나 결사단체에서 함께 일하는 동료나 동지.
8) 사갈(蛇蝎) 뱀과 전갈. 남을 해치거나 몹시 불쾌한 느낌을 주는 사람을 비유하여 이르는 말.

었다.

"유위유망한 꽃다운 청춘에 무슨 노릇을 못 해서 화류계에서 세월을 보낸단 말입니까. 그들은 제 일평생을 그르칠 뿐만 아니라 그 해독을 제 자손에게까지 끼치어 제 가족을 멸망시키고 제 민족을 멸망시키는 사회의 죄인이고 인류의 죄인 아닐 수 없습니다."

어떤 연설회에서 얼굴을 붉혀가며 이렇게까지 절규도 한 일이 있다.

그때의 나, 지금의 나, 변한들 어찌 이다지도 변하랴! 인제 길거리에 혹 기생들과 서로 지나치면 문득 가슴이 꿈틀함을 느꼈다. 나는 그 치마 뒷자락을 홀린 듯이 돌아보기도 하고 슬쩍 코에 앉히는 그 매력 있는 향기를 주린 듯이 들이마시기도 하였다.

어느 날 나는 마침내 소위 토벌(討伐)까지 하게 되었다. 그것은 사우 C가 심심파적[9]이란 구실 밑에 놀러를 가자 함이었다.

이 C란 이는 몸집이 작고 짧으며 머리가 곱슬곱슬한 사람인데 그 홍 갈색으로 반질반질하는 얼굴은 묽은 것 단단한 것에 다 닳아보았다. 하는 듯하였다. 나는 그 재사영롱(才思玲瓏)[10]한 농담을 좋아하며 또 나보다 근 20년 맏이건만 조금도 연장자로 자처치 않는 데 감복하였었다. 그리고 또 그의 여관이 우리 집 가까이 있기 때문에 우리는 자주로이 상종하게 되었다. 그도 몇 해 전 주머니가 넉넉할 때에는 화류계에 많이 놀았다 한다. 그의 말을 빌리건대 그는 화류항리(花柳巷裡)[11]에 백전노장(百戰老將)이었다.

9) 심심파적 심심풀이.
10) 재사영롱(才思玲瓏) 재치 있고 빛나는 생각.
11) 화류항리(花柳巷裡) 유곽 거리.

110

우리는 어둠침침한 행랑(行廊) 뒷골로 돌았다. 나는 어디가 어디인지 잘 알지도 못하였다. 다만 C의 뒤만 따른다. C의 번지(番地) 보는 성냥불이 몇 번 번쩍하였다. 그럴 적마다 나의 가슴에도 희망과 기대가 번쩍였다. 그래도 '나는 같이 아니 왔소' 하고 변명하는 듯이 늘 몇 걸음 물러서서 고개를 돌리고 있었다. 번지는 자꾸 틀렸다. 어느 때는 속 깊이 들어갔던 골목을 도로 나오기도 하였다. 헛되이 성냥개비만 허비하였다. 인제 희망은커녕 '웬걸 거길라구' 미리 실망조차 할 지경이었다. 그리고 C가 속히 그 집이 그 집 아닌 줄 알고 딴 데로 갔으면 하였다. 다리가 아프다.

찾던 집을 찾기는 찾았다. C는 대문을 살그머니 열더니 그 안으로 사라졌다.

"이리 오너라"

라고 부르는 소리가 들린다. 웬일인지 나의 가슴은 닥쳐올 중대한 일을 기다리는 사람 모양으로 뛰놀았다. 펄떡하고 행랑방문 여는 소리가 난다.

"기생 있소?"

"기생집 아니야요"

하는 퉁명스런 말이 끝나자마자, 탁 하고 성낸 듯이 문을 닫는 것 같다.

"대단히 잘못했구려. 고런 것, 나하고 오늘 저녁에 만나자 해놓고 고만 이사를 간담."

C는 비위 좋게 거짓말을 뿌리고 웃으며 나왔다. 그날 밤 원정은 실패였다.

"공연히 남을 끌고만 다니지."

도로 그 골목을 걸어나오며 나는 C를 원망하였다.

"똑 보아야 멋인가. 이렇게 다니는 것이 운동도 되고 좋지. 우리가 어디 다니고 싶어 다니나, 하도 갑갑스러서 그러지."

"그것은 그래."

나는 동의를 하면서도 어째 무엇을 잃은 듯이 섭섭함을 어찌할 수 없었다.

2

시간은 이미 일곱 점 반이나 되었건만 손들은 오히려 모여들지 않았다. 넓다는 명월관 지점 1호실은 쓸쓸하게 비어 있다. 손이라고는 C와 나 외에 우리를 초대한 K와 그의 절친한 친구로 이 연회의 설계자이고 준비원인 D가 있을 뿐이었다. 아니, 그들뿐은 아니다. 우리가 들어올 때 밥을 먹다가 일어선 기생 둘도 있다. 그의 하나는 한 번 본 일이 있는 계선(桂仙)이란 것이었다. 그는 이미 기생으로 '노(老)' 자를 붙일 만한 나쎄[12]이다. 서른 가까웠으리라. 그도 한창 당년(當年)에는 어여쁜 자태와 능란한 가무로 많은 장부의 간장을 녹이었다 한다. 어느 이름난 대관을 감투 끝까지 빠지게도 만들었다 한다. 그러나 지금 보는 나의 눈에는 그런 일이 거짓말인 듯싶을 만치 그의 얼굴은 사람을 끄는 무슨 힘도 없었다. 두 뺨은 부은 듯이 불룩하고 이마는 민 듯이 훌렁하였다. 더구나 그 시들한 살빛에는 벌써 늙은 그림자가 깃들인 것 같다. 하건만 여성으로

---

12) **나쎄** 그만한 나이를 속되게 이르는 말.

는 차마 못 들을 음담외설(淫談猥說)이 날 적마다 그 검은 눈을 스르르 감아 붙이며 '홍홍……' 하는 콧소리와 함께 그 뜨거운 입술을 비죽비죽하는 것은 음탕 그것이었다. 거기 옛날 솜씨의 남은 자취를 찾으려면 찾을 수 있을는지!

그렇다고 그에게 나와 고향을 같이한 명예 있음조차 부정할 수 없다. 더구나 그가 나를 처음 볼 때,

"저이가 아무 지배인의 아우가 아닌가요"

라고 C에게 물었으리만큼 그는 어느 시골 ○○회사 지배인으로 있는 우리 형님을 잘 알았다. 어린 나를 몇 번 보기조차 하였다 한다. 따라서 그는 기생 중 나를 아는 오직 한 사람이었다.

또 하나는 처음 보는 기생이었다. 나의 주의는 치음부터 그에게로 끌렸다. 공평하게 말하면 그 또한 미인 축에 끼지는 못하는지 모르리라. 이마는 조금 좁고 코끝은 약간 오근 듯하였다. 하나 그 어여쁜 뺨보리와 귀여운 입 언저리가 그런 결점을 감추고도 남았다. 그것보담 그 어린 우유 모양으로 하늘하늘한 앳된 살이 더할 수 없이 아름다웠다. 적어도 그날 밤에는 그렇게 보였다.

"너 요사이 나지미 많이 정했니? 그래, 나는 네 나지미 될 자격이 없단 말이냐. 나도 좀 되어보자꾸나, 응."

몇 만금 부모의 재산을 오입[13]의 구덩에 쓸어넣고 그 대신 몇 곡조 노래와 몇 마디 농담을 얻은 D는 그 통통하게 살찐 손을 늘여 그 기생의 손목을 잡고 빙글빙글 웃어가며 이런 말을 하였다. 그들은 밥을 다 먹고

---

13) 오입(誤入) 아내가 아닌 여자와 성관계를 가지는 일. 외도.

상도 친 때였다.

"네, 좋습니다"

하고, 그 기생은 가볍게 고개를 끄덕인다.

"그래 정말이냐?"

"네, 좋습니다"

하고, 대드는 D를 밀치며 문득 소리를 쳐 웃는다. 입술이 귀염성 있게 방싯 열리며, 하얀 쌀날 같은 찬찬한 이 사이에 드문드문 섞인 금니가 유혹적으로 번쩍인다. 나의 입술에도 어느 결에 웃음이 흘렀다.

"홍홍, 논을 팔란 말이지, 밭을 팔란 말이지. 에이고, 요런 것"

하고 D는 손으로 그의 뺨을 치고, 쳤다느니보다 스치고 물러앉는다.

"이리 좀 오게그려."

기생을 보면 감질이 나서 못 견디는 C는 애교의 웃음을 흘리며 그 기생을 부른다. 그때 나는 C와 한자리에 앉아 있었다. 가슴이 출렁하였다.

"우리가 어째 여태껏 서로 만나지 못했담."

채 앉지도 않은 그의 손을 잡아당기며 C는 말을 붙이기 시작하였다.

"이름이 무엇?"

"춘심(春心)이야요."

"고향이 어디야?"

"○○이야요."

나는 먼저 그가 나와 한 고을 사람임을 기뻐하였다.

"서울 온 지 얼마나 되었나?"

"한 삼 년 되지요."

"이건 참 내가 너무 고루하군.14)"

114

C는 인제 내 판이라 하는 듯이 일변 몸을 그리로 다가가며 일변 그 독특한 농담을 늘어놓기 비롯하였다.

　C의 하는 양은 마치 열 번, 스무 번 보아 친히 아는 듯하였다. 나는 물끄러미 그들의 하는 양을 보고만 있었다. 나의 눈에는 요술쟁이가 입으로 오색종이를 뽑아냄을 구경하는 촌뜨기의 그것 모양으로, 의아와 경탄의 빛이 있었으리라. 보기 사나웁기도 하였다. 부럽기도 하였다. 어찌하면 저렇게도 말을 잘 붙일 수 있는가. 가는 손을 함부로 쥘 수 있는가. 한시바삐 C의 대신에 내가 그와 말을 하였으면, 손을 쥐었으면, 하였다. 선망에 타고 있는 나의 눈은 맛난 음식을 먹는 어른의 입만 바라보는 어린애의 그것 같았으리라.

　어느덧 C의 쌀은 비스듬히 춘심을 안고 있다. 사랑을 속살거리는 애인들처럼 C의 입술은 춘심의 귀에 닿을 듯 말 듯하다.

　"에그, 점잖은 이가 그게 무슨 말씀이야요"
하고 춘심은 몸을 뺀다.

　"점잖길래 그런 말을 하지, 어린애가 그런 소리를 하던"
하고, C는 제 말솜씨에 만족한 것같이 빙그레 웃었다.

　춘심은 나에게 곁눈질하며 빈정대는 듯이 방긋 웃는다. 마침 그 순간인즉 나도 춘심을 보고 웃을 때였다. 그것은 C의 재담 때문이 아니다. 아까부터 생각하고 생각하던 춘심에게 건넬 묘한 말을 얻고 나오는 줄 모르게 띠운 웃음이라. 그런데 의외에 두 웃음은 마주쳤다. 어째 내 마음을 춘심에게 꿰뚫려 보인 듯싶어 나는 하염없이 얼굴을 붉혔다. 그래

---

14) 고루하다(固陋—) 낡은 사상이나 풍습에 젖어 고집이 세고 변통성이 없다.

도 나의 가슴에는 기쁜 물결이 술렁하고 퍼지는 듯하였다.

'나를 좋아하는가 보다'

하는 생각이 나의 피를 끓게 하였다.

우연히 오고 간 이 웃음이 둘 사이에 거멀못[15]을 친 듯이 그와 나를 달라붙게 하는 듯싶었다. 나는 그만 무조건으로 그가 정다웠다. 뜻도 모를 무슨 말이 불쑥 올라온다. 그 찰나였다. 밀장이 고이 열리며 보얀 얼굴과 푸른 치마가 어른한다. 그다음 순간에 나는 누구를 향하는지 모르게 한 팔을 짚고 인사하는 기생을 보았다.

그 기생도 계선이보다 나이 많았으면 많았지 어리지 않으리라. 그리고 그 얼굴이야! 분으로 메우고 메운 보람도 없이 드문드문한 손티, 까 뭇까뭇한 주근깨, 깎은 듯한 뺨, 그야말로 아무렇게나 생긴 것이었다.

'저까짓 것을 왜 불렀을까.'

나는 속으로 의아히 여길 지경이었다.

"형님! 인제 오셔요."

춘심은 반갑게 부르짖으며 불현듯 몸을 일으킨다. 몹시 시달리는 C로부터 벗어날 핑계 얻음을 못내 기뻐하는 듯이.

C는 아무 일도 없었던 모양으로 시침을 뚝 떼고 그 곱슬곱슬한 머리를 쓰다듬으며 그제야 손들이 모이지 않음을 깨달은 것같이,

"왜들 오지를 않아"

라고 하였다.

그와 나의 거리는 멀어지고 말았다. 그에게 말을 건넬 절호한 기회를

---

15) **거멀못** 나무 · 그릇 따위의 터지거나 벌어진 곳, 또는 벌어질 염려가 있는 곳에 거멀장처럼 겹쳐서 박은 못.

놓치고 말았다. 장차 수십 명이나 올 터이니 그는 어느 틈에 끼일는지! 누구하고 꿀 같은 이야기를 주고받을는지! 나는 하릴없이 뒷전만 보고 있을 뿐이다.

'에이 못생긴 것!'

나는 마음속으로 애닯게 부르짖었다.

저희들끼리 모인 그들은 이야기꽃을 필 대로 피게 한다. 연잎에 실비 뿌리듯 속살속살하기도 하며 때때로 옥반(玉盤)을 깨뜨리듯 때그르하고 웃기도 하였다. 나는 어린 듯이 그들을 바라보고 있었다. 계선이가 눈으로 나를 가리키며 춘심이더러 무어라무어라 하는 듯하였다. 그는 고개를 까딱까딱하기도 하고 슬쩍슬쩍 나에게 시선을 던지기도 하였다.

'내 말 하는가 보다'

하고, 나는 눈을 내리감았다. 얼굴에 춘심의 시선을 느끼면서.

사람들은 여덟 점이나 되어 모여들기 시작하였다. 서로 맞춰둔 것같이 한 사람 뒤를 한 사람이 잇고, 그 사람이 채 자리도 잡기 전에 다른 사람이 들어왔다. 어느 결에 갈고리란 갈고리는 모자와 외투가 빈틈없이 걸렸다.

"인제 기생 소리나 한마디 들읍시다."

한동안 늘 하는 인사와 무미한 대화가 끝나고 잠깐 무료한 침묵이 있은 후 누군가 이런 제의를 하였다.

"그것 좋지요."

다른 소리가 찬성을 한다.

"그래볼까요."

그런 일이면 내가 도맡았지요, 하는 듯한 얼굴로 D는 말을 하였다.

그의 쉰 듯한 소리는 보이를 불렀다. 퉁명스럽게 꾸짖는 듯이 보이에게 분부하기 시작하였다. 가야금이 들어왔다. 장구가 들어왔다. 갈걍갈걍 한[16] 보이는 가야금을 잊기도 하고, 장구가 소리가 잘 아니 나기도 하여 D에게 톡톡히 꾸중을 모시었다. 하건만 그 보이는 '그런 야단이야 밤마다 만납니다' 하는 듯이 그 하이칼라한 머리를 긁적긁적하고 허리를 굽실굽실하며 연해연방 '네, 네' 하고 시키는 대로 하였다.

먼저 춘심이가 가야금을 뜯기로 하였다. 그는 나에게 등을 향하고 줄을 검사하기 비롯하였다.

'저 계집애가 왜 돌아앉어!'

나는 화증을 내었다. 그대도록 나는 그의 얼굴을 보기나마 언제든지 계속하고 싶었다.

줄도 골랐고, 저희들끼리 문의도 끝난 뒤, 우는 듯한 구슬픈 가야금 가락을 맞추어 느리고 순한 춘심의 소리가 섞여 들리었다.

"가자 가자 어서 가, 위수 건너 백로가……."

말소리는 뚝 끊겼다. 모든 사람의 시선은 그리로 몰렸다. 그리고 제각기 고대 음률에 지식이 있어 그 잘잘못을 가릴 듯이 귀를 기울이고 있다. 그 지식의 발표로 어느 구절에,

"좋다."

"……기경선자(騎鯨仙子) 간 연후 공추월지단단 자라등 저 반달 실어라, 우리 고향을 함께 가……."

노랫가락은 멋있게 슬쩍 넘어간다.

---

16) **갈걍갈걍하다** 얼굴이나 몸이 야위었으나 강기가 있고 단단해 보이다.

"흥흥"

하는 콧소리가 여기저기서 일어난다.

나도 부지불식간에 "흥" 하고 말했다. 그 노래는 마치 봄바람 모양으로 나의 마음을 어루만져주었다. 그 서슬에 얼어붙은 무엇이 스르르 풀리는 듯싶었다. 그 무엇이 활개를 벌리고 우쭐우쭐 춤을 추는 것 같기도 하였다. 그렇지 않으면 어깨가 우쭐우쭐할 리가 있으랴! 이럴수록 그 노래의 임자가 보고 싶었다. 그 표정이 어떨까? 그 입술이……?

'저 맞은편 사람에게 무슨 말을 하는 척하고 슬그머니 그의 정면에 가 앉을까?'

절묘한 낙상(落想)[17]이다! 그러나 나의 몸은 무엇으로 동여맨 것같이 꼼짝도 할 수 없었다. 나의 눈은 박힌 듯이 그의 뒷골에 이리고 있었다. 앞으로 굽힐 적마다 반질하고 빛나는 그의 머리, 연분홍 숙고사 저고리 밑에서 곰실곰실 움직이는 어깨의 윤곽, 들었다 굽었다 하는 팔, 그리하여야 옳은지 정신을 모으고 있는 듯싶었다.

꾸김꾸김한 치맛주름…… 이 모든 것보다도 가야금 줄 위에서 남실남실 춤추는 보얀 손가락이 나의 넋을 사르고 말았다. 보면 볼수록 그 모든 것에 미(美)가 더하고 매력이 더하였다. 때때로 정신이 아찔해지며 모든 것이 한데 뒤범벅도 되었다. 그 고사(庫紗)[18] 무늬가 서로 뭉쳐지기도 하고 치맛주름이 한데로 몰려지기도 하였다. 어슴푸레한 어둠 가운데서 보얀 손가락만 파뜩파뜩하기도 하였다. 나중에는 모든 것이 아물아물해지며 눈앞에 불꽃이 주렁주렁 흩어진다.

17) 낙상(落想) 생각이 미치거나 낙착됨.
18) 고사(庫紗) 감이 두껍고 깔깔하며 윤이 나는 비단의 한 가지.

3

요리상이 들어왔다. 우리는 그것을 가운데 놓고 둘러앉았다. 기생들은 술병을 들고 서 있다.

이윽고 비교적 나이 좀 많은 편에 두 노기(老妓)는 자리를 잡고 앉았다. 그런데! 춘심은! 그는 잠깐 나의 안계19)에서 사라졌다. 나는 얼른 좌석을 둘러보았다. 없다! 웬일인가? 그러다가 나는 마침내 아무의 곁에도 아니 앉고 오히려 나의 등 뒤에 서 있는 그를 발견하였다. 그때의 기쁨은 여간 몇 천 원 잃었던 돈을 찾은 것에 비할 것이 아니었다.

찾기는 찾았지만 내 곁에 앉을지 말지는 그래도 미지수이다. 감이 그저 떨어지기를 기다리랴. 못 올라 따겠거든 나무를 흔들기라도 하여야 한다. 그것조차 못할 지경이면 그 밑에 입이라도 벌리고 누워야 한다. 앉히려는 뜻만이라도 보여야 한다. 나는 뭉그적뭉그적 몸을 한편으로 밀어 그의 앉을 자리를 비워놓았다. 그리고 이리로 앉아요!란 말을 풍긴 눈치로 몇 번 그를 슬쩍슬쩍 치어다보았다. 남의 눈치는 빌어먹게도 못 알아준다. 하다하다 못하여 나는 내 곁에 앉은 P에게 눈꿈쩍이를 하였다. 이것은 정말 나의 피땀을 흘린 마음의 노력이었다. P는 춘심을 힐끔 쳐다보더니,

"이리 앉지!"

대수롭지 않게 한마디를 던졌다.

그 당장엔 그냥 뻣뻣이 서 있었다. 이 짧은 찰나가 나에게는 얼마나

---

19) 안계(眼界) 눈으로 바라볼 수 있는 범위.

길었으라! 이윽고 소르룩 코에 앉히는 향기 실린 실바람을 느낄 제, 그는 벌써 사뿐하고 나의 왼편, P의 오른편에 앉아 있었다. 펄떡펄떡 고동하는 나의 가슴의 장단 맞춤으로 나의 한옆을 스치는 그의 옷이 사르르하고 그윽한 소리를 내었다.

그와 나는 서로 댈 듯 말 듯이 앉게 되었다. 이것은 우연인 듯싶어도 우연이 아니다. 이 많은 사람 가운데 하필 나의 곁을 취하랴. 여기 무슨 깊은 의미가 있어야 되리라. 암만해도 나에게 마음이 있는가 보다. 그렇지 않으면 나의 등 뒤에 서 있을 리도 없을 것이다. 그도 나 모양으로 나를 알고 친하기를 마음 그윽히 갈망하고 있었으리라. 이런 생각을 한 나는 말할 수 없는 환희를 느꼈다. 자석에 끌리는 쇠끝 모양으로 우리 둘의 사이는 점점 나가들어 샀었나. 그의 팔과 가상 스치기 쉽도록 나의 팔은 슬며시 내려놓였다. 나의 손은 그 부드러운 살에 대기 전에 먼저 그 보들보들한 옷자락에 더할 수 없는 쾌미(快味)를 맛보았다.

나는 술잔을 비우고 또 비웠다.

아니 비우고 견딜 건가. 그 힘을 받아야만 나에게로 날아오는 행복을 꼭 잡을 수 있다. 아니라 그의 뽀얀 손이 재불동하며 방울방울이 잇달아 떨어진 이 술이야말로 행복 그것이 아니랴! 적어도 행복의 구름을 걸러 내린 감로수(甘露水)! 아닐 수 없다. 우리는 말만 하면 속에 잡아넣은 행복이 날아갈까 두려워하는 것같이 그는 묵묵히 부어주고 나는 묵묵히 마셨다. 나의 마음은 실실이 풀어졌다. 그러면서 한껏 긴장하고 있었다. 평일과 달라 술은 좀처럼 취해 오르지 않는다. 정신은 잔을 거듭할수록 더욱 말뚱말뚱해갈 뿐이었다. 그의 손을 쥐자면서도 그의 얼굴을 보자면서도 그와 말을 하자면서도 나는 헛되이 시선을 딴 데로 돌리어, 너절

한 남의 말참례를 하고 있었다.

 술은 열 잔이 넘어갔다. 그제야 조금 얼근한 듯하였다. 나는 담배 하나를 집어들었다.

 "성냥 없소?"

라고, 나는 그에게 첫말을 건네었다. 그것도 그의 담배 붙이는 것을 본 까닭이었다. 그는 성냥 한 개비를 그었다. 나는 으레 붙여줄 줄 알고 담배 문 입을 내밀었다. 하나 그는 불을 붙여주려고도 않고 그것을 나에게 준다. 나는 실망도 하고 섭섭도 하였다. 하지만 붙여 달랄 용기는 없었다. 하릴없이 그것을 받았다. 실망한 빛이 나의 안색에 드러났으리라. 그다음 순간에 그 앵둣빛 같은 입술이 방실 열리며 나에게 무어라고 소곤거렸는가! 그는 마치 변명하는 듯이 방긋 웃으며,

 "불을 붙여주면 아니 된대요."

 이것은 더 의외이었다.

 "어째 그래?"

 "저……."

 매우 말하기 어려운 듯이 망설이다가 또 한 번 방글 하고는 말을 이어,

 "저…… 정이 갈린대요. 왜 저…… 첫날밤에 신부가 신랑의 담뱃불을 붙여주면 소박맞는다는 이야기가 있지 않아요."

 꿀 같은 말이다! 아무리 부끄럼 많은 도련님이라 한들 이에 미처서야 말문이 아니 터지랴!

 "그러면 나에게 소박 만날까 걱정이란 말이지?"

 나는 뚫을 듯이 그의 얼굴을 들여다보며 다그쳐 물었다.

 그는 부끄러운 듯이 시선을 피하며 의미 있게 웃기만 한다. 그 아름다

운 입술이란! 모든 것을 잊고 열렬한 '키스'를 하고 싶었다. 그것은 못하나마 나의 손만은 어느 결에 상 밑에서 그의 녹신녹신한 손을 꼭 쥐고 있었다. 이 말끝을 잃어서는 아니 된다. 무슨 말이든지 하여야 될 것 같다. 하나 아까 생각해놓은 절묘한 언사는 어디로 갔는지! 씻은 듯이 잊고 말았었다. 사람의 말을 흉내내는 앵무새 모양으로 남의 늘 하는 말을 되풀이하는 수밖에 없었다.

"이름이 무엇?"

"춘심이야요."

"고장이 어디?"

"○○이야요."

"나도 ○○ 사람이야."

"참말씀이야요?"

"그러면 거짓말 할까."

"네에……"

하고 고개를 까딱까딱하였다. 그의 손가락이 살금살금 나의 손 안을 누르고 있다.

나는 또 술을 한 잔 마시었다.

"자꾸 술만 잡수셔서 어찌합니까. 진지를 좀 드시지요."

담긴 밥이 그대로 남아 있는 밥 보시기를 가리키며 그는 자랑스럽게 권하였다.

"나는 괜찮아. 참, 밥 좀 먹지."

"싫어요."

그는 고개를 흔든다.

나는 밥 보시기를 그의 앞에 갖다놓으며,

"시장할 것을 그래, 좀 먹어요."

"아니, 먹기 싫어요."

"그러면 무엇 딴것이라도 먹어야지."

"아까 잔뜩 먹었어요."

우리는 벌써 사랑이 흠씬 든 애인끼리 하는 모양으로 서로 생각하며 서로 아끼고 있다.

문득 여러 사람이 웃는 소리가 우레같이 나의 이막을 울린다. 그는 깜짝하며 고개를 들었다. 모든 시선은 우리에게로 몰렸다. 모든 웃는 얼굴은 이리로 향하여 있다.

"미남자는 다른걸."

"○○야 오죽이 이뻐야지."

"아암 ○○ 보고 아니 반하면 눈 없는 기생이지."

"둘의 얼굴이 한 판에 박혀놓은 듯이 같은걸."

"저런 부부가 있었으면 좀 어울릴까."

"별소릴 다 하네. 오늘 밤에라도 되면 그뿐이지."

모든 사람은 웃음 섞어 이렇게 떠들었다. 나의 얼굴은 모닥불을 담아 붓는 듯이 화끈화끈하였다. 그것은 부끄럼의 불 때문뿐이 아니다. 빨간 행복의 불꽃도 방글방글 피고 있었음이라. 그러나 나의 얼굴과 그의 얼굴이 같다 함에는 불복이었다. 살갗이 흰 것은 서로 어근버근[20]할는지 모르리라마는 나의 오목한 코끝과 알맞은 이마 넓이는 그의 그것들이

---

20) 어근버근 서로 뜻이 맞지 않아 사이가 벌어지는 모양.

발 벗고 따를 바 아니다. 말이 났으니 말이지, 나의 얼굴은 남에게 그리 뒤지리만치 못생긴 것은 아니었다. 더구나 나의 눈은 C의 말을 들으면 가을 물같이 맑은데 은은한 정파(情波)²¹⁾가 도는 듯한 것이었다.

"자네에게는 계집이 많이 따르리니" 한 것은 어느 친구의 나를 비평한 말이다. 나도 어째 그럴 듯싶었다. 우선 오늘 밤으로 말하면 나는 벌써 춘심이가 나에게 홀린 줄 알았다. 저는 기생으로 예사로이 하는 짓이라도 나에게는 의미심장한 것이었다. 물론 나도 그에게 마음이 기울어졌으리라 하되 그것은 여성으로의 그의 아름다움에 끌림이요, 그가 나보다 잘나서 그런 것은 아니다.

그것은 그렇다 하고 여러 사람의 칭찬이 기쁘기는 하였다. 그 기림이 춘심으로 하여금 나의 잘난 것을 나시금 깨닫게 하는 점에 있어 더욱 기뻤다. 나는 빙그레 득의양양한 웃음을 웃었다.

"둘이한테만 붙어 앉어 쓰나. 춘심이! 이리도 좀 오게그려."

나와 맞은편 앉은 M이 그 험궂은 상에 어울리지 않는 간악한 웃음을 띠며 그를 부른다. 나는 어이없이 M을 바라보았다. 나의 눈은 감때사나운²²⁾ 형이 제 장난감을 보자고 할 때 쳐다보는 어린 아우의 그것 모양으로, 그것을 빼앗길까 하는 두려움과 또 그것을 빼앗지 말아달라는 애원이 섞여 있었으리라.

그는 그리로 갔다. 하건만 나는 의연히 기뻤다. 그가 가도 그저 아니 간 까닭이다. 몸을 일으키는 그 찰나에 그 아름다운 얼굴을 나에게로 돌리며 눈웃음을 쳤다.

²¹⁾ 정파(情波) 감정의 물결.
²²⁾ 감때사납다 매우 억세고 사납다.

'잠시라도 나리 곁을 떠나기는 참 싫어요. 그래도 기생 몸 되어 손님이 부르는데 아니 갈 수 없습니다. 눈 한 번 깜짝할 동안만 참아주서요. 내가 곧 돌아올 터이니……'

그의 추파는 이렇게 말하는 듯하였다.

'될 수 있는 대로 얼른 오게. 벌써 오나!'

나도 눈으로 이렇게 일렀다.

M은 음흉한 웃음을 껄껄 웃으며 그의 손을 잡아 이끌 사이도 없이 안반[23]같은 제 무릎 위에 올려 앉힌다.

'저런!'

남에게 저렇게 쉬운 일이 나에게는 왜 그리 어려웠던가?

"이것을 좀 보아! 어떤가?"

M은 춘심의 어깨에 머리를 누이며 나를 보였다.

"어떻기는 무엇이 어때."

나는 태연히 말을 하였다마는 나의 귀에도 그 소리가 억지로 지은 것 같이 울림을 어찌할 수 없었다.

"오장이를 짊어지고도 분하지 않아."

"아이고, 참 죽겠는걸."

이번에는 한 불 넘어보았다. 그래도 자리 잡힌 소리는 아니었다. 몹시 가슴이 울렁거린다. 암만 시치미를 떼도 그가 남에게 안긴 것은 보기 싫었다. 스스러운 생각이 무의식한 가운데에도, 또 스스로 부정하면서도, 마음 어디서인지 움직이고 있었음이다.

---

23) 안반 떡을 칠 때에 쓰는 두껍고 넓은 나무 판.

나는 툇마루로 나왔다. M의 노닥거리는 꼴도 보고 있기 무엇하였고, 또 먹은 술이 온몸에 불을 일으켜 선선한 공기도 마시고 싶었음이라. 웃고 떠드는 소리가 가끔 흘러들리지만 거기는 딴 세상같이 고요하였다. 지나가는 사람의 그림자도 볼 수 없었다. 한참 서서 저도 모르게 무슨 생각을 하고 있었다. 이윽고 무심히 고개를 돌린 나는 무엇에 놀란 듯이 가슴이 꿈틀하였다. 나의 앞에 춘심이가 서 있다!

"어디를 가?"

나는 몇 해 못 만나던 절친한 친구와 길거리에서 뜻밖에 마주칠 때 모양으로 반갑게 소리를 쳤다. 그러자마자 그의 가냘픈 허리는 벌써 나의 가슴에 착 안겨 있었다. 그 날씬날씬한 허리란! 자릿자릿 눌리는 가슴이란! 나는 잠깐 황홀하였다.

"집이 어디야?"

나는 슬며시 감았던 팔을 풀며 생각난 듯이 물어보았다.

"그것은 왜 물으셔요?"

그의 대답은 의외였다. 번연히 알겠거늘 왜 재우쳐 물을까. 나는 잠깐 할 말이 없었다. 그는 제 일신에 관한 무슨 중대한 해결을 기다리는 것처럼 얼굴빛을 바래고 있다.

"그것을 왜 물어!"

나는 혼잣말같이 중얼거렸다.

"왜 물으셔요?"

그는 대질러 묻는다.

"나, 놀러갈 터이야."

나는 간신히 이 말을 하였다.

"놀러는 왜 오셔요?"

그는 또 다그쳐 묻는다.

"자네 보고 싶어서"

하고 나는 다시금 그를 잡아당겼다.

"고만두셔요"

하고, 그는 몸을 빼며 냉연하였다.[24]

"그것은 또 웬말이야?"

나는 정말 웬셈인지 알 수 없었다.

"그대 나를 보고 싶으실까요?"

"그러면!"

"무얼, 지금뿐이지. 내일이면 씻은 듯이 잊으실걸 뭐"

하고, 원(怨)하는 듯 한(恨)하는 듯 눈을 깔아 메친다. 나는 꿈을 처음으로 깨인 듯하였다.

"무슨, 그럴 리가 있나."

나는 부드럽게 그를 위로하였다. 이 말은 결코 겉을 바르는 말이 아니었다. 충정(衷情)에서 우러나온 말이었다.

"흥, 그럴 리가 있나? 나도 많이 속아보았습니다."

그는 이 말을 남기고 돌아서더니 나를 떠나 한 걸음 두 걸음 생각 깊은 발길을 옮겼다. 나는 무엇을 잃은 듯이 망연하였다.[25]

별안간 그는 발길을 휙 돌이킨다. 방긋 쏟아지는 듯한 웃음을 흘리고 선뜩 나의 앞에 들어서자, 그다음 순간에는 그의 향기롭고 보들보들한

24) 냉연하다(冷然—) 태도가 몹시 쌀쌀맞다.
25) 망연하다(茫然—) 매우 넓고 멀어서 아득하다.

128

두 팔이 나의 목을 감고 있었다. 그리고 그 부드러운 입술이 나의 귀를 스칠 듯 말 듯하여,

"참말 나를 아니 잊으실 터이야요?"

라고 소근거렸다. 나는 정신이 얼떨떨하였다. 한동안 말도 나오지 않았다.

"그래, 나를 아니 잊으실 터이야요?"

"잊을 리 없지."

"정말?"

하고 물끄러미 쳐다보다가,

"꼭 그리하셔요"

란 말과 함께 나에게 달콤한 '키스'를 주었다.

"다옥정(茶屋町) ○○번지. 위선 이 번지를 잊지 마셔요."

나는 기계적으로 고개만 끄덕일 뿐이었다.

"이 연회가 끝나거든 우리 같이 가요, 꼭"

하고, 가볍게 나의 등을 두드린 후 저 갈 데로 가버렸다. 나는 우두커니 그대로 있었다. 미끈하고 그의 팔이 감기었던 목 언저리는 무슨 기름이 발라 있는 듯싶었다. 그리고 나의 입술은 무슨 벌레가 기어다니는 것같이 근질근질하였다.

나는 웃음을 띠고 방에 돌아왔다. 모든 사람이 나를 보고 웃는 듯싶었다. 방바닥이고 천장이고 전등불이고 모두 나에게 웃음을 건네는 듯하였다.

말끔 좋은 사람들뿐이라 하였다. 이런 좋은 사람들에게 술 한잔 아니 권할 수 없다 하였다. 나는 차례로 술을 권하였다. 나도 그 돌려주는 술잔을 사양치 않았다.

나는 잔뜩 술이 취하였다. 그 뒤에 들어온 춘심은 인제 나의 것이 되고 말았다. 세상없는 사람이 불러도 나는 그를 놓지 않았다. 그가 기어이 가야 될 사정이면, 둘이 같이 갔었다.

나는 주정을 막 하였다. 간에 헛바람 든 사람 모양으로 연해연방 웃었다. 술을 더 가져오라고 보이를 야단도 쳤다. 할 줄도 모르는 노래를 고함치기도 하였다. 그 넓은 방을 좁다고 휘돌며 춤도 추었다. 내 마음대로 놀았다. 남이야 싫어하든 미워하든 비웃든 욕하든 나는 조금도 관계치 않았다. 사의 윗사람이 몇 있었지만 그것들 다 초개(草芥)[26] 같이 보였다.

4

내가 타는 듯한 갈증을 느끼고 잠을 깬 때는 눈을 부시게 하는 햇살이 문살을 쏘고 있었다.

어찌 된 셈인가? 지금껏 나의 가슴에는 춘심의 온유한 몸이 녹신거리고 있었는데……. 여기는 암만해도 그의 방은 아니다. 확실히 우리 집이다. 보라! 윗목을 빽빽하게 차지한 옷걸이, 삼층장, 반닫이, 그 위에 이불 싼 모란꽃을 수놓은 물 날은 야단 보, 문갑 위와 밑과 가운데 뒤숭숭하게 채이고 꽂히고 누인 책자들, 틀림없는 우리 집 건넌방이다.

흐릿한 기억 가운데 문득 어젯밤 헤어지던 광경이 떠올랐다.

---

26) 초개(草芥) 지푸라기, 하찮은 것을 비유하여 이름.

몇 아니 남은 손들도 외투를 입으며 모자를 찾게 되었다. 그때껏 나는 춘심을 놓지 않았다. 언제든지 언제든지 그의 곁을 떠나기 싫었음이라. 하건만 딴 기생들이 제 망토도 있고 셈도 따질 요리점 사무실로 사라질 제 춘심이도 아니 일어설 수 없었다.

　"어디를 가?"

　"사무실에 가야지요."

　"나하고 같이 가!"

　나는 어린애 모양으로 울 듯이 부르짖으며 그에게 매달렸다. 마치 한 번 놓치면 다시 못 잡을 행복을 붙드는 것처럼. 그런 때 어찌 구두 생각이 났던지 그것을 불현듯 집어들고 그의 뒤를 따르려 하였다.

　"창피합니다. 님이 흉을 봅니다. 대문에서 기다릴 것이니……."

　그는 이렇게 타이르자 나를 내버리고 그림자를 감추었다.

　그때 시커먼 실망이 납 덩어리같이 나의 가슴을 내려지르던 것을 지금도 생각할 수 있다. 그러나 어찌하여 집으로 돌아왔는지는 까맣게 모를 일이다.

　나는 고개를 들어 둘러보았으나 자리끼는 벌써 거기 없었다.

　"물! 물 주어!"

라고 나는 성난 듯이 소리를 질렀다.

　황망한 발자취가 마루를 울릴 겨를도 없이 아내가 물그릇을 들고 들어온다. 김이 무럭무럭 남은 미리 데워두었음이리라.

　"무슨 술을 그렇게 잡수신단 말입니까. 온 골목이 떠나가도록 고함을 치고, 대문을 부서지라고 짓두드리고…… 야단야단해도 그런 야단이 어디 있겠습니까?"

내가 살 듯이, 물을 들입다 켜고 있는 동안 아내는 빨간 물 묻은 손을 요 밑에 넣고 이런 말을 하였다.

"내 원 참."

아내는 말을 이어

"마루에 그냥 털썩 드러누우시더니 세상 일어나시나요, 죽을 애를 써서 근근이 방에 모셔다놓으니 외투를 입으신 채 쓰러지시지요."

나는 묵묵히 물만 마시고 있었다. 그러면서 속으론 또 무척 성가셨구나 하였다.

나는 가끔 이런 괴로움을 그에게 끼쳤다. 일뿐 아니라 가슴이 답답할 때, 비위가 틀릴 때, 화증풀이도 그에게 하였다. 서러운 사정도 그에게 하였다. 사회에서 받는 나의 불평, 가정에서 얻는 나의 울분, 또는 운명에 대한 저주를 말끔 그에게 퍼부었다. 그가 이 모든 불행의 원인인 듯 나는 그를 들볶았다. 하지만 그는 그것을 싫다 아니하였다, 쓰리다 아니하였다, 달게 받아주었다. 까닭 없이 재우치는 애달픈 슬픔으로 하여 하염없이 눈물을 뿌릴 때,

"왜 이리하셔요, 왜 이리하셔요"

하는 그의 눈물 젖은 부드러운 소리가 슬픔을 거두어주었다. 또는 공연히, 부글부글 괴어오르는 심사를 어찌할 수 없어 억메를 덮어 죄 없는 그를 야단을 치다가도 그 두릿두릿한[27] 눈치를 보면 어느 결엔지 마음이 가라앉음을 깨달았다. 여기, 나는 불충분하나마 불만족하나마, 위자(慰藉)[28]도 얻고 행복스러웠다.

---

27) 두릿두릿하다 눈을 크게 뜨고 어리둥절하여 이리저리 휘둘러보다.
28) 위자(慰藉) 위로하고 도와줌.

만일 그가 없었던들 나는 벌써 타락의 심연에 온몸, 온 마음을 다 빠뜨리고 지금쯤은 헤어날 수도 없게 되었으리라.

"에그, 물 고만 잡수셔요. 진지가 벌써 다 되었는데"

하고 그는 물그릇을 앗는다. 그리고 한동안 나를 물끄러미 보고 있던 그의 눈과 입술에 문득 의미 있는 웃음이 흐른다.

"어젯밤에 날더러 무어라고 한 줄 아셔요?"

"무어라고 하기는!"

"그래, 모르셔요?"

"나 몰라."

"그런데 어젯밤에 어디 가셨습니까?"

"녕월관 시점에 갔었지."

"기생이 왔지요?"

"그럼, 왜 그래?"

"그렇지요?"

하고 아내는 북받쳐 나오는 웃음을 못 참겠다는 듯이 진저리를 치며 웃는다. 사르르 감기는 눈초리에 가는 금이 잡히고 연한 뺨살이 광대뼈 위로 토실토실하게 밀리자, 장미꽃 봉오리가 피어나듯, 입술이 동글고 오목하게 열리는 것이 그의 웃음의 특징인 동시에 또 그가 가진 가장 아름다운 특징이었다.

"왜 말을 아니 하고 웃기만 웃어."

아내는 웃음에 막히어 말을 이루지 못하면서,

"저어, 하하하하…… 아이고 참, 우스워 죽겠네…… 저어……."

"저어…… 하지 말고 말을 해요."

"저어…… 하하하하…… 한참을 주…… 주무시고 부스스 일어나시길래 외투와 두루마기를 벗겨드리려니까, 하하하하"

하고 그는 이불 위에 무너지며 어깨를 들썩거리고 한참 웃음에 잠긴다.

나도 멋모르고 빙그레하며,

"말을 해요, 말을 해요"

하였다.

이윽고 아내는 웃음의 파문이 이리 밀리고 저리 밀리는 당홍(唐紅)빛 같은 얼굴을 들더니,

"저어…… 눈을 감으신 채…… 하하하하, 나, 나를 한 팔로 스르르 잡아당기시며…… 하하하하, 춘심이, 춘심이, 하시겠지요. 하하하하 …… 그 춘심이란 게 누구이야요?"

나는 가슴이 뜨끔하였지만 무안 삭임으로 빙그레 웃으며,

"춘심이가, 춘심이지"

하고 시침을 뚝 뗐다.

그러나 별안간 춘심의 아름다운 모양이 선명한 활동사진같이 선뜩 머리에 비쳤다. 환영에 달뜬 나의 시각이 아내의 옥양목 저고리에 붉은 광선이 사르르 덮힘을 느끼자, 어느 결엔지 연분홍 고사 저고리 입은 춘심이가 연기같이 나의 앞에 앉아 있었다…….

"무엇을 그렇게 생각하셔요"

하는 아내의 말소리를 들은 때에도 나의 눈은 꿈꾸는 사람 모양으로 멀뚱멀뚱하였다.

그 다음 날 밤에야 나는 C와 함께 춘심이의 집에 갔었다.

가고 싶은 마음이야 한시가 바빴지만 다방골에 서투른 나는 C의 힘을

아니 빌릴 수 없었다. 그러나 그의 집 번지는 내가 알았다. 취중에 오직 한 번 들은 그 숫자가 야릇하게도 나의 기억에 새긴 듯이 남아 있었다. 다만 그 집 찾기가 곤란도 하고, 또 이런 명예롭지 못한 방문을 혼자 하기 싫어서 C를 힘입으려는 것이라.

어젯밤에도 두 번이나 C를 만나려 하였건만 출입이 잦은 C는 여관에 붙어 있지 않았다. 오늘도 저녁 일찍이 서둘렀으되 긴치 않은 C의 방문객으로 말미암아 나는 지리한 시간을 꿀꺽꿀꺽하고 아니 참을 수 없었다. 기쁜 기대와 달디단 희망에 눈을 번쩍이면서, 가슴을 뛰면서 길에 나선 지는 아홉 점이 훨씬 지난 때였다.

그의 집은 광천교(廣泉橋)에서 남쪽 개천을 끼고 한참 올라가다가 조그마한 다리 놓인 데서 가운데 다방골로 빠시넌 오른편 골목 믹다른 집이었다. 이 근처에 발이 넓은 듯한 C는 어렵지 않게 그것을 발견하였다.

대문 안으로 쑥 들어선 우리는 흘러나오는 가야금 가락에 잠깐 걸음을 멈추었다. 그날 밤 춘심의 가야금 뜯던 채화일폭(彩畵一幅)[29]이 다시금 얼른하고 나의 안계를 스쳐간다. 그 남실남실하는 보얀 손가락이 …… 그 반질반질하는 까만 머리가…….

거침없이 중문을 열어젖힌 C는 점잖게,

"이리 오너라"

하고 불렀다. 그 소리가 떨어짐을 따라 묵은 악기도 울림을 멈추었다.

"누구십니까?"

안에서 고운 목소리가 묻는다. C는 성큼성큼 마당으로 사라졌다. 나

[29] 채화일폭(彩畵一幅) 한 폭의 그림.

는 오히려 하회(下回)³⁰⁾를 기다리며 어둠침침한 중문간에 몸을 숨기고 있었다. 이윽고,

"들어와요"

라는 C의 부름을 듣자 환희의 전율이 찬물처럼 온몸에 쭉 끼쳤다. 춘심이가 있구나 하였다.

나는 야릇한 불안을 느끼며 허청허청 발길을 옮겼다. 열린 미닫이 사이로 밝게 흐르는 광선을 막은 듯이 서 있던 처녀 하나가 이상한 눈치로 나를 살피다가 기어들어가는 목소리로,

"올라오셔요"

하였다. 얼른 방 안을 엿보았다. C는 벌써 방 안에 자리를 잡고 앉아 있다. 춘심의 그림자는 보이지 않는다.

안방에서나 옆방에서나 또는 나 못 본 어슴푸레한 구석에서나 춘심의 튀어나옴을 마음 그윽히 바라면서 나는 구두를 끌렀다.

"형이 어디 갔어."

C의 이 말에 나의 어리석은 바람은 속절없이 깨어지고 말았다. 나의 마음은 밤같이 어두웠다.

"유일관(唯一館)에 갔습니다"

하고 그 동기(童妓)는 놀랐다는 듯한 눈으로 묻는 듯이 나를 바라보았다. 끝 모를 검은빛에 맑은 광채가 도는 그의 눈매는 더할 수 없이 예뻤다. 열대여섯이 될락 말락 하리라. 봉울봉울 피려는 모란꽃처럼 그의 얼굴은 탐스럽고 아름다웠다.

---

30) 하회(下回) 어떤 일이 있은 다음에 벌어지는 일의 형태나 결과.

나는 묵묵히 숨소리만 씨근거렸다. 웬일인지 낯이 화끈화끈 타는 듯
하였다. 하염없이 시선만 이리저리 던졌다. 세간은 그리 화려하다고 못
하리라. 옷걸이와 이불 얹힌 궤와 일본제 경대뿐이었다. 그러나 기생방
에만 있는 고혹적(蠱惑的)[31] 색채는 모본단 보료에도, 비스듬히 세운 가
야금에도 농후하게 흘러 있었다. 한편 벽 알맞은 자리에 그림틀에 넣은
양화(洋畵) 한 장이 걸렸다. 그것은 푸른 연기가 어린 듯한 산윗머리를
흰 구름이 휘휘 둘렀는데 수풀 우거진 곳에 푸른 리본 같은 강이 흐르며
그 위로 몽롱한 달빛 안은 일엽편주(一葉片舟)가 남녀 단둘을 싣고 소리
없이 떠나간다. 그것으로 나는 그만 주인의 취미가 고상하고 풍아한[32]
줄 짐작하였다.

"애써 오니 어째 없담!"

이윽고 나는 자탄 비슷하게 이런 말을 하였다. 농담같이 하려던 것이
어째 절망의 가락을 띠고 있었다. 벌린 입도 웃음을 이루지 못하였다.

"저어, 형님한테 기별할까요?"

나를 살피기를 마지않던 금심(琴心)은 (이것이 그 동기의 이름이다) 인
제 알았다 하는 얼굴로 우리에게 물었다.

"무얼 그럴 것은 없지."

C는 거절하였다.

"아니, 저어…… 형님이 가실 때 손님이 오시거든 알게 하라 하였어요."

"어떤 손님이?"

나는 가슴을 뛰며 물었다.

---

31) 고혹적(蠱惑的) 아름다움이나 요염한 자태로 호려서 마음이 쏠리게 함.
32) 풍아하다(風雅—) 풍치가 있고 조촐하다.

그는 조금 망설이다가,

"저어 오늘 오실 손님이 계시니 그 손님이 오시거든……"

'나를 가리킴이 아니로군.'

나는 번개같이 생각하였다.

"우리는 오늘 온다고 한 손님이 아니야. 온다고 하기는 그저께 밤이야."

나는 비웃었다.

"네, 그렇습니까?"

하고 금심은 무안한 듯이 고개를 숙이다가 무엇이 생각난 것같이,

"참, 저어, 그저께 밤에 손님 두 분이 오신다고 식도원(食道園)에서 인력거꾼이 왔습니다."

나는 더욱 실망 안 할 수 없었다. 명월관에서 놀았거늘 식도원이 또 웬말인가!

"식도원에서!"

나는 부지불식간에 부르짖었다.

"우리는 명월관에서 놀았는데…… 그러면 딴 손님이던 게지."

금심은 놀라 나를 바라본다. 그 큼직하게 뜬 눈은 마치 이런 말을 하는 듯하였다.

'어째 그럴까, 우리 형님이 기다린 손님은 분명히 이분인데…… 그러면 내가 잘못 들었던가. 식도원이 아니라 명월관이던가.'

"그래, 손님이 왔던?"

나의 말은 급하였다.

"아니야요. 형님 혼자만 왔어요. 와서, 손님 두 분이 아니 왔더냐고 묻습디다."

모를 일이다! C의 말을 들으면 나보다 먼저 나온 그는 문간에서 춘심을 만났는데 춘심의 말이 준비가 다 있으니 나와 같이 오라고 신신부탁하였다 한다.(이 준비란 것은 곧 다른 기생을 C에게 붙여주겠다는 뜻이다.) 두 분 손님이라 함은 곧 나와 C를 지칭함이리라. 그러하지만 식도원 운운은 풀 수 없는 의문이다.

　"그날 밤에 매우 우리를 기다린 모양이지."

　돌아오면서 나는 C에게 물어보았다.

　"기다리긴 무엇을 기다려."

　C는 이 천치야, 하는 어조로,

　"무엇 보고 기다리겠소. 오! 얼굴이 어여쁘니까. 얼굴 뜯어먹고 사나, 논 팔고 밭 파는 놈이라야지. 서울 온 지 삼년이나 되는 년이 나지미가 자네 하나뿐일까."

5

　비 맞은 옷 모양으로 풀 하나 없이 집으로 돌아왔다. 무슨 기막힌 일이나 본 듯이 모자와 두루마기를 되는 대로 획 집어던지고는 힘없이 쓰러지고 말았다. 홀로 바느질을 하고 있던 아내는 잠깐 눈썹을 찡그리고 웃옷과 모자를 걸었다.

　"진지 좀 아니 잡수렵니까?"

　이윽고 아내는 나에게 물었다.

　"아까, 나 저녁 먹었는데……."

"어디 한술이나 떴습니까…… 요사이는 도무지 진지를 못 잡수시니 무슨 까닭이야요. 살이 내리시고…… 신색이 그릇되시고…… 왜 기운 하나 없어 보입니까. 춘심인지 무엇인지 그로 하여 그럽니까?"

이런 말을 하며 아내는 근심스러운 가운데에도 비웃는 빛을 보였다. 참말 술이 양에 넘친 탓인지 뜬사랑에 멍든 탓인지 그후부터 무슨 가시나 난 것같이 혀가 깔끔깔끔하며 밥이 달지 않았다. 꿈자리조차 뒤숭숭하였다. 잠을 깨면 흔히 온 요, 온 이불이 축축하게 땀에 젖어 있었다. 물에 빠진 듯한 몸을 오한에 떨며 머리가 지끈지끈 아프기도 하였다.

"내 말이 옳지요. 춘심이 때문이지요"
하고 아내는 어서 그렇다 하라는 듯이 나를 들여다보다가 웃음의 가는 물결이 그 까만 눈썹 언저리를 흔들더니, 고만 자지러져 웃으며,

"그만 일에 진지를 못 잡술 게 무어야요. 탈기할 게 무어야요. 정 그러시거든 한번 가서서 정을 풀면 그뿐이지."

나도 웃으며,

"무슨 그것 때문에 그럴라구……."

"안 그런 게 다 무어야요."

"그렇다면 어찌할 터이오?"

"그러기에 가시란밖에."

"얻어도 샘을 아니 하겠소?"

나는 아내가 옛날 요조숙녀의 본을 받아 군자(君子)의 애물(愛物)을 시기치 않으리란 평일의 주장을 생각하며 한번 다져보았다.

"그것은 당신께 달렸지. 양편을 다 좋게 하면 왜 샘을 하겠습니까."

"그러면 샘을 아니 하겠다는 말이로군."

나도 또 한 번 다지었다.

"샘이니 우물이니는 둘째 치고 제발 원을 풀고 진지를 많이 잡수게 해요. 낙심천만한 모양은 차마 볼 수 없습니다."

하고 실인(室人)은 다시금 실소하였다.

"가래면 못 갈까. 지금 당장 갈 터야."

그러나 지금 당장은커녕 그 이튿날도 나의 그림자는 다방골에 나타나지 않았다. 기생집에 이틀 밤을 연거푸 감이 무엇도 하거니와 그가 나에게 마음이 있는지 없는지 알 수 없는 수수께끼인 까닭이다. 그날 밤 둘이 놀던 일을 생각하면 그는 확실히 나에게 쏠리었다. 그러나 춘심은 홀린 척도 하고 홀리기도 함을 위업(爲業)하는 기생이다. 명월관 손님도 오라 하고 식도원 손님도 가자 하여야 되나니 미처 그물을 여기도 치며 저기도 쳐서 고기의 걸리기만 기다리는 어부 모양으로 사나이를 낚는 것이 그의 장사이다.

그러면 나에게 준 뜻 많은 추파와 꽃다운 언약도 말끔 그의 맛난 미끼일는지 모르리라. 몇 간 집을 깝살리게[33] 하고 몇 떼기 논을 날릴 수단일는지 모르리라. 하나님 마옵소서!

그러나! 그러나! 그의 얼굴이 보고 싶다. 못 견디리만큼 보고 싶다. 소루룩 코 안으로 기어들던 향긋한 실바람은 오히려 후각 어디인지 남아 있었다. 박하를 뿌린 듯한 나의 목은 문득문득 비단결 같은 팔을 느꼈다.

---

33) **깝살리다** 재물을 흐지부지 다 없애다.

이화(梨花)에 월백(月白)하고 은한(銀漢)이 삼경(三更)인데
일지춘심(一枝春心)을 자규(子規)야 알랴마는
다정(多情)도 병(病)인 양하야 잠 못 들어 하노라.

시문독본(時文讀本)에서 읽은 이 시조를 이따금이따금 목을 빼서 청청스럽게 읊조렸다. 또 붓을 들면 이 글을 적기도 하였다. 그리고 춘심이란 두 글자를 뚫을 듯이 들여다보니 정신을 잃었다. 그 두 글자가 굼실굼실 움직여 엄청나게 굵고 크게 되어 시커멓게 눈을 가리기도 하였다. 봄 춘(春) 자의 삐침과 파임이 그의 가냘픈 팔이 되어 나의 허리에 감기기도 하였다.

6

그 이튿날이다. 아침을 마치고 궐련 한 개를 피워 문 나는 이리저리 마당을 거닐 때였다.

"편지 받으오"

하고 소리를 듣자 누른 복장(服裝)이 얼른하며 하얀 네모난 종이가 중문 앞에 떨어진다.

그것은 엽서형 서양봉투였다. 매우 이상하다는 듯이 나는 겉봉을 앞뒤로 뒤치며 한참 보고 있었다. 그러다 사방을 둘러보기가 무섭게 얼른 호주머니에 집어넣었다. 또 꺼내었다. 또 넣으려다 말고 손에 움켜쥔 채 어찌할 줄 모르는 것처럼 왔다갔다 하였다. 문득 미친 듯이 건넌방으로

뛰어 들어왔다. 그것은 춘심의 편지였다! 앞장엔 한 자 한 획 틀림없이 우리 집 번지와 나의 이름을 적었고, 그 뒷장엔 '다옥정 ○○번지 김소정〔茶屋町 ○○番地 金小汀ョリ〕' 이라고 쓰였다.

나는 번개같이 봉투 윗머리를 찢었다. 안에서 그림엽서 한 장이 나온다. 굽이치는 물결 모양으로 검누른 머리를 좌우로 구불구불 늘어뜨리고, 바람에 나부끼는 듯한 얇다란 한 오리 벼자취가 아른아른하게 감긴 풍염한[34] 두 팔과 앞가슴을 눈같이 드러내었는데, 장미꽃 한 송이를 시름없이 든 손으로 턱을 고이고 눈물이 도는 듯한 추파에 님 생각이 어린 금발미인의 그림이었다. 그리고 예쁘게 언문반초(言文半草)[35]를 날린 그 사연은 아주 간단하였다.

행용이면 수신자의 주소 성명을 쓸 자리 한복판에 두 줄로 '아무리 기다려도 아니 오시기로 두어 자 적사오니 속 보시지 마시압' 이라 하였고 그 밑 칸 글월은 이러하였다.

> 보고 싶어, 홍응.
> 왜 오시지 않습니까?
> 기다리는 제 마음 행여나 아실는지.
> 지정일변 아시겠소.
> 어찌하면 좋을까요?

이때의 기쁨이야 무어라 할는지! 가슴에 무슨 경기구(輕氣球)[36] 같은

34) 풍염하다(豊艶―) 탐스럽게 살져 아름답다.
35) 언문반초(言文半草) 한글로 초서와 행서의 중간이 될 만한 정도로 흘려 쓴 글씨체.

것이 있어 나를 위로위로 치슬러올리는 듯하였다. 길이길이 뛰고 싶었다. 모든 사람에게 이 기쁨을 말하고 싶었다. 종로 네거리에 뛰어나가 오는 사람 가는 사람에게 춘심이가 나에게 편지한 것을 알려도 주고 싶었다. 밀장을 화다닥 열었다. 무슨 큰일이나 난 듯이 안방에 있는 아내를 소리쳐 불렀다.

"이것을 좀 보아요. 이것을!"

아내가 방에 들어서기 전에 무슨 경급(警急)한 일을 말하는 사람 모양으로 소리는 헐떡거렸다.

"춘심이가 나에게 편지를 했구려, 편지를!"

하고 온 얼굴이 웃음에 무너졌다.

그날 해 지기가 바쁘게 나는 정서(情書) 준 이를 찾아나섰다. 나는 무념무상(無念無想)으로 거의 달음박질하듯 걸음을 재게 하였다. 발이 공중으로 날며 땅에 닿지도 않았다. 그 집 골목에 확 들어서자 갑자기 걸음이 누그러지며 가슴이 방망이질하였다. '예까지 와 가지고' 하고 하마터면 뒤로 돌 발자국을 앞으로 콱 내딛었다. 중문턱을 넘으매 머리는 모든 의식을 잃었다는 듯이 휑하였다.

"아이고, 어서 오십시오"

마침 마당에 있던 금심은 나를 보자 반갑게 인사하였다.

"너의 형 있니?"

"잠깐 어디 나갔습니다."

하다가 나의 꼴이 애처로웠던지,

---

36) 경기구(輕氣球) 풍선.

144

"지금 곧 올 것입니다. 올라가세요"

라고 말을 뒤붙였다.

그의 말마따나 얼마 아니 되어 춘심이가 돌아는 왔다. 하건만 그 태도
는 의외였다. 방문을 열고는 아랫목 보료 위에 엉성하게 앉은 나를 보고
시답잖게 다만,

"오셨어요"

란 한마디를 던졌을 뿐이었다. 그리고 대면도 하기 싫어하는 것처럼 경
대 앞에 착 돌아앉는다. 한 번도 못 본 사람에게 하듯 서름서름하다[37].
그날 밤 일은 고사하고 편지한 것조차 씻은 듯이 잊은 것 같다.

"오늘 밤에 해동관(海東舘)으로 부르지 않았어요?"

분지(粉紙)로써 얼굴을 요모조모 골고루 닦으며 나를 돌이도 아니 보
고 그는 이렇게 묻는다.

"아니."

"그러면 누구일까……? 새로 한 시에 수유를 받았는데…… 나는 나
리라고."

"나는 그런 일이 없는걸."

요리점에서 호기 있게 불러보지 못하고 제집으로 온 것이 구구한 듯
도 싶었다. 창피도 하였다. 바늘방석에나 앉은 듯이 무릎을 누일락 세울
락 하며 팔을 짚어도 보고 떼어도 보았다. 왜 왔던고 후회까지 하였다.
그만 갈까도 싶었다.

그러나 이 답답한 상태는 오래 계속되지 않았다. 경대를 살짝 떠난 그

---

37) 서름서름하다 남과 가깝지 못하여 서먹하다.

는 나의 코밑에 바싹 다가앉았다. 나는 또 그 말할 수 없이 매력 있는 향기를 느꼈다.

"왜 오시지 않았어요, 흥"

하고 한숨을 휘 쉬더니 나의 눈 속을 물끄러미 들여다보며,

"편지 보셨어요?"

"응."

"그날 밤새도록 기다리니 어디 와야지."

춘심은 말을 이었다.

"그러면 그렇지, 무슨 두드러진 정이 있어 이 못난이를 찾을라고. 기다리는 년이 미친년이지…… 잠 못 잔 것이 어떻게 앵한지를 몰랐어요"

하고 이 매정한 놈아, 하는 것처럼 눈을 깔아 메친다.

"워낙 술에 취해서 여기 온다는 것이 친우들에게 끌리어 집으로 간 모양이야. 아침에 잠이 깨고야 알았어"

라고 나는 변명하였다.

"그게께 밤에 유일관에 갔다가 집에 오니 오셨다겠지요. 놀음에 왜 갔던고 싶었습니다. 오늘은 오시려니 하고 어제는 아무 데도 아니 갔지요. 거짓말? 이 금심이한테 물어보셔요. 거짓말인가. ……그래 생각다 못해 편지를 하였습니다."

그리고 요릿집에 갈 적마다 나를 만날 줄 알고 남모르게 기뻐하던 것과 진득지 않은 딴 사람만 있고 그리운 내 얼굴을 못 볼 제 얼마나 상심하였으며 얼마나 흥미삭연하던[38] 것을 하소연하였다.

---

38) 삭연하다(索然─) 외롭고 쓸쓸하다.

"속없는 사나이도 다 많지."

춘심은 또다시 말을 이었다.

"수(誰)야 모(某)야 다 앉은 자리 정가는 곳은 한곳뿐이라, 이런 소리를 하지 않겠습니까. 그러면 저희들끼리 너니 내니 하겠지요. 무슨 아리알심이나 있는 듯이 눈을 끔벅끔벅하며 남의 옆구리를 꾹꾹 찌르겠지요. 하하하하…… 정가는 곳은 이곳뿐인데"

하고 나의 등을 가볍게 두드렸다.

"춘심 아씨 모시러 왔습니다."

꺽센 차부(車夫)의 목소리가 우리의 정담(情談)을 깨뜨렸다.

"어디서 왔는가?"

"해동관에서 왔어요."

춘심의 눈썹은 보일 듯 말 듯 찌푸려졌다. 무엇을 한참 생각하더니 큰소리로,

"거기 있게, 지금 갈 터이니"

라고 일렀다.

"술잔 값이나 주어 보내지."

나는 대담스럽게 이런 말을 하였다. 그만치 춘심을 보내기 싫었다.

"그럴 수 있어요? 미리 수유 받은 것이 되어서 그럴 수도 없고……"

하면서 나의 손을 꼭 쥔다.

"어쩌면 좋아!"

라고 안타깝게 속살거리고는 몸을 나에게 쓰러붙였다.

"…… 무슨 말을 하고, 나, 곧 올 터이니 기다리겠습니까?"

"그리 쉽게 올 수 있을라고."

"집안에 우환이 있다고 하고선 걸음에 돌아올 터야. 기다리고 계셔요."

"글쎄."

"글쎄가 아니라 꼭 기다리셔요."

"기다리지."

"꼭 기다리셔요, 꼭. 아홉 점 안으로는 기어이 올 터이니."

"그래, 아홉 점까지만 기다리지."

"가시면 일후(日後)³⁹⁾ 봐도 말도 안 할 테야."

"아홉 점만 지나면 간다."

7

한번 간 춘심은 돌아올 줄 몰랐다. 바람이 문을 찌걱거리게 할 적마다 몇 번을 오는가오는가 하였는지 모르리라. 나는 누울락 앉을락 하였다. 일어서 거닐기도 하였다. 마디고 마딘 시간이언만 아홉 점이 지났다, 열 점이 지났다…….

온갖 의혹이 고여오르기 시작하였다. 그의 말과 속이 같을진대 여태껏 아니 올 리 없으리라. 그 정 맺힌 눈치도 그 안타까운 몸짓도 모두 허위이런가 가식이런가. 나의 생각이란 염두에도 없고 어느 유야랑(有冶郎)⁴⁰⁾과 안기고 안으며 뺨도 비비고 입도 맞추면서 덧없이 깊어가는 밤을 한하는지 누가 알리오! 그런 줄 모르고 눈이 멀뚱멀뚱하게 오기를 고

39) 일후(日後) 뒷날, 나중.
40) 유야랑(有冶郎) 주색에 놀아나는 사나이.

대하는 나야말로 숙맥이로다! 천치로다!

내가 여기서 그의 돌아옴을 기다리는 모양으로 그는 거기서 나의 감을 기다리고 아니 있는지 누가 증명하랴! 암만해도 오늘 낮 새로 한 점에 놀음 수유를 받으면서 잘 수유조차 아울러 받았을 것 같다. 그렇지 않으면 처음 볼 때 왜 냉정하였으랴! 냉연함은 충동이었고 나중의 꿀을 담아 붓는 듯한 언사와 표정은 지은 솜씨이로다!

"해동관에서 나를 부르지 않았어요?"

한 것은 노골적으로 나를 욕보이는 수작이었다. 격퇴하는 칼날이었다.

'괘씸한 것 같으니.'

나는 속으로 부르짖고, 있지도 않은 위약자(違約者)[41]를 노려나 보는 듯이 비닫이를 물끄러미 바라보다기 벌떡 몸을 일으켰다.

"조금만 더 기다리십시오. 곧 올 것인데…… 지금 열 점 아닙니까. 반시만 더 기다려요."

곁에 있던 금심은 따라 일어나 나의 앞을 막으며 간청하였다. 그와 나는 벌써 꽤 친숙하게 되었다.

"고만 갈 터야. 아홉 점까지 기다리란 것을 열 점까지 기다렸으면 무던하지"

하고 나는 그의 팔을 가볍게 잡아 옆으로 밀쳤다.

"안 되어요. 안 되어요. 가시다니, 꼭 못 가시게 하라는데……"

하고 금심은 응석하는 듯이 뒤에 매달리며 모자를 벗기려고 애를 쓴다.

"밤새도록 아니 올걸 뭐."

---

41) 위약자(違約者) 약속이나 계약을 어기는 사람.

나는 모자를 한 손으로 단단히 붙잡고 웃으며 이런 말을 하였다.

"안 오기는 왜 안 와요. 두고 보시오. 곧 아니 오는가, 가시면 제가 야단을 맞아요"

하고 애원하는 듯이 쳐다보며,

"잠깐만 더 기다려요. 십 분만, 오 분만…… 네? 네?"

나는 돌아다보고 빙그레 웃으며,

"그래, 너의 형이 나를 꼭 잡으라 하던?"

하고 물어보았다.

"꼭 못 가시게 하라고……."

"정말?"

"정말이고말고요."

"가볼 일이 있는데……."

입으론 이런 말을 하였지만 이미 갈 뜻은 없었다. 춘심이가 진정으로 나의 기다림을 바랐거니, 어찌 그의 뜻을 저버리랴!

"볼일이 무슨 볼일입니까?"

금심은 나의 마음을 알아챈 듯이 중얼거리며 민속하게 나의 모자를 벗겨 들었다. 그가 개가(凱歌)⁴²⁾를 부르며 웃고 쓰러지자 나도 빙그레 웃으며 주저앉았다.

춘심은 새로 두 점이 넘어 돌아왔다. 그때껏 나는 견딜성 있게도 거기 있었나니 그렁저렁 열두 점이 넘고 새로 한 점이 넘으매 기다린 것이 아까워서 갈 수 없었음이다. 치맛자락의 사르르 소리를 듣자 나는 짐짓 한

---

42) 개가(凱歌) 개선가의 준말. 경기에서 이겼을 때 터져 나오는 소리.

잠이나 든 것같이 눈을 감았다.

밀장은 소리 없이 열렸다. 사람의 넋을 사르는 듯한, 몸과 마음을 가볍게 하는 듯한 향내가 떠돌았다. 저도 모를 사이에 나는 깊이 호흡을 하고 있었다. 그리고 무슨 강렬한 광선에 쏘일 때처럼 감은 눈이 환하며 눈꺼풀이 부신 듯이 떨렸다.

"아이고 아니 갔구면!"

하는 속살거림이 들렸다. 그 음향 가운데는 무한한 감사와 무한한 환희가 품겨 있었다. 감은 눈으로도 가만가만히 다가드는 그의 외씨 같은 발을 볼 수 있었다.

그는 금심을 고이 깨워 일으키자 가는 소리로 물었다.

"주무시나?"

"주무시긴 누가 주무셔요. 왜 인제야 와요."

금심의 잠꼬대 같은 소리가 대답을 하였다.

나는 눈을 떴다. 춘심은 벌써 내 곁에 앉아 있었다.

"미안한 말을 어찌 다 할는지."

그는 말을 꺼냈다.

"암만 오려니 어디 사람을 놓아야지요. 손님도 안면 있는 이 같으면 사정도 보건만 아는 이란 단지 하나뿐이고 모두 모르는 분이겠지요. 집에 일이 있다니 사람을 놓습니까, 몸이 아프다니 사람을 놓습니까. 하다 하다 못해 배가 아프다고 엄살을 치니까 영신환이랑 은단이랑 들여오라겠지요. 속이 상해서 죽을 뻔하였습니다. 오죽 지루하였습니까?"

하다가 문득 금심을 향하며,

"왜 자리를 아니 깔아드렸니. 좀 편안히 주무시게나 하지"

하고는,

"나는 가신 줄 알았어요. 이 못난이를 웬걸 기다리실라고, 하였지요. 이런 줄을 모르고 오죽 괘씸히 생각하셨겠나 하였어요. 밤을 새워도 편지로 사과나 할까 하였어요. 그런데 와보니……"

하고 기쁨을 못 이기는 듯이 말끝을 웃음으로 마쳤다.

나는 부스스 일어나 앉았다. 그러나 선잠을 깬 사람같이 말 한마디 할 수 없었다. 그 열렸다 닫혔다 하는 입술과 그럴 적마다 화판(花瓣)이 벌어지며 진주 같은 화심(花心)이 나타나는 모양으로 반짝반짝 드러나는 하얀 이빨과 찡그렸다 피었다 하는 그린 듯한 눈썹과 그 밑에서 흐리다가 빛나다가 하는 까만 눈을 멀거니 바라보고만 있었다…….

이윽고 금침은 펼쳐졌다. 하건만 나는 화석이나 된 것같이 망연자실하고 있었다. 어째 무시무시한 증(症)이 들었다. 이불 속이 곧 지옥인 듯이 들어갈 정이 없었다. 그만 집으로 갔으면 하였다.

"그만 자십시다. 매우 곤하실 터인데……"

저편도 아주 감개무량한 듯이 고개를 떨어뜨리고 앉아 있다가 슬픈 음성으로 침묵을 깨뜨렸다.

"응."

"어린애 모양으로 '응'……"

하고 춘심은 소리쳐 웃으며 별안간 나를 부둥켜안는다. 나는 마녀에게나 덮쳐진 듯이 머리끝이 쭈뼛하였다.

둘의 그림자는 이불 안으로 사라졌다. 나는 우들우들 떨면서 두 번 아니 오리라 생각하였다.

8

따라준 독삼탕(獨蔘湯)[43]을 마시고 문간에서 발발 떠는 그와 작별한 나는 인적 없는 쓸쓸한 거리로 나왔다. 식전 꼭두는 추웠다. 몹시 추웠다. 추움 그것이었다. 쓰라리는 발은 자국자국이 얼어붙는 듯하였다. 귀가 떨어지는 것 같다. 발갛게 된 쇠가 얼굴에 척척 달라붙는 것 같다. 앞으로 휙 하고 닥치는 매운 바람은 나의 몸을 썩은 나뭇가지나 무엇처럼 지끈지끈 부수며 세포 속속들이 불어 들어가는 듯싶었다.

'다시는 이런 짓을 아니하리라.'

나는 다시금 생각하였다.

어머님은 고종사촌 혼인 十성 겸 소풍 겸 동래(東萊)에 내려가시고 집에 계시지 않았다. 할머님만 속이면 그뿐이다. 어젯밤은 여러 친구에게 끌리어 청량사(淸凉寺)에 나갔다가 술에 취해서 못 왔다는 것을 돌차간(咄嗟間)에 생각해냈다.

아랫목에 쪼그리고 앉아 계시던 할머님은 샐쭉한 입을 두 가장자리를 동글게 호로형(胡虜形)[44]으로 여시며,

"못된 데만 아니 갔으면, 못된 데만 아니 갔으면"

하고 소곤거리셨다.

"늦게 놀고 보니 전차가 끊겼겠지요. 어디 올 수 있습니까. 하는 수 없이 자고 왔습니다"

라고 거짓말을 꾸며댄 후 나는 우리 방으로 건너왔다. 나는 빙그레 웃었

---

43) 독삼탕(獨蔘湯) 맹물에 인삼 한 가지만 넣고 달인 약.
44) 호로형(胡虜形) 분합문 아래에 박는 쇠장식 모양.

다. 머리를 빗고 있던 아내도 빙그레 웃으며,

"인제 속이 시원하지요"

하였다. 그러나 그의 얼굴빛은 피로 물들인 것 같았다.

나는 그만 나무둥치같이 곤한 잠에 떨어지고 말았다. 오정(午正) 가까이 되어 간신히 아내에게 깨이어 일어난 나는 냉수로 세수를 하면서도 꾸벅꾸벅 졸고 있었다. 사에 들어가기는 갔으되 머리가 뿌연 안개에 깔린 듯이 몽롱하여 일이 손에 잡히지 않았다. 그저 자고만 싶었다. 저녁 숟가락을 놓자마자 또다시 죽은 듯이 잠이 들고 말았다.

그 이튿날 잠을 깨자 해결해야 될 것은 그것을 어찌 치를까 하는 문제였다. 말할 것도 없이 돈이 필요하다. 그렇다고 주머니에서 잘각거리는 몇 푼 동전으로는 될 수 없는 일이다. 많지 않은 월급이라도 또박또박 타기나 하였으면 그믐을 하루밖에 아니 지낸 때이니 그것 수세할 것이야 남았으련만, 곤란이 도극(到極)한 ○○사는 사원 월급 지불은커녕 신문 박을 종이도 못 사서 쩔쩔매는 판이다. 집으로 말하여도 아들의 방탕에 이바지할 재정은 없었다. 그러나 몇십 원 장만할 거리는 나에게 있었나니 그것은 유산으로 물려받은 미국제 18금 시계였다. 오랜 것이라 모양이 예쁘지 않은 대신 투박하고 튼튼하며 달리아도 앞뒤 뚜껑에 아로새겼고 기계에 보석조차 박힌 값진 물건이었다.

이것만 잡히면 4, 50원이야 얻겠지. 춘심이 집에 가던 날이나 이제나 힘 미덥게 생각하였다. 난생 처음으로 전당포를 찾아다녔다. 조심 많은 흰옷 입은 취리(取利)꾼[45]들은 잇속 모를 물건을 퇴각하기에 서슴지 않

45) 취리(取利)꾼 돈이나 곡식 따위를 꾸어주어 이자를 받는 일을 하는 사람.

왔다. 어느 일본 질옥(質屋)에서 35원에 잡히는 수밖에 없었다.

그다음 문제는 전달할 수단이었다. 봉투에 넣어 우편으로 보내고 아주 끈을 떼어버리려 하였다. 양심의 반성도 맹렬하였거니와 한번 겪어보니 그리 탐탐스럽지도 않았음이라.

그러나 야릇한 염려가 나로 하여금 주저하게 하였다. 봉투에 넣어 보내는 것은 많은 금액에만 쓰는 격식인 것 같았다. 더구나 그리함은 그와 나의 사이를 이도(利刀)⁴⁶⁾로 싹 베어버리는 것 같았다. 그는 실망하리라. 실망한 그만치 나를 욕하리라. 영구히 그를 대할 낯이 없으리라 함에 어찌 차마 못할 일인 듯싶었다. 끊는 데도 톱으로 슬근슬근 나무 쓸 듯 누그러운 방법이 없지 않으리라고 생각하였다.

'그것은 꾸며대는 소리이다! 정말 끊으려면 저야 실망을 하든 욕을 하든 대할 낯이 없든 꺼릴 것이 무엇이냐. 그런 염려를 하는 것은 끊으려면서 아니 끊으려는 것이다!'

나는 마음 어디인지, 이런 가책을 느꼈다.

'끊고 아니 끊는 문제보다도 네가 침닉(沈溺)⁴⁷⁾이 될까 아니 될까가 더 중대한 문제이다. 빠지지만 않으면 그뿐이 아니냐. 슬근슬근 정을 붙여둔들 너에게 해로울 것이야 무엇 있나. 울적하고 무료할 제 일시에 위안거리는 꽤 될 것이다.'

다른 소리가 또 이렇게 변명하는 듯하였다. 마침내 이런 결론을 얻었다.

'이왕이면 한번 보기나 하자. 그 역시 사람이니 너무 매몰스럽게 함은 내 도리가 아니다.'

---

46) 이도(利刀) 날카로운 칼.
47) 침닉(沈溺) 주색이나 노름에 빠짐.

맨송맨송한 정신으로야 직접으로 돈을 건넬 수 없었다. 어느 요릿집에 데리고 가서 재미있게 놀다가 그도 취하고 나도 취한 후 그의 품속에 슬그머니 넣어주리라 하였다.

여기에 대하여 아내는 극렬히 반대하였다. 아내의 태도는 하룻밤 사이에 돌변하였다. 그의 주장을 의지하면 그런 짓은 성공도 하고 재산도 넉넉한 뒤에 할 일이었다. 하룻밤이면 무던하지 이틀 밤부터는 과한 짓이었다. 참말 끈을 떼려 할진대 춘심을 아니 보는 것이 상책인 동시에 돈을 봉투에 넣어 보냄이 지당한 일이었다. 그리고 돈도 다 줄 것이 아니니 20원이면 넉넉하였다. 10원은 내가 쓰고 5원은 자기가 써야 되겠노라 하였다.

"무슨 짝에 삼십오 원 템이나 주어요. 만날 용돈이 없어 허덕지덕하면서 나도 한 오 원 있어야 되겠어요. 먹고 싶은 것 좀 사서 먹을 터이야요."

아내는 이렇게 말을 마쳤다. 태기(胎氣) 있은 지 3, 4개월 되는 그는 불가항(不可抗)의 힘으로 도밋국이 먹고 싶었다. 물 많은 배가 먹고 싶었다. 나는 이 요구를 아니 들을 수 없었다. 그리고 돈만 치르고 열 점이 아니 넘어 돌아올 것을 재삼 타이른 후 나는 춘심의 집으로 왔다.

"오늘은 오실 줄 알고 아무 데도 아니 갔지."

춘심은 웃는 낯으로 나를 맞으며 이런 말을 하였다. 그는 못 알아보리만큼 예뻤다. 끊으리 말리 한 것이 죄송할 지경이었다.

그의 집에서 그리 멀지 않은 식도원으로 나는 춘심을 끌고 왔다. 우리는 한동안 먹기도 하고 마시기도 하였다. 이야기도 하고 웃기도 하였다. 포옹도 하고 키스도 하였다. 홀연 춘심은 내 손을 잡아당기어 제 바지를 만져 보이며,

"퍽도 뻣뻣하지요. 따뜻하라고 서양목(西洋木)으로 바지를 해 입었더니만……."

"툭툭한 게 좋구먼."

나는 무심한 듯이 대답을 하였으나 춘심의 그 말에 무슨 깊은 뜻이 있는 것 같았다. 사치만 일삼는 시체 기생과 다른 저의 질소(質素)⁴⁸⁾를 자랑함일까? 또는 명주바지를 해달란 말인가? 마침 그때에 그는 게으르게 기지개를 켠다. 누구에게 절이나 할 것처럼 깍지 낀 손을 내밀었다. 나는 반지 하나 없는 그의 손가락을 보았다. 명월관 지점에서 처음 만나던 때에 나는 그의 손가락에 적어도 두어 개 반지가 끼인 것을 보았거늘! 나는 아까 의심조차 한꺼번에 푼 듯싶었다.

'흥, 내가 반지를 해술까 하고.'

나는 속으로 요년 싶었다. 그러면서 해주고 싶었다. 이 묵연(默然)⁴⁹⁾의 욕망을 못 채워주는 것이 남아로 치욕인 듯하였다. 마음이 괴로워 견딜 수 없었다. 더 많은 것을 바라는 의사표시를 보기 전에 한시바삐 주려던 돈을 주었으면 하였다. 그러나 요리값이 얼마인지 알 수 없어 주저하고 있었다.

"고만 가요."

그는 후끈후끈 단 뺨을 나의 어깨에 쓰러뜨리며 나의 마음을 안 듯이 소곤거렸다. 요리값은 8원 얼마였다.

나는 남은 돈 20원을 쥔 주먹을 내밀며,

"저어…… 이것 담배용에나 보태 쓰라"

48) 질소(質素) 꾸밈이 없이 소박함.
49) 묵연(默然) 잠잠히 말이 없음.

라고 나는 목에 걸린 소리로 머뭇머뭇하였다. 그는 나를 물끄러미 바라보다가 고개를 흔들며,

"싫어요, 싫어요"

라고 부르짖었다.

"얼마 아니 된다마는 정으로 받으렴. 돈이 아니고 정이다."

"기생은 돈 주어야 붙는 줄 언제부터 알았소. 홍, 돈! 돈! 기생년은 정을 정으로 못 찾고 돈으로 찾는담!"

하고 춘심은 한숨을 내쉬었다. 나는 어찌할 줄 몰랐다.

"홍, 돈이 정, 정이 돈! 기생년의 팔자란!"

춘심은 또 한 번 괴로운 한숨을 토하였다. 애달픈 슬픔에 싸인 그 뜨거운 입김이 마치 나의 심장을 스치는 듯하였다. 그도 사람이다. 여성이다. 시들고 곯았을지언정 그의 가슴에도 사랑의 움은 있으리라. 지금 그 말은 인몰해[50)] 가는 사랑의 애끓는 신음이리라. 나는 마치 그 사랑을 파악하려는 것처럼 그를 휩싸 안았다. 나는 그의 가슴에 온미(溫味)와 고동을 느꼈다. 마치 그의 사랑이 나에게 이렇게 속살거리는 듯하였다.

'나는 다 식지 않았습니다. 오히려 봄날과 같이 따뜻합니다. 나의 숨은 아주 지지 않았습니다. 오히려 맥이 뜁니다. 오오! 나를 덥혀주셔요! 북돋워주셔요!'

그 말에 응하는 것처럼 나의 목소리도 소곤거렸다.

"덥혀주고말고. 북돋워주고말고. 아아, 불쌍한 사랑의 넋이여!"

우리는 10분 동안 서로 떨어지지 않았다. 떨어진 뒤에도 우리는 어깨

---

50) 인몰하다(湮沒―) 흔적도 없이 모조리 없어지다.

를 겨누고 같이 걸었다. 돌아온 데는 물론 그의 집이다! 그러나 나는 그의 망토 포켓 안에 지폐 두 장을 넣고 말았다.

9

내일 단성사 ○○권번(券番)—춘심이 다니는 조합—온습회(溫習會)에서 다시 만남을 기약하고 나는 아침 늦게야 그의 집을 떠났다. 그만큼 대담스럽게도 되었다. 그만큼 애련(愛戀)도 깊었다.

5분 전에 잠깐 어디 나갔다 오는 사람같이 신추럽게 돌아왔다. 비난과 책망을 미연에 막기 위하여 엄연히 긴장한 얼굴로 건넌방에 들어왔다. 아내는 없었다. 그 대신 나의 책상 위에 무슨 글발이 있었다. 그것은 아내의 필적이었다.

전일에는 이 몸을 사랑하시옵더니 이제는 이 몸을 버리시니 슬프고 애달픈 심사 둘 데 없사와 이 세상을 떠나려 하나이다. 이 몸이야 죽사온들 아까울 것 없지마는 다만 배 속에 든 어린것 불쌍코 가련하옵니다.

두루마기는 다리어 장 안에 넣어두었으니 이 몸 보는 듯이 입으시기 바라나이다. 길이 못 뵈올 것을 생각하온즉 죽어도 눈을 감을 수 없사외다. 다행히 모진 목숨이 끊어지지 않사오면 다시 뵈옵고 첩첩이 쌓인 서러운 사정을 하소연할까 하옵니다.

나는 매우 감동되었다. 정말 유언장을 본 것같이 가슴이 찌르르하였다. 눈물이 핑 돌았다. 물론 거짓이고 희롱인 줄이야 모름이 아니로되 거짓이면서도 거짓이 아닌 듯싶었다. 희롱이면서도 희롱이 아닌 듯싶었다. 혹 사실이나 아닐는지!

"할멈! 아씨 어디로 가셨나?"

나는 마루로 뛰어나가며 허전허전하는 소리를 떨었다.

"몰라요! 왜, 방에 안 계셔요."

밥을 먹는 듯한 할멈은 제 방에서 이렇게 대답하였다. 사실이나 아닐까?

나는 안방으로 건넌방으로, 주방으로, 뒷간으로, 허둥거리며 찾아다녔다. ……아내의 그림자는 볼 수 없었다!

"아씨 어디 가셨어. 어서 가르쳐달라니까 그래."

나는 광 속에 들어갔다 나오며, 다시금 부르짖었다. 대답은 없고 히히 웃는 소리가 들렸다. 나는 곧 행랑방문을 열어보았다.

"아씨가 여기 계실라고요."

할아범은 온 얼굴에 주름을 밀며 태평건곤(泰平乾坤)으로 빙그레하였다.

마침내 나는 다락 속에 숨은 아내를 발견하였다.

"여기 있구먼!"

나는 죽은 이가 살아온 것처럼 반갑게 부르짖었다. 콜럼버스가 신대륙을 발견한 때도 이만치 기쁘지 않았으리라. 아내는 웃으며 내려왔다.

"다락이 저승이야."

우리가 건넌방으로 단둘이 들어왔을 때 나는 웃으며 그를 조롱하였다. 은닉자(隱匿者)도 방글방글 웃고만 있었다.

"그것이 무슨 짓이람. 유언을 써놓았으면 죽을 것이지 왜 다락 속에 들어앉았담."

"왜, 모진 목숨이 끊어지지 않으면 다시 만나자 하지 않았어요"

하고 아내는 해죽 웃었다.

"이번은 그랬지만 한 번만 더 가보아요. 정말 아니 죽나."

아내의 얼굴빛은 갑자기 바꾸어졌다. 슬픔의 그림자에 그의 얼굴은 그늘지고 말았다.

"참, 그렇게 날 속일 줄은 몰랐습니다. 돈만 주고 열 점 안으로 오신다 해놓고 아니 오시는 데가 어디 있습니까…… 이제나 오실까 저제나 오실까 암만 기다리니 어디 오셔야지요. 새로 한 점을 치고, 두 점을 치고, 석 점을 치겠지요. 그제야 아니 오시는 줄 알았습니다. 사러 해도 집은 아니 오고 그년을 쓸어안고 있는 꼴만 보이겠지요. ……참말 애달프고 슬퍼서 견딜 수 없었습니다. 고만 죽고 몰랐으면 하였습니다. 그래요 앞 우물에 빠질까 하였습니다. 내가 한 것에 왜 남의 손을 대이랴 하고 밤중에 일어나 당신 두루마기를 다렸습니다. 내 손에 옷 얻어 입기도 이것이 마지막이다 하니……"

말을 마치지 못하여 그의 코가 연분홍색을 띠며 실룩실룩 경련하기 시작하였다. 그러자마자 두 줄기 눈물이 흰 선을 그리며 뺨으로 흘렀다.

뒤미처 투명한 액체는 흐르고 또 흐른다. 이것을 보고야 아무리 춘심의 지주망(蜘蛛網)51)에 감긴 나인들 어찌 그의 고충을 살피지 못하랴. 실행은 안 했지만 사(死)를 생각한 것은 해보다도 명백한 일이다. 그런

51) 지주망(蜘蛛網) 거미줄.

생각이 든 것만큼 그의 속은 쓰렸으리라, 아팠으리라.

"울기는 왜, 울기는 왜"

라고 나는 위로하였다. 그러나 나의 눈도 젖기 비롯하였다. 속눈썹에 뜨거운 눈물이 몰림을 느꼈다.

"또 가시렵니까, 또 가시렵니까."

이윽고 아내는 울음에 껄떡이며 다그쳤다.

"또 갈 리 있나, 또 갈 리 있나."

말뿐만 아니라 마음으로도 맹세하였다.

그러나 춘심과 만나자고 기약한 때는 왔다! 그 이튿날 저녁이다. 단성사에 갈까 말까? ……이것은 해결키 어려운 문제였다. 암만해도 가고 싶다. 가도 무방할 핑계를 얻으려고 애를 썼다. 단성사는 춘심의 집이 아니다. 공공의 구경터다. 춘심을 보러 가는 게 아니라, 구경하러 가는 것이다. 또 이번 홍행은 ○○양악대에 기부하기 위하여 우리 사에서 주최한 것이니 가보아야 할 의무가 있다. 누구가 나를 보더라도 춘심을 만나려고 오지 못할 데를 왔단 말은 아니할 것이다. 아니 가는 것이 도리어 남으로 하여금 이상하게 여기게 할 것이다. 또 춘심을 만날 기회는 이후라도 많을지니 보아도 수류운공(水流雲空)[52]할 시련이 필요하다. 보기 위해서 가는 것이 아니라 정을 끊기 위해서 반드시 가보아야 되리라.

이유는 얼마든지 있었지만 혼자 가기가 무엇하던 차 마침 C가 구경 가자고 왔다. 나는 즐거이 따라나섰다.

여덟 점 가까이 되었을 때라 위층, 아래층 할 것 없이 관람석은 입추

---

52) 수류운공(水流雲空) 흐르는 물과 뜬구름이라는 뜻. 지나간 일의 흔적 없고 허무함을 비유.

의 여지도 없었다. 휘황한 불빛도 담배연기와 사람의 입김에 흐리멍덩 하였다. 나는 압박과 질식을 느꼈다.

나의 눈은 부인석에서 춘심을 찾고 있었다. 눈코는 분간할 수 없고, 분면(粉面)의 윤곽만 총총히 인형같이 꽂혀 있다. 모두 춘심이 같으면서 모두 아니었다.

"저 무대 뒤로 들어갑시다. 거기는 난로도 있고 다(茶)도 있으니, 그리고 구경하기도 좋을 터이지"

하고 C는 나를 그리로 끌었다. 거기에는 푸른 것, 붉은 것, 누른 것, 가지가지 의상이 눈을 현란케 하며 모두 비슷비슷한 기생이 우물우물하였다. 특별히 못생긴 것도 없고 특별히 잘난 것도 없었다. 향기는 고만두고 썩어가는 몸과 마음의 송장 냄새가 그곳 일면에 자욱하였다. 나는 일종의 공포와 구역을 느꼈다. 그야말로 계집 냄새가 날 지경이었다. 그 가운데에도 춘심의 그림자는 보이지 않았다.

'이러다 춘심을 만나면 어찌할꼬?'

나는 문득 생각하였다. 만나면 또 알 수 없는 매력에 끌리지나 않을까. 아니 끌린다 하자. 그러면 보아서 무엇할 것인가. 멀리서 그도 나를 보고 나도 그를 본다. 보고 흩어진다. 쑥스러운 일이로다! 쑥스럽게 아니하려면 돌아가는 길에 술잔이나 나누어야 되리라. 적어도 인력거나 태워 보내야 된다. 그러하거늘 나의 주머니에는 벌써 쇠전 한 닢도 없다. 만나면 큰일이다.

"고만 가요."

나는 C한테 턱없는 요구를 하였다.

"왔다가 구경도 아니하고 가잔 말이야?"

춘심이와 탁 마주칠까 하는 공겁심(恐怯心)53)이 머리를 쳐들었다. 마음이 조마조마하여 견딜 수 없다. 몇 번 C를 졸랐건만 그는 내 말에 귀도 기울이려 아니하였다.

"가고 싶거든 혼자 가구려."

C는 마침내 성가신 듯이 말을 던지고 어느 기생과 이야기하기에 골몰하였다. 나는 하릴없이 또 머뭇머뭇하였다. 그럴 사이에 어째 건너편을 보고 나는 깜짝 놀랐다. 회색 망토에 까만 하부다이 수건을 두른 춘심이가 어느 결엔지 거기 와 있다! 다행히 나는 저를 보았건만 저는 나를 못 알아본 모양이었다. 나는 불시에 돌아섰다. 무대로 드나드는 왼편 문은 잠겨 있다. 나가려면 춘심의 곁을 지나야 되겠다! 이야말로 진퇴유곡이다! 그래도 되든 말든 두판 집고 한번 나가나 보자. 나는 그리로 향하고 급히 걸었다. 일평생에 관계되는 중대한 일을 단행할 때처럼 나는 더할수 없이 흥분하였다. 그는 나를 보았다! 둘의 거리는 한 자도 아니 된다. 마침 지나치는 사람은 많고 그곳은 좁았다. 나는 춘심에게 외면을 하고 사람 틈바구니에 휩쓸려 쏜살같이 이 난관을 넘으려 하였다. 나 좀 보아요, 하는 듯이 그는 살금살금 나의 외투자락을 잡아당겼다. 그 찰나에 나의 발길이 머뭇하려다 뒷사람에게 밀려 획 빠져나왔다. 문간을 나섰다.

안심의 숨을 내쉴 겨를도 없이 후회가 뒤미쳤다. 범치 못할 죄악을 범한 듯하였다. 얼른 본 춘심의 얼굴은 전보다 열 배, 백 배 더 아름다웠던 것 같았다. 그 가야금 병창을 못 견디리만큼 듣고 싶었다. 도로 들어갈까? 문지기 보기가 부끄러워 그럴 수 없었다. 발이 뒤로 당길 듯 당길

---

53) 공겁심(恐怯心) 불교에서 말하는 사겁(四劫)의 하나. 두려움.

듯하면서도 앞으로 앞으로 옮겨졌다. 가슴은 미친 바람에 뒤집히는 바다 모양으로 울렁거렸다. 머리는 벼락에 맞은 듯하였다. 어느 때 시작된지 모르는 빗줄이 얼굴을 때렸건만 찬 줄도 몰랐다. 분화산(噴火山) 모양으로 온몸이 뭉울뭉울 타는 듯하였다. 무슨 까닭인지, 나로서는 알 수 없다. 심리학자는 설명하고 싶은 대로 하여라!

10

며칠 동안 발을 끊었다. 그러나 알 수 없는 무슨 힘이 나를 끄는 것을 어찌힐 수 없었다. 그 힘은 이디 얼미니 달이나나 보자고 그가 나를 매놓은 실과 같았다. 달아나면 달아나는 대로 그 실은 풀렸다. 하되 잠깐만 걸음을 멈추면 그 실은 차츰차츰 감기어 뒤로뒤로 이끌었다. 어느 때는 머리올같이 가늘고 가늘게 되어 이것이 터진다, 이것이 터진다, 고만 이리 와요, 이리 와요, 살근살근 달래며 마음이 간질간질하게 잡아당기기도 하였다. 어느 때는 쇠사슬 모양으로 굵고 튼튼하게 되어 이리 안 올 테야, 이리 안 올 테야, 위협하는 듯이 쭉쭉 집어채기도 하였다. 이편에서 버티는 힘이 부족하면 획 따라가는 수도 있다. 하루는 그 집 골목까지 따라간 일이 있다. 그 집 대문을 보자 에, 뜨거라 하고 나의 넋은 달음박질하였다. 바른길로 일없이 진고개를 올라갔다. 늘 하는 모양으로 책사(冊肆)에서 책사로 돌아다니다가 저물께야 수표교로 빠져 돌아오는 길이었다.

대관원(大觀園)에서 어떤 젊은 신사가 기생 하나를 데리고 나온 것을 보았다. 나의 마음은 다시금 동요하였나니 그 기생의 걸음걸이며 뒷모양이 하릴없는 춘심이었음이라 나는 걸음을 재게 하였다, 느리게 하였다 하며 요모조모 살피기를 마지않았다. 그 나붓이 늘어진 귀밑머리조차 천연 춘심이었다. 그럴 즈음에 그 기생은 뒤를 흘끗 돌아보았다. 마치 내가 뒤따라옴을 아는 것처럼. 얼굴이 같을 뿐만 아니라 사죄하는 듯한 웃음조차 건네는 듯도 하였다. 나는 그 자리에 사라지는가 의심하였다. 그러나 내가 쏜살같이 그의 곁을 스치며 모든 것을 꿰뚫어보려는 일별(一瞥)로 그가 춘심이 아님을 간파하였다. 완전히 나의 착각임을 깨달았다.

나는 이런 일을 금방(金房) 금은방(金銀房) 앞에서, 전차 정류장에서 한두 번 겪지 않았다. 마치 나의 눈에 춘심이란 색안경이 끼여 도처에 춘심을 발견하는 것 같았다. 홀로 시각뿐만 아니다. 나의 관능이란 관능은 모두 그러하였다. 그 고소한 머릿기름 냄새를 아내의 머리에서 맡기도 하였다. 그 야릇한 향기를 나의 소매에서 느끼기도 하였다. 그의 소리, 살, 냄새도 벌써 그의 전유물이 아니고 낱낱이 나의 속 깊이 잠겨 있는 듯하였다. 이 모든 것들이 환원작용으로 본 임자와 어우러지라고 발버둥을 하고 있거늘 그래도 끈을 떼었거니 하고 있었다. 정말 떼어졌을까? 보라! 어느 연회에서 다시금 만난 우리는 어찌 되었는가! 처음은 서로 눈인사만 교환하였다. 그리고 피차 모르는 사람 모양으로 시침을 떼고 있었다.

하건만 연회가 끝나고 요리점 문 밖을 나왔을 제 그의 손은 나의 손을 힘있게 쥐었다.

"어쩌면 그렇게 매정하십니까?"

그는 말을 꺼내었다. 얼마든지 비난을 하라는 것처럼 나는 빙글빙글 웃고만 있었다.

"돌아서신 줄은 나도 알았지만, 그렇게 아니 오실 줄은 몰랐어요……. 그 이튿날 망토 속에 돈 이십 원 든 것을 보고 남자란 다 마찬가지다. 이걸로 정을 끊는구나 하였지요……."

"아니, 무엇 그런 것은 아니야. 저어……."

"남의 말을 좀 들어요……. 이것이 들어 남의 좋은 사이를 갈랐구나 하고 그 지전 두 장을 쭉쭉 찢어버리고 싶었어요. 이다지도 남의 마음 쓰는 것을 모르는가 하니 야속해 견딜 수 없었어요. 어쩌면 내 마음을 알아줄까……. 편지로나 세세사정(細細私情) 그려볼까……. 별별 생각을 다 하다가 에라 치워라, 매몰스러운 시니이에게 내 속을 왜 빼앗기리, 하고 한 발이나 되게 쓰던 편지를 갈가리 찢어버렸지요"

하고는 그때의 괴로운 한숨을 모아두었다가 인제 쉰다는 듯이 길이길이 숨을 내쉬었다.

"요사이 조금 바빠서……."

라고 일종 프라이드를 느끼면서 나는 중얼거렸다.

"그런 말 말아요."

춘심은 성난 듯이 잡았던 손을 뿌리치며,

"마음에 있으면 꿈에라도 보인다고 아무리 바쁘기로니 잠시 잠깐 다녀갈 틈이야 없단 말입니까. 내가 미친년이지 내가 미친년이야. 나 같은 것이 정이니 무엇이니 하는 게 개밥에 도토리지……."

"가고야 싶지만 어디 가겠던. 영업에 방해만 될 뿐이니……."

"내가 장사를 합니까. 영업이 무슨 영업이란 말씀이오. 그런 이면치

레를 하는 것부터 마음에 없어서 그러는 것이오. 짜장54) 보고 싶어 보시오. 그런 생각이 나기나 하는가. 참, 사나이라 다릅니다그려. 나는 암만 잊으려 해도 어디 잊혀집디까. 왜 만났던고 하루에도 몇 번을 후회를 하였는지 몰랐어요. 정이란 사람이 만든 것이지만 인력으로 못할 것은 정입디다."

그의 손은 다시금 나의 손을 쥐었다. 문득 깨달으니 나는 벌써 그의 집 마당에 서 있었다.

11

마음의 방축은 고만 터지고 말았다. 유혹의 흐름은 거리낌 없이 밀렸다. 이 물결 가운데는 싸늘한 이지와 뜨거운 감정이 서로 부딪고 서로 마주쳤건만 이지는 흔히 쩔쩔 끓은 열수(熱水)에 넣은 얼음조각 모양으로 사라졌다. 모든 것을 잊고 나는 종종 춘심을 방문하였다. 그 역시 언제든지 나를 환영하는 것 같았다.

"왜 그처럼 아니 오셔요."

그는 중문간에서 마당으로 삐죽이 나타나는 나를 보자 빙그레 웃으며 이렇게 부르짖는 것이 항례(恒例)였다.

"아까 왜 만나지 않았어."

어느 때는 내가 이렇게 대답할 경우도 있었다.

54) 짜장 참, 과연, 틀림없이 정말로.

168

"참, 그랬지요. 나는 또 깜빡 잊었지. 금방 보고도 금방 아니 본 것 같아요."

하고 둘이 웃는 수도 있었다. 그리고는 밖이야 햇발이 따뜻하든 달빛이 밝든 밀장은 합문(合門)이 되었다. 사랑은 낙원을 지을 수 있다. 진세(塵世)의 아무런 풍치와 아무런 풍정도 이에 미칠 것이 무엇이랴! 거울같이 마주만 앉으면 그뿐이다! 말은 말끝을 좇고 웃음은 웃음 뒤를 이었다. 피차의 처지를 설명하자 오뇌(懊惱)도 하고 번민도 한다. 그러나 사랑으로 하여 하는 오뇌요 번민이라, 딴 일로 말미암은 그것과는 달랐다. 그것은 하고 싶어하는 때문이다.

"그런 생각을 다 하면 무엇합니까. 한시라도 재미있게 놀면 그뿐이지."

칠나주의자인 그는 이렇게 끝을 맺고 가야금을 뜯기도 하였다. 이러다 돌아오는 날은 만족과 행복을 느꼈다. 물린 것이 아니지만 며칠 아니 보아도 참을 수 있었다. 하지만 어쩌 갔다가 못 만나면 하루도 두세 번을 가고 싶었다. 저나 내나 무슨 고장이 생겨서 곧 아니 헤어질 수 없게 된 때도 그러하였다.

어머님이 밤 열 점 반 차로 동래에서 돌아오시던 날이었다. 정차장 나가는 길에 나는 춘심의 집에 들렀다. 금심이가 있기 때문에 키스 한 번, 포옹 한 번 못하고 나는 몸을 일으키는 수밖에 없었다.

"왜 벌써 가셔요."

금심은 나에게 매달리며 모자 집으려는 팔을 막았다.

"아니, 집에 가보아야 될 일이 있다"

라고 대답하였다. 웬일인지 말소리가 내 귀에도 허전허전하는 것 같았다. 어쩌 춘심에게는 가야만 될 사정을 말할 수 없는 것 같았다.

"애, 그만두어라. 오긴 어려워도 가긴 잘 가지. 만날 천날 간다, 간다"
라고 춘심은 새무룩하게 끍어 잡아당겼다. 모자는 썼건만 그 음향이 전기같이 나에게 끼쳐 몸을 꼼짝도 할 수 없었다. 잠깐 답답한 침묵에 온 방 안 공기가 응결되는 듯싶었다. 금심은 물끄러미 처다보고만 있다. 춘심은 차마 가는 뒷골을 못 보겠다고 하는 듯이 고개를 푹 숙이고 있다. 부도(敷島)의 궐련을 빼어 입으로 그 담배를 불어 빼고 흰 종이로 볼록 볼록하게 만들고 있다. 차라리 가지 말라고 나의 소매를 잡아당겼던들 이렇게 가기 어렵지 않으련만!

"아이고, 좀 붙잡으셔요."

민망하였던지 금심이가 마침내 침묵을 깨뜨렸다.

"고만두어라. 양류(楊柳)가 천만 홍인들 가는 님 어이하리"
라고 춘심은 노래 부르는 어조로 한숨을 내쉬었다. 하건만 나를 쳐다본 애끓는 정이 서린 추파는 무어라고 형용할 수 없는 느낌을 주었다. 다만 한 시간이라도 반 시간이라도 더 놀았으면 하였다. 그러나 기차 대일 정각은 이미 임박하였다. 마루까지 나오는 수밖에 없었건만 그와 작별치 않고는 차마 내려설 수가 없다. 나는 닫혔던 미닫이를 다시금 열었다. 그는 여전히 고개를 숙이고 있다. 오직 한 번이라도 나를 보아나 주었으면!

"그냥 가려니 발이 떨어지지 않는걸."

나는 진정을 농담으로 엄벙하였다[55]. 그는 얼굴을 들었다. 하염없이 웃으며,

"아무리 무정한 님인들 작별이야 안 할 수 없지"

---

55) 엄벙하다 일을 건성으로 하여 남의 눈을 속이는 태도를 보이다.

하고 일어서 나온다.

사람 눈 없는 어슴푸레한 마루에서 둘의 그림자는 하나가 되었다.

"밤에 볼일이 무슨 볼일이오?"

그는 물었다. 그 소리는 성난 듯도 하고 우는 듯도 하였다.

"어머님이 오늘 밤에 오신대. 시방 정차장에 나가는 길이야."

"진작 그런 말씀을 하실 게지. 그러면 어서 나가셔야 되겠구려"

하면서도 나를 놓지는 않았다. 더욱더욱 그의 몸이 달라붙음을 느끼었다. 나의 다리가 마루 끝을 내려서려 할 적마다 무릎으로 막았다. 입으로 가지 말라는 것보다 그 몸짓의 말이 더욱 웅변이었다.

이윽고 나는 구두를 신었다. 그도 나를 따랐다. 중문과 대문 어간에서 우리의 그림자는 또 한 번 합히었다.

"어서 가셔요."

"응."

"나는 어찌할꼬."

"일찍이 좀 자려무나."

나는 그가 녹주홍등(綠酒紅燈)[56]에 시달리며 밤마다 밤마다 잘 잠을 못 자는 것을 생각하고 이런 말을 하였다.

"어디 잠이나 오나요. 어슴푸레하게 달은 비치고……."

그날은 봄의 기운이 벌써 뚜렷한 밤이었다. 담회색 구름은 연기같이 흐르고 있다. 무어라고 말할 수 없는 봄향기에 채운 이 공기, 이 정적, 이 박명(薄明), 더구나 베일에 감긴 처녀의 나체 같은 으스름달, 이 모든

---

[56] 녹주홍등(綠酒紅燈) 맛 좋은 술과 기생.

것들에게는 비밀의 정열의 발효를 느낄 수 있었다. 봄마음〔春心〕으로는 잠도 아니 올 밤이다. 나도 한참 황홀하였다.

"참, 가서야지. 차시간 늦을라"

하고 그는 문득 감았던 팔을 풀었다.

"자아, 가십시다"

하면서 그는 양인이 하듯 내 팔을 얼싸끼고 께름한 발자국을 옮겼다. 그러면서,

"이러고 멀리멀리 갔으면"

이라고 꿈꾸는 듯이 말을 하였다.

문득 전등 밑에서 우리는 떨어졌다.

"어서 들어가."

나는 한마디를 던지고 돌아섰다. 두어 걸음 가다가 뒤를 돌아보니 그는 그대로 서 있다. 두 눈이 이상하게 빛나는 것 같다. 내 마음 탓인지 모르되 분명히 눈물이 도는 듯하였다. 몇 걸음 가다가 또 돌아보았다. 반만 대문 안 어둠 속으로 사라진 그의 초연히 돌아선 꼴이 눈에 띄었다. 그것이 아주 사라지자 청승궂게 부르는 노래 한 가락이 나의 뒤를 따라왔다.

"욕망이난망(欲忘而難忘)이요, 불사이자사(不思而自思)로다.[57] 갈 거(去) 자 서러워 마라 보낼 송(送) 자 나도 있다."

이런 뒤로는 정이 더욱 깊어진 듯하였다.

---

[57] 욕망이난망(欲忘而難忘)이요, 불사이자사(不思而自思)로다 잊고자 하나 잊기 어렵고, 생각하지 않으려 하나 저절로 생각이 난다.

12

어디서 술에 좀 취한 나는 열 점 가까이 되어 웬걸 있을라고 하면서도 에멜무지로[58] 그의 잠긴 중문을 두드리며 불러본 일이 있었다.

"놀음 가고 없습니다."

아니나다를까 굵다란 남자의 소리가 이렇게 대답하였다. 하릴없이 발을 돌리려 할 때였다.

"네에!"

이번에는 새된[59] 여자의 목청이 들렸다. 금심의 소리리라. 짤짤 끄는 신소리를 들을 겨를도 없이 중문은 열렸다.

시난고난[60] 드러누워 있는 춘심을 보았다. 핏기 하나 없는 샛노란 얼굴에도 나를 반기는 웃음은 움직였다. 그리고 신음하는 소리를 떨었다.

"아이고, 오셔요, 오셔요……. 나는 어제부터 이렇게 아파요……. 이럴 때 오셨으면 하던 차예요."

나는 가여워 못 견디겠다는 표정으로 그의 머리를 짚으며,

"어디가 그렇게 아프담……. 나는 없단 말을 듣고 곧 가려고 하였지……"

라고 하였다.

"아버지께서 모르시고 그런 것이야요. 목소리가 당신 같길래 금심이더러 나가보아라, 아마 ○○○씬가 보다 하였어요."

---

58) 에멜무지로 헛일하는 셈 치고 시험 삼아.
59) 새된 목소리가 높고 날카로운.
60) 시난고난 병이 오래 끌면서 악화되는 모양.

제 아픈 것은 둘째 치고 딴것이 매우 마음에 키이는 것같이 변명하였다.

"나도 그런 줄 알았어. 그런데 어디가 그렇게 아퍼?"

"무얼 몸살이 좀 났는가 보아. 그것이야 어쨌든 요사이 왜 그리 안 왔습니까? 어디가 아프면 당신 생각이 열 곱 스무 곱 더 나서 짜장 견딜 수 없습니다. …… 암만 한들 제 마음을 아시겠소……."

그의 말마따나 나는 며칠 동안 그를 멀리하였나니, 그것은 빈손으로 오기가 뻔뻔스럽고 추근추근하다는 생각 때문이었다. 나만 오면 딴 이의 부르는 것을 따는 것이 민망도 하였음이다. 더구나 홀대가 나를 기다리고 있다는 고통을 아니 느끼고 올 수 없었음이다. 그러나 어째 와서 보면 나의 예상은 노상 틀렸다. 그의 일거일동과 일빈일소(一嚬一笑)[61] 어느 것에 나를 비난하는 무엇을 찾기 어려웠다. 오늘 역시 그러하였다.

"고맙군, 고마워. 그렇게 나를 생각해주니……."

나는 참말 감사 안 할 수 없었다.

"늘 저러겠다……. 참말이다? 고마울 게 무엇이야요. 어디 나리가 생각하래서 생각합니까. 절로 생각해지니, 생각하는 게지……."

"이랬든 저랬든 고마우이. 이것은 참말이다."

"그래, 참말이야요? 나리가 참말이라니 나도 참말을 좀 하리까. 나는 화류장에 노는 계집이올시다. 노는 계집이라 이 손님하고도 놀고 저 손님하고도 놉니다. 요릿집에서 요릿집으로 불리어다닙니다. 번화하게 웃고 지냅니다. 그래도 때때로 외로운 생각이 들어요. 곧 울고 싶어요. 시쳇말로 나지미가 많으면 많을수록 어째 쓸쓸해져 견딜 수 없어요. 요새

---

61) 일빈일소(一嚬一笑) 얼굴을 찡그리기도 하고 웃기도 한다는 뜻. 사람의 감정이나 표정이 때때로 바뀌는 것을 이르는 말.

문자로 꼭 한 사람에게 연애를 하였으면 하는 생각이 하루도 열두 번이
나 나겠지요."

그는 폐부에서 짜낸다는 어조로 이렇게 늘어놓았다. 온통 허위는 아
닌 고백이리라. 참된 사랑을 할 수 없음은 위에 없는 심적 비극일 것이
다. 환락의 맨 밑에는 비애가 가로누워 있음도 혹 사실일 것이다. 술에
물커지고 육(肉)에 헤어진 백공천창(百孔千瘡)[62] 뚫린 넋의 신음을 나
는 듣는 듯싶었다. 춘심은 말을 이었다.

"나리를 알게 되자, 어째 전일에 생각하던 대로 된 것 같아요…….
그런데 웬일인지 더욱 애달프고 슬퍼서 어찌할 수 없었습니다. 그전 슬
픔은 여기에 대면 아무것도 아니었습니다. 나리를 보면 웃음은 나오면
서도 가슴이 미어지는 듯하여요. 고만 죽있으면 하는 생각이 들이요.
나리를 아삭아삭 물어뜯고 싶겠지요. 그러나 물어뜯기는 건 제 가슴이
지요. 독한 벌레에게 쏘인 것처럼 쓰리고 아팠어요. 이것이 무슨 까닭
인지……?"

이 피를 뿜는 듯한 언언구구(言言句句)가 단 쇠끝 모양으로 나의 가
슴에 들어박혔다. 따끈따끈한 고통을 느끼면서 신랄한 쾌감을 맛보았
다. 나도 그를 지근지근 물어주고 싶었다. 물지는 못할망정 나의 입술은
그의 입술을 열렬하게 빨고 있었다. 그 위에 키스의 꽃을 뿌리째 뽑아버
리려는 것처럼……. 이윽고 뜨뜻한 무엇이 나의 얼굴에 축축하게 젖음
을 느꼈다. 눈물방울이 번쩍이는 그의 속눈썹에 송송 솟는 것을 보았다.
나는 다시금 그를 움켜안았다.

---

[62] 백공천창(百孔千瘡) 백의 구멍, 천의 부스럼. 곧 상처투성이라는 뜻. 갖가지 폐단으로 엉망
진창이 된 상태.

"놓아주셔요, 놓아주셔요"

하고 얼굴을 돌리며 눈물을 씻는다.

"헤프게도……. 웃지나 말아주셔요. 속없는 년이라고 웃지나 말아주셔요……. 일없는 사나이의 우는 꼴을 볼 때 미쳤다 울기는 왜 울어, 하고 속으로 웃는 일이 있습니다. 그 품앗이로 오늘은 내가 울고 나리가 웃겠지요!"

하고 울음을 멈추려고 한동안 애를 쓰다가 암만해도 못 참겠다 하는 듯이 흑흑 느끼며,

"나같이 못난 것 생각 마시고 부모 봉양이나 잘하셔요. 처자나 잘 기르셔요. 아까운 청춘에 이런 데 다니시지 마시고 만 사람이 우러러보게 잘되십시오. 나는 진정으로 나리께 바라는 것은 이것뿐입니다. 나도 이를 악물고 나리를 잊겠습니다. ……아아, 우리가 왜 알게 되었던가……. 다시 오시지 말아주셔요. 내 눈에 보이지 말아주셔요. 나에게는 아버지가 있습니다. 딸자식 하나만 바라는 불쌍한 아버지가 있습니다. 그의 노경(老境)을 편안히 지낼 만한 거리를 아니 장만하고는 내 몸이라도 내 몸이 아닙니다. 어제도 딴 년처럼 사나이 삿갓 못 씌운다고 야단을 만났습니다. ……내 한 몸만 같으면……."

말끝은 오열에 멈춰지고 말았다. 마침 그때였다.

중문 흔드는 소리가 요란히 들렸다. 춘심을 데리러 또 인력거가 왔다. 옆방에 있던 금심은 나갔다 들어왔다. 춘심은 눈물을 숨기었다.

"저어……."

금심은 나를 보고 매우 말하기 어려운 듯이,

"저어…… 김승지 영감이 식도원에서……."

"아파서 못 간다 하려무나."

금심이가 미처 대답하기 전에 위협하는 듯한 차부의 소리가 가로질렀다.

"그러지 말고 가셔요. 김승지 영감이 부르셔요. 또 올걸입쇼."

"아픈데 어찌 간단 말인가."

"꼭 모시고 오래요. 괜히 남 걸음 시키지 마시고."

"웬만하면 가보게그려."

나는 곁에서 말참여를 하였다.

이 김승지란 자는 나의 가장 위험한 경쟁자였다. 춘심의 말에 의지하면 궐자(厥者)는 일년 전부터 자기에게 마음을 두어 가용(家用)도 대주고 세간도 징민해주었으되 ·상괸(?)은 없었다. 궐(厥)은 서울에서 군지하는 부호의 장자이니 재산은 유여하지만 그 인물에 이르러서는 영(零)이었다. 그 검고 얽은 얼굴이란 보기만 하여도 지긋지긋하되 돈 하나로 말미암아 괄시할 수 없는 손님이었다. 빚 6천 원 갚아주고 5천 원짜리 집 사준다는 조건 밑에 궐은 춘심을 떼어 들이려는 중이었다. 금력으로 싸울 수 없다. 인력이나 사랑으로 대항하려는 나는 궐이 부른 줄 알면 피해주는 것이 항례였고 가기 싫다는 것을 가보라고 권한 적도 있었다. 그러나 궐자로 말미암아 우연의 길운(吉運)과 초자연의 기행(奇幸)을 믿게 되어 습득횡령(襲得橫領)을 꿈꾼 것만 여기 자백해두자. 춘심은 버티고 가지 않았다.

얼마 아니 되어 궐자가 친히 왔다. 금심이가 미닫이를 열자 춘심은 일어앉으며 인사하였다.

"어디가 그리 아프담."

"어째 몸도 아프고, 머리도 아프고……."

"에키, 몸살이 난 게로군. 그런 줄 모르고 나는 식도원에서 요리를 시켜놓고 불렀지. 시킨 요리를 퇴할 수도 없고 또 혼자야 먹을 수 있나. 그래 이리 가져오라 하였지."

"아이고, 그렇습니까. 픽도 미안합니다. 좀 올라오시지요."

"손님이 계신데…… 나 곧 갈 터이야."

나의 피는 혈관에서 불을 피우며 미쳐 날뛰었다. 어떻게 생긴 놈인지 상판이라도 보고 싶었다. 그리고 춘심의 앞에서 보기좋게 모욕해주고 싶은 잔혹한 생각이 불같이 일어났다. 그래서 나의 관대와 아량을 보이는 듯이,

"아니, 관계없습니다. 들어오시지요"
라고 하였다.

"네, 고맙습니다. 곧 가겠습니다."

간다면서도 가지 않았다. 궐과 나는 한참 버티고 있었다. 그럴 사이에 요리상 온다는 것이 나의 용기를 꺾었다. 그것 오기 전에 나는 이 자리를 아니 떠날 수 없었다.

"더 노시다가 가시지요."

춘심은 미안해 못 견디는 듯이 말을 하였다.

"신진대사(新陳代謝)라니 먼저 온 사람은 가야지"
라고 점잖은 말을 하고 나왔다. 마루에 걸터앉은 이 경쟁자를 해치고 싶어 나는 전신을 떨었다.

"똑 내가 가야 들어가시겠습니까"
하고 나는 눈살로 궐자를 쏘며 웃음 속에 도전의 칼날을 빛내었다.

"이것 안되었습니다. 매우 미안합니다"

하고 퀄자도 홍소(哄笑)하며 눈의 불을 흘렸다. 퀄의 얼굴은 마치 이글이글 타는 숯불 위에 놓여 있는 불고깃덩이 같았다. 모르면 모르되 나의 얼굴빛도 그러하였으리라. 어찌하였든 나는 밀려나왔다. 패배하고 말았다. 분해서 견딜 수 없다. 다시 들어가, 아까는 내가 나갔으니 인제는 노형이 나가시오 하고도 싶었다. 그것보다 딴사람을 들여보내 들부수는 것이 나으리라 하고 나는 미친 듯이 달음박질하였다. C의 여관문을 두드렸다. C는 없었다. 나는 밤이 깊어가는 줄을 모르고 다방골 근처를 빙빙 돌며 헛되이 보복 수단을 강구하고 있었다.

그런 창피를 당했으면 다시는 그의 집에 아니 갈 것이련만 나는 마치 흉한(兇漢)에게 빼앗겼던 애인의 안부를 살피려는 것처럼 그 이튿날도 춘심을 방문하였다. 이만큼 나는 춘심에게 정신을 잃게 되었다.

13

나는 임질에 걸리고 말았다. 공교하게 그 몹쓸 병은 옮았을 그때로 나타나지 않고 며칠 후에야 증세가 드러났다. 거의 행보를 못하리만큼 남몰래 아팠다. 춘심으로 하여 이런 고통을 겪건만 조금도 그가 괘씸치 않았다. 나의 머리는 아주 이지적이었다. 그야 무슨 죄이랴. 짐승 같은 남자 하나가 그의 정조를 유린하고 그의 육체를 다독(荼毒)하였다. 저도 모를 사이에 그 독균은 또 다른 남자에게로 옮겨갔다. 저주할 것은 이 사회이고 한할 것은 내 자신이라 하였다. 그러나 그의 집에 가기는 싫었다. 한 일주일 후이리라. 내가 사에서 돌아오니 마당에 이불이 널리고 농짝이 들어내져 있었다. 그날은 춘기대청결(春期大淸潔)이었다.

어머님이 나를 보고 웃으시면서,

"건넌방에 가보아라. 춘심의 부고가 와 있다."

라고 하셨다. 어머님도 물론 그 일을 아셨다. 처음은 야단도 치셨지만 엎지른 물을 담을 수 없고 어머님 오기 전 아내가 거짓 유언을 쓴 뒤로부터는 춘심의 집에 간대도 온밤을 새운 일은 없으므로 그들은 모두 나에게 알면서 속고 있었다.

나는 가슴이 조금 뜨끔하면서도 웃으며,

"공연히 거짓말 마서요. 부고가 무슨 부고야요."

"아니, 가보아. 내가 거짓말인가."

나는 이상하게 생각하면서도 말씀대로 하였다. 이것인 웬일인가? 전일에 얻어온 춘심의 사진이 갈기갈기 찢겨 있다! 그의 참혹히 죽은 시체나 본 것처럼 간담이 서늘하였다. 칼로 에어내는 듯한 슬픔을 느꼈다. 그러자 뒤미쳐 불덩이 같은 의분이 치받쳐올랐다. 묻지 않아도 아내의 소위인 줄 알 겨를도 없이 알았다. 지난날의 모든 현숙(賢淑)[63]으로 할지라도 이 악행을 기울[補] 수 없었다. 아니다. 착하다고 믿었던 때문에 더욱 용서할 수 없었다. 이 잔인한 학살자(?)를 찾아 원수를 갚으려고 나는 맹렬히 문을 차고 나왔다. 범죄자는 머리에 흰 수건을 쓰고 마루에서 무엇을 치우고 있었다. 나는 그를 잡아먹을 듯이 노려보며 독하게 소리를 질렀다.

---

63) 현숙(賢淑) 여자의 마음이나 몸가짐이 어질고 정숙함.

"그것이 무슨 짓이야. 무슨 고약한 짓이야. 천하 못된 것 같으니⋯⋯."

그는 나를 어이없이 쳐다보다가 같이 성을 내며,

"무엇이오. 그까짓 년의 사진 좀 뜯으면 어때요. 야단칠 일도 퍽도 없는가 보다."

그가 이렇게 들이대기는 오늘이 처음이었다. 분노는 비등하였다. 나는 성을 어찌할 줄 몰라 침을 부글부글 흘리며 더듬거렸다.

"무엇이 어쩌고 어째? 뜯으면 어떠냐?"

"어때요. 그런 개 같은 년⋯⋯."

저편도 씨근거렸다. 파르족족해진 입술이 바르르 떨고 있다.

허파가 벌컥 뒤집히는 듯하였다. 숨이 칵 막힘을 느끼자 문득 때 아닌 눈물이 핑그르 눈조리에 넘치었다. 나는 모든 것을 잃은 까닭이다! 이날 이때까지 나의 사랑하는 아내가 이런 계집일 줄이야 꿈에도 생각지 못한 까닭이다. 아아, 나는 어찌할까?

"몰랐다. 몰랐다. 그런 계집인 줄은 참말 몰랐다. 왜 춘심이가 개 같은 년이야! 너보다 몇 곱이 나을지 모르지. 그의 사진을 왜 뜯어? 그 사진을 왜 뜯어? 둘도 없는 나의 애인이다! 이 세상에서 참으로 나를 사랑하는 이는 오직 그 하나뿐이다! 참 착한 여자다! 어진 여자다! 말이 기생이지 참말 지상 선녀이다. 왜 내가 그에게 아니 갔던고? 왜 아니 갔던고? 나는 가련다. 나는 가련다. 그에게로 나는 가련다."

나는 흥분에 겨워 시나 읊조리는 어조로 눈물 소리를 떨었다.

"가지 누가 못 가게 하나. 아주 끌려 덮어졌구면!"

아내는 어디까지 냉랭하였다.

나는 집을 뛰어나왔다. 미친 듯이 춘심에게로 달렸다. 문간에서 금심을 만났다. 그는 조금도 반기는 빛이 없었다.

"형 있니?"

"어제 살림 들어갔어요"

하고 금심은 입을 삐쭉하고 고만 안으로 사라졌다.

남겨놓은 그 한마디 말은 비수같이 나의 심장을 찔렀다. 이때야말로 어안이 벙벙하였다. 한동안 화석과 같이 우두커니 서 있었다. 하늘도 무너지고 땅도 꺼지는 듯하였다. 눈앞이 캄캄하였다. 하건만,

"흥, 살림을 들어갔다"

라고 소곤거리고 돌아서는 수밖에 없었다.

집 잃은 어린애나 같이 속으로 울며불며 거리로 거리로 방황하였다. 그러다 하릴없이 집으로 돌아왔건만 집에서는 또 얼마나 무서운 사실이 나를 기다리고 있었는지!

아내는 요강에 걸터앉아 온몸을 부들부들 떨고 있다. 차마 볼 수 없이 새빨갛게 얼굴을 찡그리고 있다. 그 눈에서는 고뇌를 못 이기는 눈물이 그렁그렁하였다.

나는 모든 것을 깨달았다. 병독은 벌써 그의 순결한 몸을 범한 것이다. 오늘 청결하느라고 힘에 넘치는 격렬한 일을 한 까닭에 그 증세가 돌발한 것이다! 춘심의 사진을 처음 볼 때에 웃고만 있던 그로서 그것을 찢게 된 신산한[64] 심리야 어떠하였으랴!

그의 태중에는 지금 새로운 생명이 움직이고 있다. 이 결과가 어찌 될까?

---

64) 신산하다(辛酸一) 맛이 맵고 시다. 세상살이의 고됨을 비유적으로 이르는 말.

싸늘한 전율에 나는 전신을 떨었다. 찡그린 두 얼굴은 서로 뚫을 듯이 마주보고 있었다. 육체를 점점이 씹어 들어가는 모진 독균의 거취를 살피려는 것처럼. 그리고 나는 독한 벌레에게 뜯어먹히면서 몸부림을 치는 어린 생명의 약한 비명을 분명히 들은 듯싶었다.

1 이 소설에서 오촌 당숙의 별세는 어떤 역할을 하고 있나요?

나는 화려한 미래를 꿈꾸며 공부밖에 모르는 장래가 총망한 모범적인 학생이었습니다. 그런데 오촌 당숙이 돌아가시고 집안 사정으로 인해 당숙모의 양자가 되면서 동경 유학을 중도에 포기하고 방황하게 됩니다. 생계를 위해 신문사에 취직하지만 그것은 처음 유학 중 마음먹었던 사회적인 상승과는 거리가 멀었으며, 공부를 하면 모든 것이 이루어진다는 믿음은 여지없이 꺾이고 말았습니다. 그러던 어느 날 동료와 함께 간 요릿집에서 춘심을 알게 되고 그녀와의 방탕한 사랑으로 인해 더욱더 사랑에 목을 매고 깊은 타락의 길로 빠지게 됩니다. 오촌 당숙의 별세는 주인공이 공부를 통하여 사회적으로 상승하려던 기대가 좌절되면서 술과 여자에게 한없이 빠져들고 방탕한 생활을 하게 되는 원인을 제공하고 있습니다.

2 '나'에게 아내는 어떤 존재인가요?

현진건의 작품에는 전통적인 아내의 모습이 자주 등장을 합니다. 「빈처」와 「술 권하는 사회」의 아내보다 「타락자」의 아내는 아내라고 믿어지지 않을 만큼 지나치게 포용력 있으며 남편의 입장에서 이해하고 있습니다. 그래서 기생 춘심을 그리워하는 남편에게 건강을 해치지 않는 것이 더 중요하니 가서 만나고 오라고 적극적으로 권하기까지 합니다. 또 춘심에게서 편지가 오자 남편은 너무나 기뻐하며 편지가 왔다고 아내에게 보여줍니다. 이때 아내의 모습은 인간적으로 느껴지지 않으며 감정이 없어 보입니다. 남편도 자신의 아내를 여자로서 생각하기보다는 정신적으로 의지하고 투성을 부릴 수 있는 어머니와 같은 존재로 생각하고 있습니다.

3 왜 주인공은 전당포에 18금 시계를 잡혔나요?

나는 공부하고 있는 학생이었기 때문에 화류계에 대해서는 모르고 살았습니다. 신문사에 입사하고 신입사원 환영회 때문에 간 명월관에서 춘심을 만나고 서로에게 관심을 갖게 되지요. 그리고 춘심은 주소를 알려주며 자신의 집으로 오라고 합니다. 하지만 춘심이 없어 그냥 돌아오고, 이런 날이 반복되면서 몸이 안 좋아집니다. 그러자 아내는 춘심을 만나 한을 풀고 돈을 주고 관계를 끊으라고 합니다. 춘심이 기생이므로 관계에 대한 비용으로 돈을 주라는 것이지요. 이 비용을 마련하기 위해 나는 유산으로 받은 18금 시계를 35원에 잡힙니다. 18금 시계는 뭐든지 돈으로 얻고 구할 수 있는 당시의 사회를 상징하고 있습니다. 물론 춘심은 싫다고 돈을 받지 않지만 결국 막대한 재산가인 김승지를 선택함으로써 돈의 가치가 사랑의 가치보다 훨씬 강조되고 있는 세태를 보여주고 있습니다.

4 이 소설의 결말이 암시하는 것은 무엇인가요?

나는 성병에 걸리지만 춘심을 미워하지는 않습니다. 아니 오히려 저주할 것은 사회이며 자신이라고 하고 있지요. 그리고 일주일 만에 집에 들어가니 어머니 같던 아내는 춘심의 사진을 갈기갈기 찢어놓았습니다. 아내의 부르르 떠는 모습을 뒤로하고 춘심의 집으로 향하지만 이곳에서도 반기는 기색이 없습니다. 그리고 금심에게 춘심이 김승지와 살림 들어갔다는 말을 듣게 됩니다. 거리를 방황하다 돌아온 집에서는 아내도 임질에 걸렸다는 것과 더군다나 배 속에는 이들의 어린 생명이 자라고 있다는 더 무서운 사실이 기다리고 있었습니다. 이처럼 결말에서는 주인공 '나'의 타락과 방낭이 가족 전체로까지 피해를 확대함으로써 더욱더 처절하게 몰락하고 있는 주인공의 모습을 보여줍니다.

5 「타락자」에는 사회에 대한 현실인식과 비판의식이 어떻게 드러나고 있나요?

이 작품이 지식인의 타락한 사랑을 이야기함으로써 일제의 검열을 무사히 피하면서 당시 사회에 대한 비판의식을 드러내고 있다고 말하는 사람도 있습니다. 하지만 전체적으로 볼 때 사회에 대한 비판의식은 아주 미미하며, 한 남자가 기생에게 빠져들어 가슴앓이를 하는 모습이 중심이 되고 있습니다. 현진건은 주인공이 처한 환경에 대한 모순을 개인의 문제로만 한정하여 그의 방탕한 생활을 묘사하고 있으며, 사회적인 상황과 연관하여 시대의 문제로까지 확대하지 못하고 있습니다. 그러나 이러한 한계는 「불」이나 「고향」 등 그후의 작품들에서 점차 극복되고 있습니다.

B사감과 러브레터

여학생 기숙사를 배경으로 인간의 본능과 권위의식의 대립,
한 노처녀의 이중적인 내면 심리를
유머러스하고 풍자적인 문체로 사실적으로 드러낸 작품.

"나의 천사, 나의 하늘, 나의 사랑, 나를 살려주어요. 나를 구해주어요"

권위의식에 사로잡힌 40대 노처녀 B사감의 이중생활

이 작품은 1925년 『조선문단』 5호에 발표되었습니다. 여학교 B사감을 통해 인간의 본능과 권위의식이라는 양면성을 희극적이면서도 해학적으로 표현하고 있습니다. B사감은 여학생들에게 오는 러브레터를 가장 싫어하고, 남학생들이 면회라도 오면 무슨 핑계를 대서라도 못 만나게 합니다. 사내는 적이며 믿지 말라고 하지만, 40대 노처녀이자 여학교 사감인 그녀는 밤에 혼자 자기 방에서 학생들에게 온 러브레터를 실감나게 읽어갑니다. 이를 여학생들이 목격을 하고 비로소 B사감의 숨겨진 마음을 알게 되지요. B사감의 남성에 대한 이중적인 모습이 웃음을 자아내지만 슬프기도 합니다. 이렇게 인간의 이중적인 본성을 사실적으로 드러내는 기법을 아이러니라고 합니다. 현진건의 소설에는 「B사감과 러브레터」 외에도 「운수 좋은 날」 「까막잡기」 「할머니의 죽음」 등에서 아이러니가 많이 사용되고 있습니다. 아이러니를 통해 보여지는 것과 내면 사이의 모순을 간파하여 심리적 리얼리티를 얻는 것은 전대의 문학 작품에서 찾을 수 없는 1920년대 근대문학의 특징입니다.

여학생 기숙사를 배경으로 하고 있는 이 소설은 정신여고 사건에서 소재를 얻은 것이라고 합니다. 근래에도 학생들의 복장이나 두발 문제가 논란이 되었던 것처럼 1920년대 당시 여학교 기숙사에서는 학교의 이미지를 위해서 규율을 엄격하게 만들고 여학생 단속을 강하게 하였다고 합니다. 여성에게는 교육을 시키지 않았던 완고한 사회 분위기 아래 여성이 학교 교육을 받는다는 것은 자연히 사람들의 관심과 감시의 대상이었습니다. 당시 정신여고 여학생들은 학교의 강압적 처사에 몇 가지 요구 사항을 걸고 농맹휴학을 하였습니다. 교감이 전제적이고 학생들을 어린애 취급하니 고쳐달라는 것과, 교장은 시대교육을 이해하지 못하여 학생들을 구속하고 외출도 면회도 허락지 않으니 시대에 합당한 교육을 베풀어달라는 것이었습니다. 〈동아일보〉에 실릴 만큼 사회문제로 대두된 이 사건을 소재로 기자 생활을 하던 현진건이 글을 쓴 것이 바로 이 작품입니다. 그러나 현진건은 여학생들의 불만이 터져 나오게 된 사회문제에 대한 언급보다는 한 노처녀의 이중적인 내면심리에 초점을 두고 있습니다.

사실 인간이 자신의 겉모습과 속마음을 일치시켜 투명하게 표현한다는 것은 무척 어려운 일입니다. 겉으로는 괜찮다고 하지만 사실은 그렇지 않은 경우를 많이 경험할 것입니다. 인간의 이러한 이중적인 모습과 그 이유를 생각해보면서 이 작품을 읽었으면 합니다.

B사감과 러브레터

C여학교에서 교원 겸 기숙사 사감 노릇을 하는 B여사라면 딱장대[1]요 독신주의자요 찰진 야소꾼[2]으로 유명하다. 40에 가까운 노처녀인 그는 주근깨투성이 얼굴이 처녀다운 맛이란 약에 쓰려도 찾을 수 없을 뿐인가, 시들고 거칠고 마르고 누렇게 뜬 품이 곰팡 슨 굴비를 생각나게 한다.

여러 겹 주름이 잡힌 홀렁 벗겨진 이마라든지, 숱이 적어 법대로 쪽지거나 틀어올리지를 못하고 엉성하게 그냥 빗어 넘긴 머리꼬리가 뒤통수에 염소똥만 하게 붙은 것이라든지, 벌써 늙어가는 자취를 감출 길이 없었다. 뾰족한 입을 앙다물고 돋보기 너머로 쌀쌀한 눈이 노릴 때엔 기숙

[1] **딱장대** 부드러운 맛이 없고 딱딱한 사람. 성질이 사납고 굳센 사람.
[2] **야소꾼** '야소'는 예수의 음역. 기독교인을 초창기에 일컫던 말. '찰진 야소꾼'은 독실한 기독교 신자를 뜻함.

생들이 오싹하고 몸서리를 치리만큼 그는 엄격하고 매서웠다.

이 B여사가 질겁을 하다시피 싫어하고 미워하는 것은 소위 '러브레터'였다. 여학교 기숙사라면 으레 그런 편지가 많이 오는 것이지만 학교로도 유명하고 또 아름다운 여학생이 많은 탓인지 모르되 하루에도 몇장씩 죽느니 사느니 하는 사랑타령이 날아들어 왔었다. 기숙생에게 오는 사신을 일일이 검토하는 터이니까 그따위 편지도 물론 B여사의 손에 떨어진다. 달짝지근한 사연을 보는 족족 그는 더할 수 없이 흥분되어서 얼굴이 붉으락푸르락, 편지 든 손이 발발 떨리도록 성을 낸다.

아무 까닭 없이 그런 편지를 받은 학생이야말로 큰 재변이었다. 하학하기가 무섭게 그 학생은 사감실로 불려 간다. 분해서 못 견디겠다는 사람 모양으로 쌔근쌔근하며 방 안을 왔다 갔다 하던 그는, 들어오는 학생을 잡아먹을 듯이 노리면서 한 걸음 두 걸음 코가 맞닿을 만큼 바싹 다가들어서서 딱 마주 선다. 웬 영문인지 알지 못하면서도 선생의 기색을 살피고 겁부터 집어먹은 학생은 한동안 어쩔 줄 모르다가 간신히 모기만 한 소리로,

"저를 부르셨어요?" 하고 묻는다.

"그래, 불렀다, 왜!"

팍 무는 듯이 한마디 하고 나서 매우 못마땅한 것처럼 교의[3]를 우당탕탕 당겨서 철썩 주저앉았다가 학생이 그저 서 있는 걸 보면,

"장승이냐? 왜 앉지를 못해"

하고 또 소리를 빽 지르는 법이었다. 스승과 제자는 조그마한 책상 하나

---

[3] 교의 의자.

를 새에 두고 마주 앉는다. 앉은 뒤에도,

'네 죄상을 네가 알지!' 하는 것처럼 아무 말 없이 눈살로 쏘기만 하다가 한참 만에야 그 편지를 끄집어내어 학생의 코앞에 동댕이를 치며,

"이건 누구한테 오는 거냐?" 하고 문초를 시작한다. 앞장에 제 이름이 씌었는지라,

"저한테 온 것이야요"

하고 대답 않을 수 없다. 그러면 발신인이 누구인 것을 채쳐 묻는다. 그런 편지의 항용[4]으로 발신인의 성명이 똑똑지 않기 때문에 주저주저하다가 자세히 알 수 없다고 내댈 양이면,

"너한테 오는 것을 네가 모른단 말이냐"

고 불호령을 내린 뒤에 또 사연을 읽어보라 하여 무심한 학생이 나직나직하나마 꿀 같은 구절을 입술에 올리면, B여사의 역정은 더욱 심해져서 어느 놈의 소위인 것을 기어이 알려 한다. 기실 보도 듣도 못한 남성의 한 노릇이요, 자기에게는 아무 죄도 없는 것을 변명하여도 곧이듣지를 않는다. 바른대로 아뢰어야 망정이지 그렇지 않으면 퇴학을 시킨다는 둥, 제 이름도 모르는 여자에게 편지할 리가 만무하다는 둥, 필연 행실이 부정한 일이 있으리라는 둥……

하다못해 어디서 한번 만나기라도 하였을 테니 어찌해서 남자와 접촉을 하게 되었느냐는 둥, 자칫 잘못하여 학교에서 주최한 음악회나 바자에서 혹 보았는지 모른다고 졸리다 못해 주워댈 것 같으면 사내의 보는 눈이 어떻더냐, 표정이 어떻더냐, 무슨 말을 건네더냐, 미주알고주알 파

---

[4] 항용 늘. 항상.

며 어르고 볶아서 넉넉히 십년감수는 시킨다.

두 시간이 넘도록 문초를 한 끝에는 사내란 믿지 못할 것, 우리 여성을 잡아먹으려는 마귀인 것, 연애가 자유이니 신성이니 하는 것도 모두 악마가 지어낸 소리인 것을 입에 침이 없이 열에 띠어서 한참 설법을 하다가 닦지도 않은 방바닥(침대를 쓰기 때문에 방이라 해도 마룻바닥이다)에 그도 무릎을 꿇고 기도를 올린다. 눈에 눈물까지 글썽거리면서 말끝마다 하느님 아버지를 찾아서 악마의 유혹에 떨어지려는 어린양을 구해달라고 뒤삶고 곱삶는 법이었다.

그리고 둘째로 그가 싫어하는 것은 기숙생을 남자가 면회하러 오는 일이었다. 무슨 핑계로 하든지 기어이 못 보게 하고 만다. 친부모, 친동기간이라노 규칙이 어떠니, 상학⁵⁾ 중이니 무슨 핑계를 하든지 따돌려 보내기가 일쑤다.

이로 말미암아 학생이 동맹휴학을 하였고 교장의 설유⁶⁾까지 들었건만 그래도 그 버릇은 고치려 들지 않았다.

이 B사감이 감독하는 그 기숙사에 금년 가을 들어서 괴상한 일이 '생겼다' 느니보다 '발각되었다' 는 것이 마땅할는지 모르리라. 왜 그런고 하면 그 괴상한 일이 언제 '시작된' 것은 귀신밖에 모르니까.

그것은 다른 일이 아니라 밤이 깊어서 새로 한 점이 되어 모든 기숙생들이 달고 곤한 잠에 떨어졌을 제 난데없는 깔깔대는 웃음과 속살속살하는 말낱⁷⁾이 새어 흐르는 일이었다. 하룻밤이 아니고 이틀 밤이 아닌

---

5) 상학 학교에서 그날의 공부를 시작함.
6) 설유 말로써 타이름.
7) 말낱 몇 마디의 말.

다음에야 그런 소리가 잠귀 밝은 기숙생의 귀에 들리기도 하였지만 잠결이라 뒷동산에 구르는 마른 잎의 노래로나, 달빛에 날개를 번뜩이며 울고 가는 기러기의 소리로나 흘려들었다. 그러지 않으면 도깨비의 장난이나 아닌가 하여 무시무시한 증이 들어서 동무를 깨웠다가 좀처럼 동무는 깨지 않고 제 생각이 너무나 어림없고 어이없음을 깨달으면, 밤소리 멀리 들린다고, 학교 이웃집에서 이야기를 하거나 또 딴 방에 자는 제 동무들의 잠꼬대로만 여겨서 스스로 안심하고 그대로 자버리기도 하였다. 그러나 이 수수께끼가 풀릴 때는 왔다. 이때 공교롭게 한방에 자던 학생 셋이 한꺼번에 잠을 깨었다. 첫째 처녀가 소변을 보러 일어났다가 그 소리를 듣고 둘째 처녀와 셋째 처녀를 깨우고 만 것이다.

"저 소리를 들어보아요. 아닌 밤중에 저게 무슨 소리야"

하고 첫째 처녀는 호동그레진 눈에 무서워하는 빛을 띠운다.

"어젯밤에 나도 저 소리에 놀랐었어. 도깨비가 났단 말인가?"

하고 둘째 처녀도 잠 오는 눈을 비비며 수상해한다. 그중에 제일 나이 많을뿐더러(많았자 열여덟밖에 아니 되지만) 장난 잘 치고 짓궂은 짓 잘하기로 유명한 셋째 처녀는 동무 말을 못 믿겠다는 듯이 이윽히 귀를 기울이다가,

"딴은 수상한걸. 나는 언젠가 한번 들어본 법도 하구먼. 무얼 잠 아니 오는 애들이 이야기를 하는 게지."

이때에 그 괴상한 소리는 때때굴 웃었다. 세 처녀는 귀를 소스라쳤다. 적적한 밤 가운데 다른 파동 없는 공기는 그 수상한 말마디를 곁에서나 나는 듯이 또렷또렷이 전해주었다.

"오! 태훈 씨! 그러면 작히 좋을까요."

간드러진 여자의 목소리다.

"경숙 씨가 좋으시다면 내야 얼마나 기쁘겠습니까. 아아, 오직 경숙 씨에게 바친 나의 타는 듯한 가슴을 인제야 아셨습니까!"

정열을 띠인 사내의 목청이 분명하였다.

한동안 침묵…….

"인제 고만 놓아요. 키스가 너무 길지 않아요. 행여 남이 보면 어떡해요."

아양 떠는 여자 말씨,

"길수록 더욱 좋지 않아요. 나는 내 목숨이 끊어질 때까지 키스를 하여도 길다고는 못하겠습니다. 그래도 짧은 것을 한하겠습니다."

사내의 피를 뿜는 듯한 이 말끝은 계집의 자지러진 웃음으로 묻혀버렸다.

그것은 묻지 않아도 사랑에 겨운 남녀의 허물어진 수작이다. 감금이 지독한 이 기숙사에 이런 일이 생길 줄이야! 세 처녀는 얼굴을 마주 보았다. 그들의 얼굴은 놀랍고 무서운 빛이 없지 않았으되 점점 호기심에 번쩍이기 시작하였다. 그들의 머릿속에는 한결같이 로맨틱한 생각이 떠올랐다. 이 안에 있는 여자 애인을 보려고 학교 근처를 뒤돌고 곰돌던 사내 애인이, 타는 듯한 가슴을 걷잡다 못하여 밤이 이슥하기를 기다려 담을 뛰어넘었는지 모르리라.

모든 불이 다 꺼지고 오직 밝은 달빛이 은가루처럼 서리인 창문이 소리 없이 열리며 여자 애인이 흰 수건을 흔들어 사내 애인을 부른지도 모르리라.

활동사진에서 보는 것처럼 기나긴 피륙을 내리어서 하나는 위에서 당기고 하나는 밑에서 매달려 디룽디룽하면서 올라가는 정경이 있었는지 모르리라.

그래서 두 애인은 만나가지고 저와 같이 사랑의 속살거림에 잦아졌는지 모르리라……. 꿈결 같은 감정이 안개 모양으로 눈부시게 세 처녀의 몸과 마음을 휩싸돌았다.

그들의 뺨은 후끈후끈 달았다. 괴상한 소리는 또 일어났다.

"난 싫어요. 당신 같은 사내는 난 싫어요."

이번에는 매몰스럽게 내어대는 모양.

"나의 천사, 나의 하늘, 나의 여왕, 나의 목숨, 나의 사랑, 나를 살려주어요, 나를 구해주어요."

사내의 애를 졸이는 간청…….

"우리 구경 가볼까."

짓궂은 셋째 처녀는 몸을 일으키며 이런 제의를 하였다. 다른 처녀들도 그 말에 찬성한다는 듯이 따라 일어섰으되 의아와 공구8)와 호기심이 뒤섞인 얼굴을 서로 교환하면서 얼마쯤 망설이다가 마침내 가만히 문을 열고 나왔다. 쌀벌레 같은 그들의 발가락은 가장 조심성 많게 소리 나는 곳을 향해서 곰실곰실 기어간다. 컴컴한 복도에 자다가 일어난 세 처녀의 흰 모양은 그림자처럼 소리 없이 움직였다.

소리 나는 방은 어렵지 않게 찾을 수 있었다. 찾고는 나무로 깎아 세운 듯이 주춤 걸음을 멈출 만큼 그들은 놀랐다. 그런 소리의 출처야말로 자기네 방에서 몇 걸음 안 되는 사감실일 줄이야! 그 방에 여전히 사내의 비대발괄9)하는 푸념이 되풀이되고 있다…….

8) 공구 심히 두려움.
9) 비대발괄 딱한 사정을 하소연하며 간절히 청하여 빎.

198

나의 천사, 나의 하늘, 나의 여왕, 나의 목숨, 나의 사랑, 나의 애를 말려 죽이실 테요. 나의 가슴을 뜯어 죽이실 테요. 내 생명을 맡으신 당신의 입술로……

셋째 처녀는 대담스럽게 그 방문을 빠끔히 열었다. 그 틈으로 여섯 눈이 방 안을 향해 쏘았다. 이 어쩐 기괴한 광경이냐! 전등불은 아직 끄지 않았는데 침대 위에는 기숙생에게 온 소위 러브레터의 봉투가 너저분하게 흩어졌고 그 알맹이도 여기저기 두서없이 펼쳐진 가운데 B여사 혼자—아무도 없이 제 혼자 일어나 앉았다— 누구를 끌어당길 듯이 두 팔을 벌리고 안경을 벗은 근시안으로 잔뜩 한곳을 노리며 그 굴비쪽 같은 얼굴에 말할 수 없이 애원하는 표정을 짓고는 키스를 기다리는 것같이 입을 쏭긋이 내민 채 사내의 목청을 내어가면서 아깟말을 중얼거린다. 그러다가 그 넋두리가 끝날 겨를도 없이 급작스레 앵돌아서는 시늉을 내며 누구를 뿌리치는 듯이 연해 손짓을 하며 이번에는 톡톡 쏘는 계집의 음성을 지어,

"난 싫어요. 당신 같은 사내는 난 싫어요."

하다가 제물에 자지러지게 웃는다. 그러더니 문득 편지 한 장을(물론 기숙생에게 온 러브레터의 하나) 집어들어 얼굴에 문지르며,

"정 말씀이야요? 나를 그렇게 사랑하셔요? 당신의 목숨같이 나를 사랑하셔요? 나를, 이 나를."

하고 몸을 치수리는데 그 음성은 분명 울음의 가락을 띠었다.

"에그머니, 저게 웬일이야!"

첫째 처녀가 소곤거렸다.

"아마 미쳤나보아, 밤중에 혼자 일어나서 왜 저러고 있을꾸."

둘째 처녀가 맞방망이를 친다…….

"에그, 불쌍해!"

하고 셋째 처녀는 손으로 고인 때 모르는 눈물을 씻었다.

1 소설의 처음 부분에서 B사감의 모습을 어떻게 묘사하고 있나요?

B사감은 40대 노처녀이고 주근깨투성이에 처녀다운 맛은 찾아볼 수 없는 시들고 거칠고 마르고 누렇게 뜬 곰팡 슨 굴비를 닮았습니다. 덧붙여서 주름 잡힌 훌렁 벗겨진 이마, 뾰족한 앙다문 입, 쌀쌀맞게 쏘아 보는 눈은 기숙생들이 몸서리를 칠 만큼 엄격하고 매섭다고 묘사하고 있지요. 누가 보아도 차가워 보이고 감성이 살아 있지 않을 것 같은 사람입니다. 처음부분에서 굴비와 같은 B사감에 대한 인상은 끝부분에서 러브레디를 읽는 B사감의 모습으로 완전히 깨지고 있습니다. 감정이라고는 없을 것처럼 생긴 B사감도 이성에 대한 관심과 갈망을 내면에 감추고 있다는 것을 외양 묘사로 인해 더욱 강력하게 표현하고 있습니다.

2 이 소설에서 러브레터는 어떤 역할을 하고 있나요?

러브레터는 이성에 대한 관심과 사랑을 표현하는 편지글입니다. B사감은 기숙사로 여학생들에게 오는 편지를 일일이 확인합니다. 편지의 사연을 읽으면서 얼굴은 붉으락푸르락하고 손발을 벌벌 떨면서 성을 냅니다. 이런 행동으로 보면 분명 B사감은 남성을 경멸하는 것처럼 보입니다. 심지어는 무릎을 꿇고 기도를 올리며 이 악마의 유혹에서 어린양을 구해달라고 합니다. 하지만 밤에 편지 읽는 것을 학생들에게 들킴으로써, 40대라는 나이와 여학교 교사라는 사회적인 위치로 인해 이성에 대한 강한 욕망을 감추어두고 있음이 밝혀집니다. 이렇게 러브레터는 B사감의 이중적인 마음을 폭로하고 있는 소재입니다.

3 왜 B사감은 편지가 온 학생들을 사감실로 불러들여 문초를 했나요?

가끔 학생들은 누구한테서 왔는지 자신도 모르는 편지로 문초를 받는 경우가 있었습니다. 그때 사감은 어디서 만났는지, 음악회나 바자회에서 만났는지, 사내의 눈은 어떤지, 표정은 어떤지, 무슨 말을 했는지 꼬치꼬치 캐묻습니다. 이것은 B사감이 분명 편지로 인해 학생을 문초하는 듯이 보이지만 사실은 자신의 내면에 흐르고 있는 이성에 대한 관심을 간접적으로 말해주고 있습니다. 40대 노처녀이며 도덕적으로 모범이 되어야 하는 교사로서 아무래도 그 나이에 이성을 만난다는 것은 쉬운 일은 아니었을 것입니다. 이를 학생들에게 오는 러브레터와 이들의 문초를 통해서 꿈꾸고 상상하며 자신을 위로합니다. 또한 한 여성으로서 남성으로부터 사랑받고 싶은 마음을 표현하고 있습니다.

4 세 처녀들이 B사감이 불쌍하다며 눈물을 흘린 이유는 무엇 때문일까요?

이상한 소리에 잠을 깬 세 명의 여학생이 밤중에 혼자서 학생들의 연애 편지를 읽으면서 웃기도 하고 울기도 하는 40대 노처녀 B사감을 목격 하게 됩니다. 마치 1인극을 하듯 러브레터를 읽는 그녀의 모습은 기괴 하기도 하고 웃음을 자아냅니다. 학생들에게 러브레터가 오거나 남학 생이 면회를 오면 화를 내고 남자라면 치를 떨던 그녀가 말입니다. 당 연히 처녀들은 이런 B사감의 황당한 행동을 보고 깜짝 놀랐겠지요. 그 리고 눈물을 흘립니다. 이것은 세 처녀가 사감으로서가 아니라 한 여인 으로서 B사감을 인식하고 있기 때문입니다. 자신들에게는 엄격하고 이 성과의 교제는 큰 죄악처럼 얘기하던 그녀가, 한 여인으로서 사랑받지 못하고 늙고 볼품없이 혼자 사는 노처녀로서의 숨은 이면을 지니고 있 음을 깨닫게 된 것이지요.

운수 좋은 날

인력거꾼으로 대변되는 도시 하층민의 삶을 통해
당시 참혹하고 가슴 아픈 현실을 담아내며
개인의 문제와 사회의 책임을 묻는 작품.

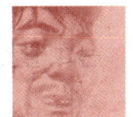

"설렁탕을 사다놓았는데 왜 먹지를 못하니, 괴상하게도 오늘은 운수가 좋더니만"

인력거꾼 김첨지의 지독하게 운수 좋은 하루

「운수 좋은 날」은 1924년 『개벽』 6월호에 발표된 단편으로 민중의 문제를 다루고 있습니다. 1920년대 전반기 현진건의 소설이 지식인과 사회의 대립을 통해서 당대 현실을 사실적으로 그리고 있다면 「운수 좋은 날」 「불」 「사립정신병원장」 「고향」과 같은 1920년대 중반기의 작품들에서는 서민들의 삶을 눈물겹게 표현하고 있습니다.

1920년대는 사회 현실에 대한 관심이 증대되는 시기였으며 현진건뿐만 아니라 다른 작가들에 의해서도 사회의 문제를 다룬 작품들이 많이 발표되었습니다. 사회에 대한 관심의 증대와 민중의 자각에는 3·1운동의 영향이 크게 작용했습니다. 3·1운동의 충격으로 일본은 무단정치에서 문화정치로 바꾸어 겉으로는 우리 민족을 위한 것처럼 보이나 사실은 민중의 분노를 무마하기 위한 일시적인 회유책을 실시합니다. 이것은 우리 민족을 더욱 압박하고 수탈하기 위한 장치에 불과했지요. 언론·집회·출판의 자유를 허용하였지만, 산미증식계획과 회사령 철폐 등으로 대표되는 경제정책은 농민과 노동자의 삶을 더욱 어렵게 만들었습니다.

「운수 좋은 날」은 도시 하층민의 삶을 통해 당시의 참혹하고도 가슴 아픈 현실을 담아냈습니다. 사람은 사회를 떠나서 혼자서는 살 수 없다는 말을 많이 들어보았을 것입니다. 지금 여러분이 살고 있는 2000년대의 삶의 모습은 어떻다고 생각하나요? 이 작품을 읽으며 우리 현실을 되돌아보는 계기가 되었으면 합니다. 특히 이 작품에서 인력거꾼으로 대변되는 도시에 사는 하층민들, 신문이나 방송에서 다루어지는 그들의 모습에 관심을 갖고 이들 개인의 문제와 사회의 책임에 대해 생각해봤으면 합니다.

운수 좋은 날

새침하게 흐린 품이 눈이 올 듯하더니 눈은 아니 오고 얼다가 만 비가 추적추적 내렸다.

이날이야말로 동소문 안에서 인력거꾼 노릇을 하는 김첨지에게는 오래간만에도 닥친 운수 좋은 날이었다. 문안에(거기도 문 밖은 아니지만) 들어간답시는 앞집 마나님을 전찻길까지 모셔다드린 것을 비롯으로 행여나 손님이 있을까 하고 정류장에서 어정어정하며 내리는 사람 하나하나에게 거의 비는 듯한 눈길을 보내고 있다가 마침내 교원인 듯한 양복쟁이를 동광학교(東光學校)까지 태워다주기로 되었다.

첫 번에 30전, 둘째 번에 50전—아침 댓바람에 그리 흉치 않은 일이었다. 그야말로 재수가 옴붙어서 근 열흘 동안 돈 구경도 못한 김첨지는 10전짜리 백통화 서 푼, 또는 다섯 푼이 찰깍하고 손바닥에 떨어질 제 거의 눈물을 흘릴 만큼 기뻤다. 더구나 이날 이때에 이 80전이라는 돈이 그에게 얼마나 유용한지 몰랐다. 컬컬한 목에 모주 한 잔도 적실 수 있거니와 그보다도 앓는 아내에게 설렁탕 한 그릇도 사다줄 수 있음이다.

그의 아내가 기침으로 쿨룩거리기는 벌써 달포¹⁾가 넘었다. 조밥도 굶기를 먹다시피 하는 형편이니 물론 약 한 첩 써본 일이 없다. 구태여 쓰려면 못 쓸 바도 아니로되 그는 병이란 놈에게 약을 주어 보내면 재미를 붙여서 자꾸 온다는 자기의 신조에 어디까지 충실하였다. 따라서 의사에게 보인 적이 없으니 무슨 병인지는 알 수 없으되 반듯이 누워가지고, 일어나기는 새로 모로도 못 눕는 걸 보면 중증은 중증인 듯, 병이 이다지 심해지기는 열흘 전에 조밥을 먹고 체한 때문이다. 그때도 김첨지가 오래간만에 돈을 얻어서 좁쌀 한 되와 10전짜리 나무 한 단을 사다주었더니 김첨지의 말에 의지하면 그 오라질년이 천방지축으로 냄비에 대고 끓였다. 마음은 급하고 불길은 달지 않아 채 익지도 않은 것을 그 오라질년이 숟가락은 고만두고 손으로 움켜서 두 뺨에 주먹덩이 같은 혹이 불거지도록 누가 빼앗을 듯이 처박질하더니만 그날 저녁부터 가슴이 땅긴다, 배가 켕긴다고 눈을 홉뜨고 지랄병을 하였다. 그때 김첨지는 열화와 같이 성을 내며,

"에이, 오라질년, 조랑복²⁾은 할 수가 없어, 못 먹어 병, 먹어서 병, 어쩌란 말이야! 왜 눈을 바로 뜨지 못해!"

하고 김첨지는 앓는 이의 뺨을 한 번 후려갈겼다. 홉뜬 눈은 조금 발라졌건만 이슬이 맺혔다. 김첨지의 눈시울도 뜨끈뜨끈하였다.

---

1) **달포** 한 달 이상이 되는 동안.
2) **조랑복** 지지리 펴지 않는 보잘것없는 복.

이 환자가 그러고도 먹는 데는 물리지 않았다. 사흘 전부터 설렁탕 국물을 마시고 싶다고 남편을 졸랐다.

"이런 오라질년! 조밥도 못 먹는 년이 설렁탕은, 또 처먹고 지랄병을 하게"

라고 야단을 쳐보았건만, 못 사주는 마음이 시원치는 않았다.

인제 설렁탕을 사줄 수도 있다. 앓는 어미 곁에서 배고파 보채는 개똥이(세 살먹이)에게 죽을 사줄 수도 있다.—80전을 손에 쥔 김첨지의 마음은 푼푼하였다.[3]

그러나 그의 행운은 그걸로 그치지 않았다. 땀과 빗물이 섞여 흐르는 목덜미를 기름주머니가 다 된 왜목 수건[4]으로 닦으며, 그 학교 문을 돌아나올 때였다. 뒤에서 "인력거!" 하고 부르는 소리가 난다. 자기를 불러 멈춘 사람이 그 학교 학생인 줄 김첨지는 한번 보고 짐작할 수 있었다. 그 학생은 다짜고짜로,

"남대문 정거장까지 얼마요?"

라고 물었다. 아마도 그 학교 기숙사에 있는 이로 동기방학을 이용하여 귀향하려 함이리라. 오늘 가기로 작정은 하였건만 비는 오고, 짐은 있고 해서 어찌할 줄 모르다가 마침 김첨지를 보고 뛰어나왔음이리라. 그렇지 않으면 왜 구두를 채 신지 못해서 질질 끌고, 비록 코쿠리 양복일망정 노박이로[5] 비를 맞으며 김첨지를 뒤쫓아 나왔으랴.

"남대문 정거장까지 말씀입니까?"

---

3) 푼푼하다 여유가 있고 넉넉하다.
4) 왜목 수건 광목 수건.
5) 노박이로 줄곧 계속하여, 붙박이로.

하고 김첨지는 잠깐 주저하였다. 그는 이 우중에 우장도 없이 그 먼 곳을 철벅거리고 가기가 싫었음일까? 처음 것, 둘째 것으로 고만 만족하였음일까? 아니다, 결코 아니다. 이상하게도 꼬리를 맞물고 덤비는 이 행운 앞에 조금 겁이 났음이다. 그리고 집을 나올 제 아내의 부탁이 마음에 켕겼다. 앞집 마나님한테서 부르러 왔을 제 병인은 그 뼈만 남은 얼굴에 유일의 샘물 같은 유달리 크고 움푹한 눈에 애걸하는 빛을 띠며,

"오늘은 나가지 말아요. 제발 덕분에 집에 붙어 있어요. 내가 이렇게 아픈데……"

라고 모기 소리같이 중얼거리고 숨을 글그렁글그렁하였다. 그때에 김첨지는 대수롭지 않은 듯이,

"압다, 젠장맞을 년, 별 빌어먹을 소리를 다 하네. 맞붙들고 앉았으면 누가 먹여 살릴 줄 알아"

하고 훌쩍 뛰어나오려니까 환자는 붙잡을 듯이 팔을 내저으며,

"나가지 말라도 그래, 그러면 일찍이 들어와요"

하고 목멘 소리가 뒤를 따랐다.

정거장까지 가잔 말을 들은 순간에 경련적으로 떠는 손, 유달리 큼직한 눈, 울 듯한 아내의 얼굴이 김첨지의 눈앞에 어른어른하였다.

"그래, 남대문 정거장까지 얼마란 말이오?"

하고 학생은 초조한 듯이 인력거꾼의 얼굴을 바라보며 혼잣말같이,

"인천 차가 열한 점에 있고, 그다음에는 새로 두 점이던가"

라고 중얼거린다.

"일 원 오십 전만 줍쇼."

이 말은 저도 모를 사이에 불쑥 김첨지의 입에서 떨어졌다. 제 입으로

부르고도 스스로 그 엄청난 돈 액수에 놀랐다. 한꺼번에 이런 금액을 불러라도 본 지가 그 얼마 만인가! 그러자 그 돈 벌 용기가 병자에 대한 염려를 사르고 말았다. 설마 오늘 내로 어떠랴 싶었다. 무슨 일이 있더라도 제1, 제2의 행운을 곱친 것보다도 오히려 갑절이 많은 이 행운을 놓칠 수 없다 하였다.

"일 원 오십 전은 너무 과한데."

이런 말을 하며 학생은 고개를 기웃하였다.

"아니올시다. 릿수로 치면 여기서 거기가 시오 리가 넘는답니다. 또 이런 진날에 좀 더 주셔야지요"

하고 빙글빙글 웃는 차부의 얼굴에는 숨길 수 없는 기쁨이 넘쳐흘렀다.

"그러면 달라는 대로 줄 터이니 빨리 가요."

관대한 어린 손님은 그런 말을 남기고 총총히 옷도 입고 짐도 챙기러 갈 데로 갔다.

그 학생을 태우고 나선 김첨지의 다리는 이상하게 거뿐하였다. 달음질을 한다느니보다 거의 나는 듯하였다. 바퀴도 어떻게 속히 도는지 구른다느니보다 마치 얼음을 지쳐나가는 스케이트 모양으로 미끄러져 가는 듯하였다. 언 땅에 비가 내려 미끄럽기도 하였지만.

이윽고 끄는 이의 다리는 무거워졌다. 자기 집 가까이 다다른 까닭이다. 새삼스러운 염려가 그의 가슴을 눌렀다. "오늘은 나가지 말아요. 내가 이렇게 아픈데!"이런 말이 잉잉 그의 귀에 울렸다. 그리고 병자의 움쑥 들어간 눈이 원망하는 듯이 자기를 노리는 듯하였다. 그러자 영영 하고 우는 개똥이의 곡성을 들은 듯싶다. 딸국딸국하고 숨 모으는 소리도 나는 듯싶다.

"왜 이러우, 기차 놓치겠구먼"

하고 탄 이의 초조한 부르짖음이 간신히 그의 귀에 들어왔다. 언뜻 깨달으니 김첨지는 인력거를 쥔 채 길 한복판에 엉거주춤 멈춰 있지 않은가.

"예, 예"

하고 김첨지는 또다시 달음질하였다. 집이 차차 멀어갈수록 김첨지의 걸음에는 다시금 신이 나기 시작하였다. 다리를 재게 놀려야만 쉴 새 없이 자기의 머리에 떠오르는 모든 근심과 걱정을 잊을 듯이.

정거장까지 끌어다주고 그 깜짝 놀란 1원 50전을 정말 제 손에 쥠에, 제 말마따나 10리나 되는 길을 비를 맞아가며 질척거리고 온 생각은 아니 하고, 거저나 얻은 듯이 고마웠다. 졸부나 된 듯이 기뻤다. 제 자식뻘밖에 안 되는 어린 손님에게 몇 번 허리를 굽히며,

"안녕히 다녀옵쇼"

라고 깍듯이 재우쳤다.

그러나 빈 인력거를 털털거리며 이 우중에 돌아갈 일이 꿈밖이었다. 노동으로 하여 흐른 땀이 식어지자 굶주린 창자에서, 물 흐르는 옷에서 어슬어슬 한기가 솟아나기 비롯하매 1원 50전이란 돈이 얼마나 괜찮고 괴로운 것인 줄 절절이 느꼈다. 정거장을 떠나는 그의 발길은 힘 하나 없었다. 온몸이 웅송그려지며 당장 그 자리에 엎어져 못 일어날 것 같았다.

"젠장맞을 것! 이 비를 맞으며 빈 인력거를 털털거리고 돌아를 간담. 이런 빌어먹을, 제 할미를 붙을 비가 왜 남의 상판을 딱딱 때려!"

그는 몹시 화증을 내며 누구에게 반항이나 하는 듯이 게걸거렸다.[6]

---

[6] 게걸거리다 품위 낮은 불평을 자꾸 지껄이다.

그럴 즈음에 그의 머리엔 또 새로운 광명이 비쳤나니 그것은 '이러구 갈 게 아니라 이 근처를 빙빙 돌며 차 오기를 기다리면 또 손님을 태우게 될는지도 몰라'라는 생각이었다. 오늘 운수가 괴상하게도 좋으니까 그런 요행이 또 한 번 없으리라고 누가 보증하랴. 꼬리를 굴리는 행운이 꼭 자기를 기다리고 있다고 내기를 해도 좋을 만한 믿음을 얻게 되었다. 그렇다고 정거장 인력거꾼의 등쌀이 무서우니 정거장 앞에 섰을 수는 없었다. 그래 그는 이전에도 여러 번 해본 일이라 바로 정거장 앞 전차 정류장에서 조금 떨어지게, 사람 다니는 길과 전찻길 틈에 인력거를 세워놓고 자기는 그 근처를 빙빙 돌며 형세를 관망하기로 하였다. 얼마 만에 기차는 왔고 수십 명이나 되는 손이 정류장으로 쏟아져 나왔다. 그중에서 손님을 물색하는 김첨지의 눈엔 양머리에 뒤축 높은 구두를 신고 망토까지 두른 기생 퇴물인 듯, 난봉 여학생인 듯한 여편네의 모양이 떠었다. 그는 슬근슬근 그 여자의 곁으로 다가들었다.

"아씨, 인력거 아니 타시랍쇼?"

그 여학생인지 뭔지 한참은 매우 태깔[7]을 빼며 입술을 꼭 다문 채 김첨지를 거들떠보지도 않았다. 김첨지는 구걸하는 거지나 무엇같이 연해 연방 그의 기색을 살피며,

"아씨, 정거장 애들보담 아주 싸게 모셔다 드리겠습니다. 댁이 어디신가요?"

하고 추근추근하게도 그 여자의 들고 있는 일본식 버들고리짝에 제 손을 대었다.

---

7) 태깔 교만한 태도.

"왜 이래, 남 귀찮게."

소리를 벽력같이 지르고는 돌아선다. 김첨지는 어랍쇼 하고 물러섰다.

전차는 왔다. 김첨지는 원망스럽게 전차 타는 이를 노리고 있었다. 그러나 그의 예감은 틀리지 않았다. 전차가 빡빡하게 사람을 싣고 움직이기 시작하였을 제 타고 남은 손 하나가 있었다. 굉장하게 큰 가방을 들고 있는 걸 보면 아마 붐비는 차 안에 짐이 크다 하여 차장에게 밀려 내려온 눈치였다. 김첨지는 대섰다.

"인력거를 타시랍쇼."

한동안 값으로 승강이를 하다가 60전에 인사동까지 태워다주기로 하였다. 인력거가 무거워지매 그의 몸은 이상하게도 가벼워졌고 그리고 또 인력거가 가벼워지니 몸은 다시금 무거워졌건만 이번에는 마음조차 초조해온다. 집의 광경이 자꾸 눈앞에 어른거리어 인제 요행을 바랄 여유도 없었다. 나뭇등걸이나 무엇 같고 제 것 같지도 않은 다리를 연해 꾸짖으며 갈팡질팡 뛰는 수밖에 없었다. 저놈의 인력거꾼이 저렇게 술에 취해가지고 이 진땅에 어찌 가노, 라고 길 가는 사람이 걱정을 하리만큼 그의 걸음은 황급하였다. 흐리고 비 오는 하늘은 어둠침침하게 벌써 황혼에 가까운 듯하다. 창경원 앞까지 다다라서야 그는 턱에 닿은 숨을 돌리고 걸음도 늦추잡았다. 한 걸음 두 걸음 집이 가까워올수록 그의 마음조차 괴상하게 누그러웠다. 그런데 이 누그러움은 안심에서 오는 게 아니요, 자기를 덮친 무서운 불행을 빈틈없이 알게 될 때가 박두한 것을 두리는[8] 마음에서 오는 것이다. 그는 불행에 다닥치기 전 시간을

---

[8] 두리다 두려워하다.

얼마쯤이라도 늘이려고 버르적거렸다.[9] 기적에 가까운 벌이를 하였다는 기쁨을 할 수 있으면 오래 지니고 싶었다. 그는 두리번두리번 사면을 살폈다. 그 모양은 마치 자기 집—곧 불행을 향하고 달려가는 제 다리를 제힘으로는 도저히 어찌할 수 없으니 누구든지 나를 좀 잡아다오, 구해다오 하는 듯하였다.

그럴 즈음에 마침 길가 선술집에서 그의 친구 치삼이가 나온다. 그의 우글우글 살찐 얼굴에 주홍이 돋는 듯, 온 턱과 뺨을 시커멓게 구레나룻이 덮었거늘, 노르탱탱한 얼굴이 바짝 말라서 여기저기 고랑이 파이고 수염도 있대야 턱밑에만 마치 솔잎 송이를 거꾸로 붙여놓은 듯한 김첨지의 풍채하고는 기이한 대상을 짓고 있었다.

"여보게 김첨지, 자네 문안 들어갔다 오는 모양일세그려. 돈 많이 벌었을 테니 한잔 빨리게."

뚱뚱보는 말라깽이를 보던 맡에 부르짖었다. 그 목소리는 몸짓과 딴판으로 연하고 싹싹하였다. 김첨지는 이 친구를 만난 게 어떻게 반가운지 몰랐다. 자기를 살려준 은인이나 무엇같이 고맙기도 하였다.

"자네는 벌써 한잔한 모양일세그려, 자네도 오늘 재미가 좋아 보이" 하고 김첨지는 얼굴을 펴서 웃었다.

"압다, 재미 안 좋다고 술 못 먹을 낸가. 그런데 여보게, 자네 온몸이 어째 물독에 빠진 새앙쥐 같은가? 어서 이리 들어와 말리게."

선술집은 훈훈하고 뜨뜻하였다. 추어탕을 끓이는 솥뚜껑을 열 적마다 뭉게뭉게 떠오르는 흰 김, 석쇠에서 뻐지짓뻐지짓 구워지는 너비아니

---

[9] 버르적거리다 어려운 일이나 고통스러운 고비를 헤어나려고 팔다리를 내저으며 몸을 괴롭게 자꾸 움직이다.

구이며, 저육이며, 간이며, 콩팥이며, 북어며, 빈대떡······ 이 너저분하게 늘어놓인 안주 탁자에 김첨지는 갑자기 속이 쓰려서 견딜 수 없었다. 마음대로 할 양이면 거기 있는 모든 먹음먹이를 모조리 깡그리 집어삼켜도 시원치 않았다. 하되 배고픈 이는 위선 분량 많은 빈대떡 2개를 쪼이기도 하고 추어탕을 한 그릇 청하였다. 주린 창자는 음식맛을 보더니 더욱더욱 비어지며 자꾸자꾸 들이라 들이라 하였다. 순식간에 두부와 미꾸리 든 국 한 그릇을 그냥 물같이 들이켜고 말았다. 셋째 그릇을 받아들었을 제 데우던 막걸리 곱빼기 두 잔이 더웠다. 치삼이와 같이 마시자 원원이[10] 비었던 속이라 찌르르하고 창자에 퍼지며 얼굴이 화끈하였다. 눌러 곱빼기 한 잔을 또 마셨다.

　김첨지의 눈은 벌써 개개풀어시기 시작하였다. 석쇠에 얹힌 떡 2개를 숭덩숭덩 썰어서 볼을 불룩거리며 또 곱빼기 두 잔을 부어라 하였다.

　치삼은 의아한 듯이 김첨지를 보며,

　"여보게, 또 붓다니, 벌써 우리가 넉 잔씩 먹었네. 돈이 사십 전일세"
라고 주의시켰다.

　"아따 이놈아, 사십 전이 그리 끔찍하냐. 오늘 내가 돈을 막 벌었어. 참 오늘 운수가 좋았느니."

　"그래, 얼마를 벌었단 말인가?"

　"삼십 원을 벌었어. 삼십 원을! 이런 젠장맞을 술을 왜 안 부어······. 괜찮다 괜찮다, 막 먹어도 상관이 없어. 오늘 돈 산더미같이 벌었는데."

　"어, 이 사람 취했군. 그만두세."

---

10) **원원이** 본디부터, 원래부터.

"이놈아, 이걸 먹고 취할 내냐, 어서 더 먹어."

하고는 치삼의 귀를 잡아채며 취한 이는 부르짖었다. 그리고 술을 붓는 열다섯 살 됨직한 중대가리에게로 달려들며,

"이놈, 오라질놈. 왜 술을 붓지 않어"

라고 야단을 쳤다. 중대가리는 희희 웃고 치삼을 보며 문의하는 듯이 눈짓을 하였다. 주정꾼이 이 눈치를 알아보고 화를 버럭 내며,

"네미를 붙을 이 오라질놈들 같으니, 이놈, 내가 돈이 없을 줄 알고."

하자마자 허리춤을 훔칫훔칫하더니 일 원짜리 한 장을 꺼내어 중대가리 앞에 펄쩍 집어던졌다. 그 사품[11]에 몇 푼 은전이 잘그랑하며 떨어진다.

"여보게, 돈 떨어졌네, 왜 돈을 막 끼얹나."

이런 말을 하며 일변 돈을 줍는다. 김첨지는 취한 중에도 돈의 거처를 살피는 듯이 눈을 크게 떠서 땅을 내려다보다가 불시에 제 하는 짓이 너무 더럽다는 듯이 고개를 소스라치자 더욱 성을 내며,

"봐라 봐! 이 더러운 놈들아, 내가 돈이 없나, 다리뼉다구를 꺾어놓을 놈들 같으니"

하고 치삼의 주워주는 돈을 받아,

"이 원수엣돈! 이 육시를 할 돈!"

하면서 팔매질을 친다. 벽에 맞아 떨어진 돈은 다시 술 끓이는 양푼에 떨어지며 정당한 매를 맞는다는 듯이 쨍하고 울었다.

곱빼기 두 잔을 또 부어질 겨를도 없이 말려가고 말았다. 김첨지는 입술과 수염에 붙은 술을 빨아들이고 나서 매우 만족한 듯이 그 솔잎 송이

---

[11] 사품 어떤 일이나 동작이 진행되는 바람이나 겨를.

수염을 쓰다듬으며,

"또 부어, 또 부어"

라고 외쳤다.

또 한 잔 먹고 나서 김첨지는 치삼의 어깨를 치며 문득 껄껄 웃는다. 그 웃음소리가 어떻게 컸는지 술집에 있는 이의 눈은 모두 김첨지에게로 몰렸다. 웃는 이는 더욱 웃으며,

"여보게 치삼이, 내 우스운 이야기 하나 할까. 오늘 손을 태우고 정거장까지 가지 않았겠나."

"그래서."

"갔다가 그저 오기가 안됐데그려. 그래 전차정류장에서 어름어름하며 손님 하나를 태울 궁리를 하지 않았나. 기기 마침 마나님이신지 여학생이신지—요새야 어디 논다니[12]와 아가씨를 구별할 수가 있던가—망토를 잡수시고 비를 맞고 서 있겠지. 슬근슬근 가까이 가서 인력거 타시랍시오 하고 손가방을 받으려니까 내 손을 탁 뿌리치고 홱 돌아서더니만 '왜 남을 이렇게 귀찮게 굴어!' 그 소리야말로 꾀꼬리 소리지, 허허!"

김첨지는 교묘하게도 정말 꾀꼬리 같은 소리를 내었다. 모든 사람은 일시에 웃었다.

"빌어먹을 깍쟁이 같은 년, 누가 저를 어쩌나, '왜 남을 귀찮게 굴어!' 어이구, 소리가 채신도 없지, 허허."

웃음소리들은 높아졌다. 그러나 그 웃음소리들이 사라지기 전에 김첨지는 훌쩍훌쩍 울기 시작하였다.

12) 논다니 웃음과 몸을 파는 계집. 노는계집. 유녀(遊女).

치삼은 어이없이 주정뱅이를 바라보며,

"금방 웃고 지랄을 하더니 우는 건 또 무슨 일인가."

김첨지는 연해 코를 들이마시며,

"우리 마누라가 죽었다네."

"뭐, 마누라가 죽다니, 언제?"

"이놈아 언제는, 오늘이지."

"예끼, 미친놈. 거짓말 말아."

"거짓말은 왜, 참말로 죽었어. 참말로…… 마누라 시체를 집에 뻐들쳐놓고 내가 술을 먹다니, 내가 죽일놈이야, 죽일놈이야"

하고 김첨지는 엉엉 소리를 내어 운다.

치삼은 흥이 조금 깨어지는 얼굴로,

"원, 이 사람이, 참말을 하나 거짓말을 하나. 그러면 집으로 가세, 가"

하고 우는 이의 팔을 잡아당겼다.

치삼의 끄는 손을 뿌리치더니 김첨지는 눈물이 글썽글썽한 눈으로 싱그레 웃는다.

"죽기는 누가 죽어"

하고 득의가 양양.

"죽기는 왜 죽어. 생때같이 살아만 있단다. 그 오라질년이 밥을 죽이지. 인제 나한테 속았다"

하고 어린애 모양으로 손뼉을 치며 웃는다.

"이 사람이 정말 미쳤단 말인가. 나도 아주머네가 앓는단 말은 들었었는데"

하고 치삼이도 어느 불안을 느끼는 듯이 김첨지에게 또 돌아가라고 권하였다.

"안 죽었어, 안 죽었대도 그래."

김첨지는 화증을 내며 확신 있게 소리를 질렀으되 그 소리엔 안 죽은 것을 믿으려고 애쓰는 가락이 있었다. 기어이 일 원어치를 채워서 곱빼기 한 잔씩 더 먹고 나왔다. 궂은비는 의연히 추적추적 내린다.

김첨지는 취중에도 설렁탕을 사가지고 집에 다다랐다. 집이라 해도 물론 셋집이요, 또 집 전체를 세든 게 아니라 안과 뚝 떨어진 행랑방 한 칸을 빌려 든 것인데 물을 길어 대고 한 달에 일 원씩 내는 터이다. 만일 김첨지가 주기를 띠지 않았던들 한 발을 대문에 들여놓았을 제 그곳을 지배하는 무시무시한 정적—폭풍우가 지나간 뒤의 바다 같은 정적에 다리가 떨렸으리라. 쿨룩거리는 기침 소리도 들을 수 없다. 그르렁거리는 숨소리조차 들을 수 없다. 다만 이 무덤 같은 침묵을 깨뜨리는—깨뜨린다느니보다 한층 더 침묵을 깊게 하고 불길하게 하는 빡빡 하는 그윽한 소리, 어린애의 젖 빠는 소리가 날 뿐이다. 만일 청각이 예민한 이 같으면 그 빡빡 소리는 빨 따름이요, 꿀떡꿀떡하고 젖 넘어가는 소리가 없으니 빈 젖을 빤다는 것도 짐작할는지 모르리라.

혹은 김첨지도 이 불길한 침묵을 짐작했는지도 모른다. 그렇지 않으면 대문에 들어서자마자 전에 없이,

"이 난장[13]맞을년, 남편이 들어오는데 나와보지도 않아, 이 오라질년"

이라고 고함을 친 게 수상하다. 이 고함이야말로 제 몸을 엄습해오는 무

---

13) 난장 고려 · 조선 시대에 장형(杖刑)을 가할 때 신체의 부위를 가리지 않고 함부로 마구 치던
    일 또는 그 매.

시무시한 증을 쫓아버리려는 허장성세인 까닭이다.

하여간 김첨지는 방문을 왈칵 열었다. 구역을 나게 하는 추기—떨어진 삿자리[14] 밑에서 나온 먼짓내, 빨지 않은 기저귀에서 나는 똥내와 오줌내, 가지각색 때가 켜켜이 앉은 옷내, 병인의 땀 썩은 내가 섞인 추기가 무딘 김첨지의 코를 찔렀다.

방 안에 들어서며 설렁탕을 한구석에 놓을 사이도 없이 주정꾼은 목청을 있는 대로 다 내어 호통을 쳤다.

"이런 오라질년, 주야장천[15] 누워만 있으면 제일이야! 남편이 와도 일어나지를 못해"

라는 소리와 함께 발길로 누운 이의 다리를 몹시 찼다. 그러나 발길에 차이는 건 사람의 살이 아니고 나뭇등걸과 같은 느낌이 있었다. 이때에 빽빽 소리가 응아 소리로 변하였다. 개똥이가 물었던 젖을 빼어놓고 운다. 운대도 온 얼굴을 찡그려붙여서, 운다는 표정을 할 뿐이다. 응아 소리도 입에서 나는 게 아니고 마치 배 속에서 나는 듯하였다. 울다가 울다가 목도 잠겼고 또 울 기운조차 시진한[16] 것 같다.

발로 차도 그 보람이 없는 걸 보자 남편은 아내의 머리맡으로 달려들어 그야말로 까치집 같은 환자의 머리를 꺼들어 흔들며,

"이년아, 말을 해, 말을! 입이 붙었어, 이 오라질년!"

"……."

"으응, 이것 봐, 아무 말이 없네."

14) 삿자리 갈대를 꺾어 만든 자리.
15) 주야장천(晝夜長川) 밤낮으로 쉬지 않고 잇달아서. 언제나. 늘.
16) 시진하다(澌盡—) 기운이 빠져 없어지다.

"……"

"이년아, 죽었단 말이냐, 왜 말이 없어."

"……"

"으응, 또 대답이 없네. 정말 죽었나버이."

이러다가 누운 이의 흰창을 덮은, 위로 치뜬 눈을 알아보자마자,

"이 눈깔! 이 눈깔! 왜 나를 바로 보지 못하고 천장만 보느냐, 응"

하는 말끝엔 목이 메었다. 그러자 산 사람의 눈에서 떨어진 닭의똥 같은 눈물이 죽은 이의 뻣뻣한 얼굴을 어룽어룽 적셨다. 문득 김첨지는 미칠 듯이 제 얼굴을 죽은 이의 얼굴에 한데 비비대며 중얼거렸다.

"설렁탕을 사다놓았는데 왜 먹지를 못하니, 왜 먹지를 못하니…… 괴상하게도 오늘은! 운수기 좋더니만……."

1 제목 '운수 좋은 날'이 상징하는 것은 무엇인가요?

이 글은 인력거꾼 김첨지에게 찾아온 운수 좋은 날에 대한 이야기이면서 동시에 운수 나쁜 날이기도 한 어느 하루의 이야기입니다. 운수가 좋다는 것은 평소와 다르게 인력거꾼으로서 돈을 많이 벌었다는 의미입니다. 그런데 돈을 벌면 벌수록 열흘 동안 병들어 누워 있는 아내 때문에 김첨지는 불안이 고조되고 있습니다. 그리고 이상하게도 계속되는 행운 앞에서 덜컥 겁이 납니다. 이 불길한 예감은 사실이 되고 결말에서 죽은 아내의 모습은 너무나도 참혹합니다. 소설의 제목「운수 좋은 날」은 이런 비극적 상황을 반어적으로 극대화시켜 표현하고 있는 말이라 할 수 있습니다.

2 소설의 첫 부분에 제시된 날씨에 대한 묘사는 무엇을 의미하나요?

첫머리에 '새침하게 흐린 품이 눈이 올 듯하더니 눈은 아니 오고 얼다가 만 비가 추적추적 내린다'라고 날씨에 대한 묘사를 하고 있습니다. 이 짧은 문장은 사건이 어떤 방식으로 흘러갈 것인지 상징적으로 보여주고 있습니다. 눈은 김첨지에게 다가온 행운을 의미합니다. 평소와는 다르게 손님이 계속되고 많은 돈을 벌게 되지요. 하지만 끝내 눈이 올 듯했는데 눈은 아니 오고 얼다가 만 비가 추적추적 내린다는 것으로 보아 사태가 역전될 것을 암시해줍니다. 눈과 대비되어 비는 불운을 뜻하며 이 글에서는 아내의 죽음을 상징합니다. 소설 전체에 걸친 비가 오는 음산한 배경 묘사는 행운이 행운으로 끝나는 것이 아니라 불운으로 끝난다는 이야기의 내용을 상징적으로 잘 표현해주고 있습니다.

3 김첨지가 인력거를 끌다가 집 근처에 가까이 오자 어떻게 되었나요?

김첨지가 인력거를 끌고 나올 때 아내는 이상하리만큼 나가지 못하게 말립니다. 목멘 소리로 제발 나가지 말고 옆에 있어달라고 애원을 하지요. 하지만 어려운 살림에 이를 떨치고 돈을 벌러 나옵니다. 인력거에 손님을 태우고 김첨지가 신이 나서 달려가는데 집 가까이에 이르자 갑자기 다리가 무거워지고 가슴이 눌리는 것 같습니다. 그리고 가지 말라고 붙잡던 부인의 모습이 떠오르고 원망하는 눈빛과 그 목소리가 귀에 맴돕니다. 이렇게 집 근처에 다다르면 김첨지는 아파서 누워 있는 부인에 대한 걱정으로 심리적인 갈등을 겪게 됩니다.

4 욕설을 섞어 쓰는 김첨지의 말투에서 느껴지는 것은 무엇인가요?

첨지는 나이 든 사람을 가볍게 낮추어서 부르는 말입니다. 첨지라는 말에서 알 수 있듯이 김첨지는 인력거를 끄는 도시의 하층 노동자입니다. 그래서 욕설을 늘어놓는 김첨지의 말투가 상스러워 보이기도 하고 아내에게 지나치게 매몰차게 대하는 것처럼 느껴집니다. 하지만 비록 신분이 낮고 생활이 어려워도 속마음까지 매몰찬 것이 아님을 금방 알 수 있습니다. 그가 돈벌이를 나가는 것을 막는 부인에게 젠장맞을년 빌어먹을 소리를 다한다며 떨치고 나왔지만 일을 하는 내내 부인을 걱정하고, 약 한 번 못 쓴 것을 불쌍히 여기기도 하고, 번 돈으로 부인이 먹고 싶다던 설렁탕도 사가지고 싶으로 가지요. 이처럼 김첨지의 말투는 그의 낮은 신분과 얼마 배우지 못한 학식을 나타내면서도, 무뚝뚝하고 상스러워 보이지만 가슴엔 따뜻한 인간미가 흐르고 있는 투박한 도시 하층민의 모습을 사실적으로 보여주고 있습니다.

5 왜 김첨지는 설렁탕을 사가지고 집으로 갔나요?

집으로 바로 들어가기 두려웠던 김첨지는 어쩌면 아내가 죽었을지도 모른다는 불안을 떨쳐버리려고 치삼과 술을 마십니다. 그리고 취중에도 아내가 먹고 싶다던 설렁탕을 사가지고 집으로 들어가지요. 운이 좋은 오늘, 조밥을 먹고 병이 난 부인이 그렇게 먹고 싶어하던 설렁탕을 이제는 사줄 수 있습니다. 하지만 부인은 그사이를 기다려주지 않고 죽어 있습니다. 설렁탕에는 가난하고 투박한 김첨지의 아내를 사랑하는 마음이 담겨 있습니다.

사립정신병원장

정신이상자 친구의 말벗과 감시를 하는 사립정신병원장이 되어
생계를 이어가는 주인공을 통해 물질적 빈곤이 정신을
파멸시키는 사회의 한 전형을 보여주는 작품.

"복돌아, 약식 안 먹어도 산다, 송편 안 먹어도 산다"

일제 강점기 민중들의 비참한 생활상과 빈부격차

「사립정신병원장」은 1926년 『개벽』 17호에 발표된 작품입니다. 화자인 '나'가 친구 W군의 이야기를 독자에게 들려주는 이야기 속의 이야기 형식을 하고 있는 액자소설입니다. 그의 초기작인 「빈처」「술 권하는 사회」「타락자」가 작가의 체험을 바탕으로 일본 유학을 다녀온 지식인의 방황을 다룬 작품들이라면, 이 작품은 좀더 객관적 시각으로 평범한 우리 민족의 모습을 담고 있습니다. 현진건은 1920년대 초반에서 중반으로 가면서 지식인에서 민중으로, 작가의 체험 중심에서 사회의 객관적인 묘사로 당대 식민지 사회의 실상과 모순을 비판적이고 사실적으로 형상화했습니다.

이 작품에서 주인공 W는 가난한 집에서 태어나 백부의 양자로 갔으나, 백부의 몰락으로 처가에 의탁하는 처지가 됩니다. 아무리 어려운 상황이라 해도 언제나 웃는 그였지만 처가살이는 견디기 어려워서 식구들을 이끌고 나와 궁색하게 살아갑니다. 그는 겨우 얻은 은행의 고원 자리마저 실직을 하고 수천석꾼의 외동아들이며 친구인 정신이상자 P군의 말벗 노릇과 감시 역할을 하는 사립정신병원장이 되어 생계를 이어갑니다. 낙천적 성격인 W는 경제적 어려움과 주위 친구들의 냉소와 무관심으로 인하여 점차 자아를 상실해가고 결국 정신이상이 와서 P를 살인하게 됩니다. 정신병자이지만 경제적으로는 풍족한 P, 열심히 살아보고자 하지만 생계를 잇기 어려운 W. 식민지 사회의 민중의 가난은 이미 태어날 때부터 정해져 있습니다. 비참한 현실과 대결하여 아무리 성실하고 진실되게 살아보려고 해도 물질적인 빈곤에서 벗어나기 힘듭니다. 이렇듯 작가는 실업으로 인한 물실적 빈곤이 한 인간을 정신적으로까지 파멸시킨다는 결말을 통하여 식민지 시대의 양극화되어가고 있는 빈부격차와 이에 대한 사회적 무관심을 비판하고 있습니다.

현대 우리 사회에도 장애우, 노숙자, 버려진 아이나 노인과 같이 우리의 관심에서 벗어나 있는 소외된 사람들이 있습니다. 이들에 대한 사회의 무관심이 초래하는 결과를 생각하며 W군의 이야기를 읽어보았으면 합니다.

사립정신병원장

생각하면 재작년 겨울 일이다. 나는 오래간만에야 고향에 돌아갔었다. 10여 호가 넘던 일갓집들이 가을바람에 나부끼는 포플러 잎보다도 더 하잘것없이 흩어진 오늘날에야 말이 고향이지 기실 쓸쓸한 타향일 따름이다. 비록 초가일망정 20여 칸이나 되는 우리 집도 다섯 칸 오막살이로 찌그러들어 성 밖 외딴 동리에 초라하게 남았고, 거기는 칠순에 가까운 아버지와 40이 넘은 계모가 턱을 고이고 앉았을 뿐. 아들도 남부럽지 않게 많지마는 제 입 풀칠하기에 바쁜 그들은 부모님 봉양할 이는 하나도 없었던 것이다. 몇 달 만에야 한 번, 몇 해 만에야 한 번 집 안으로 기어드는 자식은 자식이 아니요, 손님이었다. 쌀밥 한 그릇, 고깃국 한 대접을 만들어 먹이기에 아버지와 어머니가 얼마나 고심하는 것을 잘 아는 나는 얼른 들여다보고는 선선히 일어서는 것이 상례였다. 그러나 내가 여기서 내 시세와 우리 집안 형편을 늘어놓자는 것은 아니다. 음산하고 참담한 내 동무 하나의 이야기를 기념 삼아 적어두자는 것이다.

아버지 집을 총총히 뛰어나온 나의 발길은 몇 아니 되는 친구가 구락부 삼아 모이는 L군의 사랑으로 향하였다. 그들은 무조건으로 나를 환영해주었다. 반가움 즐거움은 이야기의 즐거움으로 옮겨갔다. 서울 형편 이야기, 글 이야기를 비롯하여 친구들의 가정에 일어난 에피소드까지 우리의 화제에 올랐다.

"W군이 어째 보이지 않나? 요새도 은행에 잘 다니나?"

나는 그 사랑의 단골 축의 하나인 W군의 소식을 물어보았다.

"이번 정리통에 그나마 미역국을 먹었네"

하고 주인 되는 L군이 얼굴을 찌푸린다. 나는 그 말을 듣고 놀랐다. 이 W군으로 밀하면 그야말로 헐길할길 없는 청편이었다. 본디 서 발 마대 거칠 것 없는[1] 가난한 집안에서 태어난 그는 열여덟 살 때에 백부에게로 출계[2]를 하게 되었다. 양자 간 덕택으로 즉시 장가는 들 수 있었으나 사람 좋은 양부는 남의 빚봉수[3]로 말미암아 씩씩지 않은 시골 살림이 일조에 판들고[4] 말았다. 그는 처가에 몸을 의탁하는 수밖에 없게 되었다. 그러나 처가 또한 넉넉지 못한 형세이다. 조반석죽(朝飯夕粥)도 궐할[5] 때가 많았다. 넉넉한 처가살이도 하기 어렵다 하거늘 하물며 가난한 처가살이랴. 목으로 넘어가는 밥 한 알 두 알이 바늘과 같이 그의 창

---

[1] 서 발 막대 거칠 것 없다 서 발이나 되는 매우 긴 막대를 흔들어도 거칠 것 없을 정도로, 가난하여 아무런 세간이 없음을 이르는 말.

[2] 출계 양자로 들어가서 그 집에 대를 이음.

[3] 빚봉수 남의 빚을 보증해주는 일.

[4] 판들다 가진 재산을 함부로 써서 죄다 없애버리다.

[5] 조반석죽(朝飯夕粥)도 궐하다 아침에는 밥을 먹고 저녁에는 죽을 먹는 가난한 식사 마저도 빠뜨리다.

자를 찔렀으리라. 이토록 고생에 부대끼면서도 그는 얼굴 한 번 찡그리는 법이 없었다. 그는 언제든지 싱글싱글 웃었다. 그는 말 한마디를 해도 웃지 않고는 못하는 낙천가였다. 서울에 올라와서 고학을 할 때 살을 에는 듯한 겨울날 속옷을 빨다가 손이 몹시 쓰리면 그는 벌떡 일어나 손을 쩔레쩔레 흔들며 "이놈의 손가락이 별안간에 왜 뻣뻣해지나" 하고는 웃었다. 밥을 짓다가 연기가 눈으로 들어가면 눈물이 그렁그렁한 눈을 비비면서도 그는 히히 하고 웃기를 잊지 않았다. 그 대신 그의 몸은 여지없이 말라갔다. 뼈하고 가죽으로만 접한 듯한 얼굴은 바늘로 찔러도 피 한 점 날 것 같지 않았다. 가장 기쁜 듯이 웃을 때면 입가는 마치 누비를 누벼놓은 듯이 여러 가닥 주름이 잡혔다.

만사를 웃고 지내는 그이언만 처가살이는 견디지 못하였던지 작년 봄에 남의 협호[6]를 얻어 자기 식구를 끌고 나왔다. 백관으로 살림을 차리고 보니 그 군색한 것이야 당자 아닌 남으론 상상도 못할 일이 있었으리라. 있는 친구에게 쌀되를 꾸어가면서 그날그날을 보내던 중 여러 가지로 주선한 끝에 T은행의 고원[7]으로 채용이 되었었다. 25원이란 월급이 비록 적지마는 그들의 가정에겐 생명의 줄이었다. 그런데 그 줄이나마 끊어졌으니 그는 또 무엇을 하며 지낼 것인가. 더구나 그는 벌써 열두 살 먹은 맏딸, 여덟 살 되는 둘째 딸, 네 살 먹은 아들의 아버지가 아니냐.

"그러면 무엇을 먹고산단 말인가."

나는 탄식하였다.

"요새는 사립정신병원장이 되셨지요"

6) 협호 딴살림을 할 수 있도록 원채와 떨어져 있는 집채.
7) 고원 고용직 공무원.

하고 익살을 잘 부리는 S군이 낄낄 웃었다. 온 방은 이 말에 땍때그르 웃었다.

"사립정신병원장이라니?"

나는 웬 까닭을 몰라서 채쳐 물었다.

"출근 오전 일곱 시, 퇴근 오후 여섯 시, 집무중 면회 절대사절, 일시라도 환자의 곁은 떠나지 못할지니 변소 출입도 엄금……"

하고 S군이 북받치는 웃음을 못 참을 제 방 안에 웃음소리는 또 한 번 높아졌다.

S군의 설명을 들으면 W군에게 P란 친구가 있었다. 워낙 체질이 나약한 그는 어릴 적부터 병으로 자라났다. 성한 날이라고는 단지 하루가 없었다. 가난한 집 자식 같으면 땅김을 벌써 맡았으련마는 다행히 수천석꾼의 외동아들로 태어난 덕택에 삼과 녹용의 힘이 그의 끊어지려는 목숨을 간신히 부지해왔다. 자식이 그렇게 허약하거늘 장가나 들이지 않았으면 좋을걸 재작년에 혼인을 한 뒤부터 그의 병세는 더욱더 처진 모양이었다. 금년 봄에 첫딸을 낳은 뒤론 그는 실성실성 정신에 이상이 생기고 말았다.

미치고 보니 자연히 찾아오는 친구도 없고 부모 친척까지 그와 오래 앉아 있기를 꺼리게 되었다. 그렇다고 병자를 내보낼 수도 없고 혼자 한 방에 감금해두는 것도 또한 염려스러운 일이다. 그래 W군은 한 달에 쌀 한 가마니, 돈 10원씩을 받게 된 것이다.

'사립정신병원장!' 나는 속으로 한번 외워보았다. 나의 가슴은 한 그믐밤같이 캄캄해졌다.

그날 저녁에는 W군을 만났다.

"원장 영감, 이제야 퇴근하셨습니까?"

하고 S군은 또 낄낄댄다. 방 안에 다시금 웃음이 터졌다. W군도 또한 빙그레 웃었으되 그 샛노란 얼굴에 잠깐 검은 그림자가 지나가는 듯하였다.

"오늘은 별일 없었나?"

친구들은 W군을 중심으로 둘러앉으며 L군이 물었다. 그들의 눈에는 호기심이 번쩍였다.

"여보게, 말도 말게, 오늘은 정말 혼이 났네"

하고 W군은 역시 싱글싱글 웃는다.

"왜?"

여러 사람의 눈은 휘둥그레졌다.

"지랄이 점점 늘어가나 보네. 오늘은 문을 첩첩이 닫고 늘 하는 그 지랄을 하더니만 칼을 가지고 나를 찌르려고 덤비데."

"칼은 또 웬 칼인고."

"낮에 밤 깎으라고 내온 것을 어느새 집어넣었던가 보네."

"그래, 그 칼을 빼앗았나?"

"그까짓 것 안 빼앗으면 어떨라고. 설마 미친놈이 사람 죽이겠나"

하고 W군은 또 웃었다. 그러나 그의 몸은 웬일인지 추운 듯이 떨고 있었다.

"자네도 좀 실성실성하이그려, 미친놈이 사람을 죽이지 성한 놈이 사람을 죽이나."

거기 모인 친구의 하나인 K군이 그 귀공자다운 흰 얼굴이 조금 푸르러지며 이런 말을 하였다.

"성한 사람 같으면 푹 찌르지만 칼을 들고 남의 목을 겨누며 한참 지랄을 하더니 그대로 픽 쓰러지데그려."

"자네 오늘은 운수가 좋았네. 문을 첩첩이 잠그고 그 어둠침침한 방 안에서 정말 찔렀으면 어쩔 뻔했나"

하고 L군은 아찔아찔한 듯이 몸서리를 친다.

"문을 왜 처잠그는가?"

나는 또 설명을 요구하였다.

"자네는 참 모를 걸세"

하고 W군은 설명해주었다. P의 증세는 소위 공인증(恐人症)[8]이란 것이었다. 천연스럽게 앉아 있다가 문득 눈을 홉뜨고 그 백지장 같은 얼굴이 파랗게 질려가지고,

"아이구, 저놈들이 또 온다. 아이구, 저놈이 나를 잡으러 온다"라고 황급하게 중얼거리며 숨을 곳을 찾는 듯이 방 안을 썰썰매다가,

"여보게 W군, 문 좀 닫아주게"라고 비두발괄[9]하는 법이었다. 그러면 W군은 하릴없이 사랑 중문을 닫고, 그들이 있는 방문이란 방문은 미닫이며 덧창이며 바깥문까지 모조리 닫아걸어야 한다. 그래서 방 안이 침침해지면 개한테 쫓긴 닭 모양으로 방 한구석에 고개를 처박고 있는 미친 이는 고개를 번쩍 들고 사면을 두리번두리번 살핀다. 그러다가 별안간 "히, 히, 히"라고 마디마디 끊어진 웃음을 웃는다.

이 웃음소리를 따라 그의 홉뜬 눈이 점점 번들번들해지자 "이놈들아, 너희들이 나를 잡아가. 어림 반푼어치 없어, 히, 히, 히" 하면서 소리를

8) 공인증(恐人症) 대인 공포증.
9) 비두발괄 억울한 사정을 하소연하면서 간절히 청하여 빎.

고래고래 지르다가 한 시간가량 지나면 제풀에 지쳐서 그대로 쓰러지는 법이었다. 그런데 오늘도 법대로 또한 문을 다 잠그고 한참 발광을 하다가 문득 품속에서 창칼을 쑥 빼어들더니 W군에게 달려들어 그 칼을 목에다 겨누며 "이 죽일놈, 네가 나 잡으러 온 것이지. 이놈, 내 칼에 죽어 보아라" 하고 소리소리 지르다가 다행히 그대로 쓰러졌다고 한다.

"자네 오늘 십년감수는 했겠네"

하고 L군이 소리를 떨어뜨린다.

"글쎄, 원장 노릇도 못 해먹겠는걸"

하고 W군은 또 히히 웃어 보였다.

K군의 주최로 그날 밤에 우리는 해동관이란 요릿집에 가게 되었다. 일행이 거의 다 외투를 걸쳤지만 W군 홀로 옥양목 겹두루마기 자락을 찬바람에 날리며 가는 다리를 꼬는 듯이 하며 걸어가는 양이 눈물겨웠다.

요리상은 벌어졌다. 셋이나 부른 기생의 기름내와 분내가 신선로 김과 한데 서렸다. 장구 소리와 가야금 가락이 서로 어우러지자 한가한고로 웅장한 단가며 멋지고 구슬픈 육자배기 단 입김과 함께 둥둥 떠돌았다.

술은 여러 차례 돌았건만 나는 조금도 취하지를 않았다. W군의 존재가 어쩐지 나의 마음을 어둡게 하였다. 첫째로 그의 주량이 나를 놀라게 하였다. 서울에서 고학하던 시절, 학비를 넉넉히 갖다 쓰는 친구가 청요릿집으로 가난한 놀이를 하려면 강권하는 것을 떨치다 못하여 배갈 한 잔에 누른 얼굴이 홍당무로 변하며 그대로 쓰러지던 그였다. 그런데 오늘 저녁엔 비록 정종일망정 열 잔이 넘었으되 조금도 취하는 기색이 보이지 않았다. 빼빼 마른 팔뚝을 반만 걷어 요리상 위에 세운 채 기생이 따라주는 대로 그는 꿀꺽꿀꺽 들이켜고 있었다.

"자네 웬 술을 그렇게 먹나?"

마침내 나는 W군을 향해서 의아한 듯이 물었다.

"왜, 나는 술도 못 먹는 줄 알았나"

하고 W군은 또 히히 웃어 보였다.

"여보게 W군, 술이 어떤 줄 알고 그런 말을 하나. 한 동이를 가지고는 못 가도 먹고는 간다네. 식전 해장도 세 사발은 먹어야 견디네."

S군이 도리어 내 말을 의아하게 여기는 듯이 가로채더니만,

"여보게 W군, 자네는 자네 말짝으로 그 눈알만 한 잔 가지고는 턱이 아니 될 터이니 컵으로 하게."

"그것도 좋지. 나만 그럴 것 있나, 우리 모두 컵으로 하세그려."

컵은 들어왔다. 처음에는 먹을 듯이 모두들 W군의 말에 찬동을 하더니만 컵에 술을 붓고 보니 끔찍하던지 감히 마시려 들지 않았다. W군 홀로 세 컵을 기울이고 말았다.

"자네들도 들게그려"

하고 한두어 번 권해보았으나 잘들 들지 않으매 저 혼자 연거푸 다섯 잔을 들이켰다. 그는 자기의 비색한 신수와 악착한 형편을 도무지 잊은 듯하였다. 그와 반대로 모인 중에도 자기 혼자 유쾌하고 기쁜 듯하였다. 기생 하나가 장구를 메고 일어서자 앞장서서 얼씬덜씬 춤을 춘 이도 W군이었다. 꽉 잠긴 목으로 남 먼저 '에라 만수'를 찾은 이도 W군이었다.

놀이는 끝장날 때가 왔다. 꽹과리 소리가 사람의 귀를 찢었다. 춤추다가 쓰러지는 사람이 하나씩 둘씩 늘게 되었다.

"인제 그만 가세그려."

술이 덜 취한 L군이 마침내 이런 제의를 하였다. 우리는 그 말에 찬동을 하며 외투를 떼어 입었다.

그때에도 한 팔로 요리상을 짚고 몸을 가누지 못하면서도 아직 술병을 기울이고 있던 W군은 문득 보이를 불러서 신문지를 가져오라 하였다. 신문지를 받아들자 그는 약식이며 떡 같은 것을 주섬주섬 싸기 시작하였다.

"여보게, 창피하이, 그만두게."

K군이 눈썹을 찡기며 말렸다.

"어떤가. 내 돈 준 것 내가 가져가는데"

하고 W군은 역시 웃으며 벌벌 떠는 손으로 쌀 것을 줍기에 바쁘다.

"인제 그만 싸게, 에이, 창피스러워"

하며 K군은 고개를 돌린다. 마침내 W군은 쌀 것을 다 싸 가지고 송편과 약식이 삐죽삐죽 나오는 봉지를 들고 비슬비슬 일어선다.

그때 K군의 나지미라는 명옥이가 입을 삐죽거리면서 그 광경을 바라보다가,

"원장 영감댁은 오늘 밤에 큰 잔치를 하겠구면"

하고 비웃적거리었다. 그 말이 떨어지자마자 W군은 나는 듯이 명옥에게로 달려들었다.

"이년, 뭣이 어째"라는 고함과 함께 W군의 손은 철썩 하고 명옥의 뺨에 올라붙었다. 명옥이 "애고고" 외마디 소리를 치고 쓰러지자 W군은 미워서 못 견디겠다는 듯이 "원장댁 큰 잔치? 큰 잔치?"라고 뇌면서 발길로 엎어진 계집의 허리를 찼다. 이 야단통에 W군의 떡 싼 봉지는 방바닥에 떨어져 흩어졌다. 나는 싸움의 원인이요, 사랑의 뭉치인 봉지를

얼른 주워서 방 한구석 장구 얹혔던 자리 위에 올려두었다.

싸움은 벌어졌다. K군이 명옥의 역성을 들며 W군에게 덤빈 까닭이다. K군은 W군의 목덜미를 잡아 회술레 돌리다가,

"이 자식 미친놈하고 같이 있더니 미쳤나베. 왜 사람을 차며 지랄발광을 하노"

하며 휙 뿌리치자 W군은 비슬비슬 몇 걸음 걸어나오다가 방바닥에 얼굴을 처박고 푹 꺼꾸러졌다. 그럴 겨를도 없이 엎어진 이는 벌떡 몸을 일으켜서 곧 K군에게로 달려들었다. 우리는 황망히 그의 팔을 잡아 만류를 하였는데 그때 그의 얼굴은 지금 생각해보아도 몸서리가 끼친다. 엎어질 때 다쳤음이리라. 악다문 이빨엔 피가 흘렀다. 그 경성드뭇한[10] 눈썹이 올올이 일어있으며 핏빌 선 눈엔 그야말로 불이 니는 듯히었고, 이마엔 마른 가죽을 뚫고 나올 듯이 푸른 힘줄이 섰다. 그러나 그것보다도 마치 납을 끓여 부은 듯한 그 얼굴, 실룩실룩하는 살점 하나하나가 떠는 듯한 그 꼴이란 더할 수 없이 무서웠다. 입에 거품을 버글버글 흘리고,

"미친놈하고 같이 있으면 어쨌단 말이냐. 미쳤으면 어쨌단 말이냐. 오! 너는 돈 있다고, 너는 돈 있다고"

하고 이를 빠드득빠드득 갈아붙이며 K군을 향해 몸부림을 쳤다. 순한 양 같은 이 낙천가가 비록 취중일망정 사나운 짐승같이 날뛰며 악마보다도 더 지독한 표정을 할 줄이야 누가 꿈엔들 생각하였으랴.

간신히 뜯어말려서 먼저 K군을 보내고 L군과 S군과 나는 이 W군을

---

10) 경성드뭇하다 많은 수효가 드문드문 흩어져 있다.

진정시켜서 얼마 만에야 그 요릿집 방문을 나오려 하였다. 그때 W군은 무엇을 찾는 듯이 연해 방 안을 살피다가 아까 내가 얹어둔 봉지를 발견하자 그의 눈은 이상하게 번쩍였다. 그의 뜻을 지레짐작한 내가 얼른 그 봉지를 집자 그는 내 손에서 그 봉지를 빼앗듯이 받아가지고 방바닥에 태질[11]을 쳤다. 그러자 그는 흩어진 음식 위에 꺼꾸러지며 엉엉 울기 시작하였다. 그의 얼굴과 손은 약식투성이가 되고 말았다.

"복돌아, 약식 안 먹어도 산다. 복돌아, 송편 안 먹어도 산다."

한동안 그는 제 아들 이름을 부르며 목을 놓고 울었다. 문득 울음을 뚝 그친 그는 무엇을 노리는 듯이 제 입을 바라보더니만 나를 향하며,

"여보게, 칼로 푹 찔러 죽이는 것이 어떻겠나?"

우리는 어리둥절하여 그의 입만 바라보았다.

"아니, 그럴 일이 아니다. 고 어린것을 칼로 찌를 거야 있나. 차라리 목을 눌러 죽이지. 목을 누르면 내 손아귀 밑에서 파득파득하겠지."

"여보게, 누구를 죽인단 말인가?"

마침내 나는 물어보았다.

"우리 복돌이를 말일세. 하나씩 하나씩 죽이는 것보다 모두 비끄러매 놓고 불을 질러버릴까."

나는 그 말을 듣고 전신에 소름이 끼쳤다.

"흥, 내 자식 죽이면 저희들은 성할 줄 알고. 흥, 그놈들도 내 손에 좀 죽어야 될걸"

하고 별안간 그는 소리쳐 웃었다.

11) 태질 세차게 메어치거나 내던지는 짓.

242

S군이 W군과 바로 한 이웃에 살기 때문에 우리는 그에게 취한 이를 맡기고 돌아왔었다.

그 이튿날, S군의 말을 들은즉 W군의 집에서 악머구리 떼 같은 어른과 아이의 울음이 하도 요란하기에 자다가 말고 가보니 W군의 부인은 어떻게 맞았던지 마루에 늘어진 채 갱신¹²⁾도 못 하고, 아이새끼는 기둥 하나에 하나씩 바로 친친 매어두었으며, W군은 손에 성냥을 쥔 대로 마당에 쓰러져 쿨쿨 코를 골고 있었다고 한다.

그 다음 날 차로 나는 서울로 올라왔다. W군은 사립정신병원의 사무가 바빠 나를 전송도 해주지 못하였다. 그런 일이 있은 후 다섯 달가량 지냈으리라. 나는 L군으로부터 편지를 받았다.

……군이 마침내 미치고 말았다. 그는 오늘 아침에 P군을 단도로 찔러 그 자리에서 죽이고 말았네. P군의 미친 칼에 죽을 뻔하던 그는 도리어 P군을 죽이고 만 것일세…….

나는 이 편지를 보고 물론 놀랐으되 어쩐지 으레 생길 참극이 마침내 실연되고 만 것 같았다.

12) **갱신** 몸을 가까스로 움직이는 일.

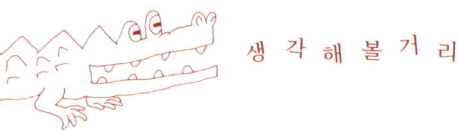

1 사립정신병원장이란 어떤 일을 하는 것인가요?

주인공 W군은 본래 낙천가여서 어떤 고통도 웃음으로 넘길 줄 아는 사람입니다. 가난한 집에서 태어나 백부의 양자로 갔으나 백부의 몰락으로 처가에 의지하는 처지가 되지요. 아무리 어려운 상황에 처하더라도 만사를 웃고 지내는 그였지만 처가살이만큼은 견디기 어려워서 식구들을 이끌고 나와 궁색하게 살아갑니다. 겨우 얻은 은행의 고원 자리도 실직하게 되자 수천석꾼의 외동아들이며 친구인 정신이상자 P군의 말벗 노릇과 감시 역할을 하게 됩니다. 사립정신병원장이란 어려운 살림살이로 인해 정신이상자의 보호병 노릇을 해야 하는 W군에게 비꼬듯이 친구들이 붙여준 직함입니다.

2 이 소설에서 W군의 친구들은 어떻게 묘사되고 있나요?

W군은 아무리 고생을 하고 밥 먹기가 힘들어도 언제든지 싱글벙글 웃는 가난하지만 선한 사람이었습니다. 이런 그를 친구들은 단지 재미있는 이야깃거리로만 생각합니다. 비웃듯이 사립정신병원장이라고 붙여주고, 정신병자를 간호하는 일에 대한 호기심만 앞서고 궁금해합니다. 가까운 친구인데도 이런 일까지 해야 하는 W군의 어려운 형편에 대해서는 전혀 관심이 없습니다. 그래서 더 W군은 외롭고 의지할 곳이 없으며 그의 자존심은 바닥에 떨어지게 됩니다. 이 소설에서 친구들은 진정한 의미의 친구라고 할 수 없으며 W군의 소외감을 더하게 만들고, 결국 의지할 곳이 없는 주인공이 미칠 수밖에 없는 상황으로 이끕니다.

3 친구들과의 연회와 여기에서 남은 음식을 싸는 W군의 모습은 무엇을 의미하나요?

'나'는 여러 친구들과 K군의 주최로 요릿집에 가게 됩니다. 호화스런 술자리에서 진창 마시면서도 친구들은 W군에 대해서는 전혀 관심을 갖지 않습니다. 이런 장면을 '나'는 W군과 친구들의 중간 위치에서 바라보고 객관적인 입장에서 이야기를 들려줍니다. 가난한 W군과 수천석꾼의 외아들인 정신이상자 P, W군의 궁핍한 처지와는 무관한 친구들이 마련한 호사스런 술자리, 이런 여러 사실들을 통하여 당시에 계층 간의 처지가 너무 많이 벌어져 있음을 알 수 있습니다. 그리고 연회가 끝날 무렵 W군은 보이가 가지고 온 신문지에 술에 취해 비틀거리는 몸으로 약식이며 떡을 담습니다. 집안의 식구들이 생각이 난 것이겠지요. 그는 가난 앞에서 창피한 것이 없습니다. 주변의 기생뿐 아니라 친구들까지도 남은 음식을 싸고 있는 그를 비웃습니다. 이와 같은 연회의 풍경은 계층 간의 차이를 확연히 드러내고 있으며 친구들과 사회로부터 소외당하고 있는 W의 모습이 서글프게 나타나고 있습니다.

4 결말에서 W군이 정신이상자인 P를 죽이는 것은 무엇을 의미하고 있나요?

W군은 극빈한 생활 속에서도 정신이상자를 보호하며 살아보려고 발버둥을 쳤습니다. 하지만 그의 노력은 사회로부터 인정을 받지 못하고 W군을 미치도록 만듭니다. 빈곤이라는 현실과의 싸움에서 인간으로서의 존엄성까지 무시당한 채 결국은 상황을 견디지 못하고 P를 죽이게 됩니다. 실업으로 인한 물질적인 빈곤이 한 인간을 정신적으로도 파멸시킬 수 있다는 결말을 통하여 사회의 모순을 비판하고 있습니다.

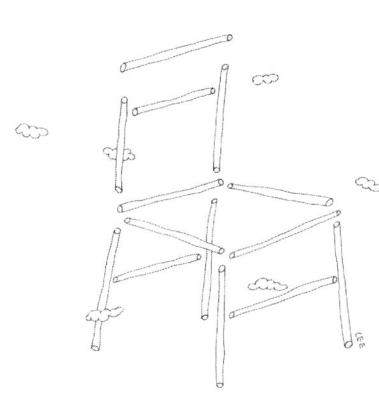

할머니의 죽음

관찰자인 '나'를 통해 할머니에 대한 끈끈한 정보다는 하나의
요식행위를 치르듯이 형식적이고 의례적인 효행을 하는 가족들의 모습을
객관적으로 묘사함으로써 위장된 진실을 폭로하는 작품.

"인제 가세요! 가만히 누워 가시지요, 왜 일어나시긴……"

죽음을 앞둔 할머니와 임종을 준비하는 가족들의 이중적인 심리

「할머니의 죽음」은 1923년 9월 『백조』 3호에 발표된 작품입니다. 이 글도 현진건의 초기 신변체험 위주의 이야기에서 벗어나 본격적인 문학 세계로 발돋움하게 되는 계기가 되고 있는 작품입니다. 작품 내에서 구체적인 사회적 배경이 나타나고 있지 않으나 할머니의 임종을 중심으로 효(孝)에 대한 여러 가족들의 이중적인 심리를 사실적으로 묘사하고 있습니다.

효와 가족에 대해 당시 상황에 비추어 살펴보면 다음과 같습니다. 일제 식민통치로 인해 우리 민족은 경제적으로 궁핍하게 되었으며, 이로 인해 농민들은 자신들의 터전을 버리고 도시로 이주하게 됩니다. 그러면서 자연히 친족 중심의 가문의식은 점차 약화되었지요. 또한 남성들은 징용으로 끌려 일본이나 만주 등지로 가거나, 생존을 위해서 타지로 이주하거나, 혹은 신교육을 받기 위해서 외국 유학을 갔습니다. 이러한 상황에서 집안에 남은 여성들은 생활현장에 투입되고, 궁핍한 현실에서 실질적으로 생계를 담당하는 것은 여성의 몫이었습니다. 결국 가족관계에도 변화가 초래되어 남성 중심의 가부장제가 약화되었으며 직계확대가족은 점차 와해되어 핵가족화되어 갔습니다.

이 작품은 이런 시대적인 상황을 배경으로, 근대화되는 과정에서 나타난 가족관계의 변화와 전통적인 효의 문제를 다루고 있습니다. 관찰자인 '나'를 통해 할머니에 대한 끈끈한 정보다는 하나의 요식행위를 치르듯이 형식적이고 의례적인 효행을 하는 가족들의 모습을 객관적으로 그리고 있습니다. 또한 할머니의 죽음을 바라는 가족들의 이기적인 마음과 할머니에게 효를 다힘으로써 도덕적으로 우월함을 드러내 보이는 중모를 통해 인간의 이중적인 심리와 위장된 진실을 명쾌하게 폭로하기도 합니다.

이 소설에서 말하는 효와 가족의 문제는 시대를 초월해 현재를 살고 있는 우리들에게도 던져지는 질문이기도 합니다. 현재 우리 사회는 급속하게 고령화 사회로 가고 있으며, 노인들은 빠른 정년으로 할 일이 없어지고, 또 병들게 되면 자식으로부터 버려지며, 젊은이들이 떠난 농촌에는 노인들만 남아 있습니다. 핵가족화된 우리 사회에서 노인문제는 효와 맞물려서 앞으로 우리가 풀어야 할 큰 숙제입니다. 이와 같은 문제에 대해 함께 생각해보며 이 작품을 읽어봅시다.

할머니의 죽음

'조모주(祖母主)¹⁾ 병환 위독.'

3월 그믐날 나는 이런 전보를 받았다. 이는 ○○에 있는 생가에서 놓은 것이니 물론 생가 할머니의 병환이 위독하단 말이다. 병환이 위독은 하다 해도 기실 모나게 무슨 병이 있는 게 아니다. 벌써 여든둘이나 넘은 그 할머니는 작년 봄부터 시름시름 기운이 쇠진해서 가끔 가물가물하기 때문에 그동안 자손들로 하여금 한두 번 아니게 바쁜 걸음을 치게 하였다.

그 할머니의 5년 맏이인 양조모(養祖母)는 갑자기 울기 시작하였다.

"아이고……. 이승에서는 다시 못 보겠다. 동서라도 의로 말하면 친형제나 다름이 없었다. …… 육십 년을 하루같이 어디 뜻 한번 거실러보

---

¹⁾ 조모주(祖母主) 주로 편지 글에서 할머니를 이르는 말.

았을까……."

연해연방 이런 넋두리를 섞어가며 양조모는 울었다. 운다 하여도 눈가장자리가 붉어지고 목소리가 떨릴 뿐이었다. 워낙 연만한[2] 그는 제법울음답게 울 근력조차 없었다.

"그래도 그 할머니는 팔자가 좋으시다. 자손이 늘은 듯하고……. 아이고."

끝으로 이런 말을 하며 울음이 한숨으로 변하였다. 자기가 너무 수한[3] 까닭으로 외동아들을 앞세워 원이 되고 한이 되어 노상 자기의 생을 저주하는 그는 아들이 둘(본래 셋이더니 그중에 중부가 일찍이 돌아가셨다), 직손자가 여덟이나 되는 그 할머니를 언제든지 부러워하였다.

"시금 돌아가시면 호상(好喪)[4]이지. 아드님이 백발이 허연데……"
라고, 양모(養母)도 맞방망이를 치며 눈을 멍하게 뜬다. 나도 과연 그렇기도 하겠다 싶었다.

나는 그날 ○차로 ○○를 향하고 떠났다.

새로 석 점이 지나 기차를 내린 나는 벌써 돌아가시지나 않았나 하고 염려를 마지않으며 캄캄한 좁은 골목을 돌아들어 생가의 삽짝[5] 가까이 다다를 제 곡성이 나는 듯 나는 듯하여 마음이 조마조마하였다. 하건만 다행히 그 불길한 소리는 들리지 않았다. 삽짝은 빠끔히 열려 있었다.

---

[2] 연만하다(年滿—) 나이가 많다.
[3] 수하다(壽—) 오래 살다.
[4] 호상(好喪) 오래 살고 복록을 많이 누리다가 죽은 사람의 상사(喪事).
[5] 삽짝 '사립짝'의 준말. 나뭇가지를 엮어서 만든 문짝. 사립문의 문짝.

마당에 들어서니 추녀 끝에 달린 그을음 앉은 괘등[6]이 간 반밖에 아니 되는 마루와 좁직한 뜰을 쓸쓸하게 비추고 있었다. 우물 둑과 장독간의 사이에 위는 거적으로 덮고 양 가는 삿자리로 두른 울막을 보고 나는 가슴이 덜컥하고 내려앉았다. 상청(喪廳)[7]이 아닌가…….

그러나 나의 어림의 짐작은 틀렸다. 마루에 올라선 내가 안방, 아랫방에서 뛰어나온 잠 못 잔 피로한 얼굴들에게 이끌려 할머니가 거처하는 단칸 건넌방으로 들어가니 할머니는 까라진 듯이 아랫목에 누웠으되 오히려 숨은 붙어 있었다. 그 앞에 앉은 나를 생선의 그것 같은 흐릿한 눈자위로 의아롭게 바라본다.

"얘가 누구입니까? 어머니, 얘가 누구입니까?"

예안(禮安) 이씨로, 예절 알기와 효성 있기로 집안 중에 유명한 중모(仲母)는 나를 가리키며 병자의 귀에 대고 부르짖었다.

"몰라……."

환자는 담이 그르렁그르렁하면서 귀찮은 듯이 대꾸하였다.

"제가 누구입니까, 할머니!"

나는 그 검버섯이 어룽어룽한 뼈만 남은 손을 만지며 물어보았다. 나의 소리는 떨렸다.

"저를 모르시겠습니까, 제가 ○○이 아닙니까."

"응, 네가 ○○이냐……."

우는 듯이 이런 말을 하고 그윽하나마 내가 잡은 손에 힘을 주는 듯하

---

6) 괘등 전각이나 누각의 천장에 매다는 등.

7) 상청(喪廳) 궤연(几筵)의 속된 말. 죽은 이의 영위(靈位)를 두는 영궤(靈几)와 그에 딸린 물건을 차려놓은 곳. 영실(靈室).

였다. 그 개개풀린 눈동자 가운데도 반기는 빛이 역력히 움직였다.

할머니의 병환이 어젯밤에는 매우 위중해서 모두 밤새움을 한 일, 누구누구 자손을 찾던 일, 그중에 내 이름도 부르던 일, 지금은 한결 돌린일…… 온갖 것을 중모는 나에게 알려주었다.

나는 그날 밤을 누울락 앉을락, 깰락 졸락 할머니 곁에서 밝혔다. 모였던 자손들이 제각기 돌아간 뒤에도 중모만은 할머니 곁을 떠나지 않았다. 불교의 독신자인 그는 잠 오는 눈을 비비기도 하고 기침으로 목청을 가다듬기도 하면서 밤새도록 염불을 그치지 않았다. 그 소리는 적적한 새벽녘에 해로가(薤露歌)[8]와 같이 처량히 들렸다. 나는 새삼스럽게 그 효심의 지극함과 그 정성의 놀라움에 탄복하였다.

아침저녁으로 각시에 흩어져 있는 자손들이 모여들기 시작하였다. 방이라야 단지 셋밖에 없는데, 안방은 어머니, 형수들이 점령하고, 뜰 아랫방 하나 있는 것은 아버지, 삼촌, 당숙들에게 빼앗긴 우리 젊은이 패—사, 육촌 형제들은 밤이 되어도 단 한 시간을 눈 붙일 곳이 없었다. 이웃집과 누누이 교섭한 끝에 방 한 칸을 빌려서 번차례로 조금씩 쉬기로 하였다. 이 짧은 휴식이나마 곰비임비[9] 교란되었나니 그것은 10분들이로 집에서 불러들이는 까닭이다. 아버지와 삼촌네들의 큰심부름, 잔심부름도 적지 않지만 할머니 곁에 혼자 앉은 중모의 꾸준한 명령일 때가 많았다. 더욱이 밤새 한 시에나 두 시에나 간신히 잠이 들어 꿀보다 더 단 잠이 온몸에 나른하게 퍼진 새벽녘에 우리는 꺼들리어 일어나는 수밖에 없었다.

8) 해로가(薤露歌) 상엿소리를 달리 이르는 말. 만가(輓歌).
9) 곰비임비 물건이 거듭 쌓이거나 일이 겹치는 모양.

"할머님 병환이 이렇듯 위중하신데 너희는 태평치고 잠을 잔단 말이냐."

우리가 건넌방에 들어서면 그는 다짜고짜로 야단을 쳤다. 그중에도 가장 나이 어리고 만만한 내가 이 꾸중받이가 되었다. 인정사정없는 그의 태도가 불쾌는 하였지만 도덕적 우월을 빼앗긴 우리는 대꾸 한마디 할 수 없었다.

"다들 뭐란 말이냐. 나는 한 달이나 밤을 새웠다. 며칠들이나 된다고."

졸음 오는 눈을 비비는 우리를 보고 그는 자랑스럽게 또 이런 꾸중도 하였다.

'놀라운 효성을 부리는 게 도무지 우리 야단칠 밑천을 장만하는 게로구나.'

나는 속으로 꿀꺽꿀꺽하며 이런 생각을 하였다.

한번은 또 그의 명령으로 우리는 건넌방에 모여들었다. 그 방문은 열어젖뜨렸는데 문지방 위에 할머니의 지팡이가 놓이고 그 밑에 또 신으시던 신이 놓여 있었다.

방 안 할머니의 머리맡에는 다라니(多羅尼)[10]가 걸려 있다.

'할머니가 운명을 하시나 보다!'

우리는 번개같이 이런 생각을 하며 할머니 곁으로 다가들었다. 그는 담을 그르렁그르렁거리며 혼혼히[11] 누워 있었다. 중모는 흐르는 눈물을 걷잡지 못하며 그의 귀에 들이대고 울음소리로 아미타불과 지장보살을

---

10) 다라니(多羅尼) 범어로 된 긴 문구를 번역하지 않고 그대로 읽거나 외는 일. 주문을 외워 재앙을 물리치는 일.

11) 혼혼히 정신이 흐리고 가물가물하게.

256

구슬프게 부르짖고 있었다.

한동안 엄숙한 긴장이 여기 있었다. 모두 같은 일을 기대하면서.

10분! 20분! 환자의 신상에는 아무 별증이 나타나지 않았다.

"아마, 잠이 드신 모양입니다."

이윽고 아버지가 이 긴장한 침묵을 깨뜨렸다. 그리고 중모를 향하여,

"잠 주무시게스리 염불을 고만 뫼십시오"

하고 나가버렸다. 그 뒤를 따라 빽빽하게 들어섰던 자손들이 하나씩 둘씩 헤어졌다.

그래도 눈물을 섞어가며 염불을 말지 않던 중모가 얼마 뒤에 제물에 부처님 찾기를 그쳤다. 그리고 끝끝내 남아 있던 나에게 할머니가 중부가 왔다고 하던 일, 자기를 데리러 교군이 왔다면 일, 중모의 손을 비틀며 어서 가자고 야단을 치던 일을 이야기했다. 그러다가 숨구멍에서 무엇이 꿀꺽하더니 그만 저렇게 정신을 잃으신 것을 설명해 듣기었다.

그날 저녁때에 할머니는 여상히[12] 깨어나셨다. 이런 일이 한두 번이 아니었다. 몇 번이나 신과 지팡이가 놓였다 치었다, 다라니가 벽에 걸렸다 떼였다 하였다. 그러는 동안에 자손의 얼굴은 자꾸자꾸 축이 나갔다. 말하기는 안되었지만 모두 불언 중에 할머니가 하루바삐 끝장나기를 기다리고 있었다. 관조차 맞추어서 칠까지 먹여놓았다. 내가 처음 오던 날 상청이 아닌가고 놀랐던 그 울막도 이 관을 놓아두려는 의지간이었다.

그러하건만 할머니는 연해 한 모양으로 그물그물하다가 또 정신을 차렸다. 아니, 정신이 돌아오는 때가 도리어 많아간다. 자기 앞에 들어서

[12] 여상히 늘 다른 때와 같이.

는 자손들을 거의 틀림없이 알아맞혔다.

그리고 가끔 몸부림을 치면서 일으켜달라고 야단을 쳤다. 이럴 때에 중모는 거북스럽게도 염불을 모시었다.

"어머니 어머니, 가만히 계셔요. 가만히 계셔요."

그는 몸부림하는 할머니를 제지하면서 이렇게 타일렀다.

"저를 따라 염불을 뫼셔요. 나무아미타불, 나무아미타불."

"나 일어날란다."

"에그, 왜 그러셔요. 가만히 계셔요, 제발 덕분에. 나무아미타불, 나무아미타불……."

"나무아미타불. 나무아미타불."

할머니는 마지못하여 중모를 따라 두어 번 입술을 달싹달싹하더니 또 얼굴을 찡그리며 애원하는 어조로,

"인제 고만 뫼시고 날 좀 일으켜다고. 내 인제 고만 가련다."

"인제 가세요! 가만히 누워 가시지요. 왜 일어나시긴. 나무아미타불…… 왕생극락…… 나무아미타불……."

할머니는 귀찮아 못 견디겠다는 듯이 팔을 내어저으며,

"듣기 싫다. 염불 소리 듣기 싫다! 인제 고만 해라"
하며 몸을 일으키려고 애를 쓴다.

"그게 무슨 말씀입니까."

중모는 질색을 하며 더욱 비장하게 부처님을 찾았다.

"듣기 싫다! 듣기 싫어. 나는 고만 갈 테야."

할머니는 또 이렇게 재우쳤다.

나는 이 광경을 보고 적이 의외의 감이 있었다.—할머니는 중모보다

못하지 않은 불교의 독신자이다. 몇십 년을 하루같이 새벽마다 만수향을 켜놓고 염불 모시기를 잊지 않은 어른이다. 정신이 혼혼된 뒤에도 염주 담은 상자와 만수향만은 일일이 아랑곳하던 어른이다.

"……하루에도 만수향을 세 갑, 네 갑 켜시겠지. 금방 사다드리면 세 개씩, 네 개씩 당장 다 켜버리시고 또 안 사온다고 꾸중이시구나……."

작년 가을 내가 귀성하였을 제 계모가 웃으며 할머니의 노망 이야기를 하는 가운데 만수향 켜는 것을 그 하나로 헤아렸다.

그러하던 할머니가 왜 지금 와서 염불을 듣기 싫다는가? 그다지 할머니는 일어나고 싶으신가? 죽어가면서도 일어나려는 이 본능 앞에는 모든 것이 권위를 잃는 것인가?

"저렇게 일어나시려 하니 좀 일으켜드리지요."

나는 보다 못해 이런 말을 하였다.

"안 된다. 일으켜드릴 수가 없다. 하도 저러시길래 한번 일으켜드렸더니 어떻게 아파하시는지 차마 뵐 수가 없었다."

"어째 그래요?"

나는 이렇게 반문하였다. 이 반문에 대한 중모의 설명은 더욱 놀랄 것이었다.

할머니가 작년 봄부터 맑은 정신을 잃은 결과에 늙은이가 어린애 된다고, 뒤를 가리지 않게 되었다. 게다가 이 두어 달 전부터 물을 자꾸 청해 잡수시고 옷에고 욧바닥에 함부로 뒤를 보았다. 그것을 얼른 빨아드리지 못한 때문에 제물에 뭉켜지고 말라붙은 데다가 뜨거운 불목[13])에

13) **불목** 온돌방의 아랫목에서도 제일 더운 자리.

데어 궁둥이 언저리가 모두 벗겨졌다. 그러므로 일어나려면 그곳이 땅기고 배기어 아파하는 것이라 한다.

이 말을 들은 나는 할머니를 모로 누이고 그 상처를 보았다. 그 자리는 손바닥 넓이만치나 빨갛게 단 쇠로 지진 듯이 시커멓게 벗겨졌는데 그 위에는 하얀 해가 징그럽게 끼었고 그 가장자리는 독기를 품고 아른아른히 부르터 올라 있다. 나는 차마 더 볼 수가 없었다. 이것이 무슨 일인가! 양조모, 양모가 부러워하던 늘은 듯한 자손은 다 무엇을 하고 우리 할머니를 이 지경이 되게 하였는가? 왜 자주 옷을 갈아입혀 드리며 빨아드리지 못하였는가? 이 직접 책임자인 계모가 더할 수 없이 괘씸하였다.

그러나 가만히 생각해보면 그를 그르다고도 할 수 없다. 위에도 말하였거니와 할머니가 이리된 지는 하루이틀이 아니다. 벌써 몇 달이 되었다. 이 긴 시일에 제아무리 효부(孝婦)라 한들 하루도 몇 번을 흘리는 뒤를 그때 족족 빨아낼 수 없으리라. 더구나 밤에 그런 것이야 일일이 알 수도 없으리라. 하물며 계모는 시집오던 첫날부터 골머리를 앓으니만큼 큰 병객이다. 병명은 의원을 따라 혹은 변두(邊頭)머리[14]라고도 하고 혹은 뇌진이라고도 하고, 혹은 선천부족(先天不足)[15]이라고도 하였지마는 하나도 고쳐주지는 못하였다. 30이 될락 말락 하건만 60이나 70이다 된 노인 모양으로 주야장천 자리보전하고 누워 있는 터이다. 제 몸이 괴로우니 모든 것이 싫은 것이다. 그리고 나까지 아우르면 아버지 슬하에 아들만 넷이나 되건마는 지금 60 노경에 받드는 어느 아들, 어느 며

14) 변두(邊頭)머리 편두통을 낮게 이르는 말.
15) 선천부족(先天不足) 태어날 때부터 몸이 허약한 상태를 이르는 말.

느리 하나가 없다. 집안이 넉넉지 못한 탓으로 사방에 흩어져서 제 입 풀칠하기에 눈코를 못 뜨는 까닭이다.

이 책임을 누구에게 돌릴까? 나는 알 수가 없었다. 쓴물만 입 안에 돌 뿐이다.

그후에 또 이런 일이 있었다. 어느 때 내가 할머니 곁에 갔을 적이었다. 할머니는 그 뼈만 남은 손으로 나의 손을 만지고 있었다.

"○○아, ○○아."

할머니는 문득 나를 불렀다.

"인제는 다시 못 보겠다. 인제는 다시 못 보겠다."

"왜 그린 말씀을 하십니까?"

"인제 내가 안 죽니. 그런데 너, 내 청 하나 들어주겠니."

"네? 무슨 말씀입니까."

"나, 나 좀 일으켜다고."

나는 눈물이 날 듯이 감동하였다. 어찌 차마 이 청을 떼칠 건가. 나는 다짜고짜로 두 손을 할머니 어게 밑으로 넣으려 하였다. 이것을 본 중모는 깜짝 놀라며 나를 말렸다.

"애, 네가 왜 또 그러니, 일으켜드리면 아파하신대두 그 애가 그리네."

"그때 약을 사다드렸으니 그 자리가 인제는 아물었겠지요."

나는 데었단 말을 듣던 그날 약 사다드린 것을 생각하고 이런 말을 하였다.

"아니야, 아직 다 낫지 않았어. 오늘 아침에도 일으켜드렸더니 몹시 아파하시더라."

나는 주춤하였다. 할머니의 앓는 것이 애처로웠음이다.

"어머니! 어머니! 가만히 누워계셔요, 네? 일어나시면 아프십니다."

중모는 또 잔생이[16] 타이르듯 말하였다. 할머니는 물끄러미 나와 중모를 번갈아 보시더니 단념한 듯이 눈을 감았다. 한참 앉아 있다가 나는 몸을 일으켰다. 이때에 할머니가 눈을 번쩍 뜨며 문득,

"어데를 가?"

라고 물었다. 나는 주춤 발길을 멈췄다.

할머니는 퀭한 눈으로 이윽히 나를 쳐다보더니 무엇을 잡을 듯이 손을 내저으며 우는 듯한 소리로,

"서방님! 제발 나를 좀 일으켜주십시오. 서방님, 제발 나를 좀 일으켜주십시오"

라고 부르짖었다.

"에그머니! 그게 무슨 말입니까? 그 애가 ○○이 아닙니까. 서방님이 무엇이야요."

중모는 바싹 할머니에게 다가들며 애처롭게 알려드렸다. 이때 마침 할머니가 잡수실 배즙을 가지고 들어오던 둘째 형수가 무슨 구경거리나 생긴 듯이 안방을 향하고 외쳤다.

"에그, 할머니 좀 보아요! 서울 아우님더러 서방님! 서방님! 하십니다."

이 외침을 듣고 자부(子婦)들은 모여들었다. 그들의 눈은 호기심에 번쩍이고 있었다. 나는 또 할머니의 청을 물리칠 수는 없었다. 그것이 어떠한 나쁜 영향을 초치(招致)[17]할지라도 아니 일으켜드릴 수 없었다.

16) 잔생이 지긋지긋하게 말을 듣지 아니하는 모양.
17) 초치(招致) 불러서 오도록 함.

그러나 할머니는 욧바닥 위로 반 자를 떠나지 못하여,

"아야야······"

라고 외마디 소리를 쳤다. 나는 얼른 들어올리던 손을 뺄 수밖에 없었다.

다시금 눕기 싫어하던 요 위에 누운 뒤에도 할머니는 앓기를 말지 않았다. 적지 아니한 꾸중을 모셨다.

이윽고 조금 진정이 되더니만 또 팔을 내저으며 기를 쓰고 가슴을 덮은 이불자락을 자꾸자꾸 밀어내렸다. 감기나 들까 염려하는 중모는 그것을 꾸준히 도로 집어올렸다.

할머니는 손을 내밀더니 이번에는 내 조끼 단추를 붙잡아 당기었다.

"왜, 이리하십니까. 단추를 빼란 말씀입니까?"

할머니는 고개를 끄덕이었다. *끄덕였다* 하여도 *끄덕이려는* 외사를 보였을 뿐이었다. 나는 단추 한 개를 뺐다. 그래도 할머니는 자꾸 조끼 단추와 씨름을 말지 아니하였다. 나는 단추를 낱낱이 빼는 수밖에 없었다. 그리고 나니 그는 또 옷고름과 실랑이를 시작하였다.

"옷고름을 끄를까요?"

"응!"

나는 또 옷고름을 끌렀다. *끄른* 뒤엔 할머니는 또 소매를 잡아당기었다.

"왜 이리하셔요?"

"버, 벗어라. 답답지 않니."

여기저기서 물어 멈추려고 애쓰는 웃음이 킥킥 하였다.

나는 경멸과 모욕의 시선을 그들에게 던졌다. 자기가 얼마나 답답하고 갑갑하길래 남의 단추 끼운 것과 옷고름 맨 것과 저고리 입은 것조차 답답해 보일 것이랴! 여기는 쓰디쓴 눈물과 살을 저미는 슬픔이 있어야 하겠거늘, 이 기막힌 광경을 조소로 맞아야 옳을까?

나는 곧 그들에게 침이라도 뱉고 싶었다. 하되 나의 마음을 냉정하게 살펴본즉 슬프다! 나에게는 그들을 모욕할 권리가 없었다. 형수들 앞에서 앞가슴을 풀어젖히라는 할머니가 민망스럽기도 하고 딱하기도 하였다. 환자를 가엾다고 생각하면서도 나의 속 어디인지 웃음이 움직인 것은 부정할 수 없는 사실이었다. 더구나 내가 젊은이 패가 모인 이웃집 방에 들어갔을 제 무슨 재미스러운 일이나 보고 온 사람 모양으로 득의양양히 이 이야기를 하고서 허리를 분질렀다…….

거기에서는 할머니의 병세에 대하여 의논이 분분하였다. 그들은 하나도 한가한 이가 없었다. 혹은 변호사, 혹은 은행원, 혹은 회사원으로 다 무한년[18]하고 있을 수 없는 형편이었다.

"나는 암만해도 내일은 좀 가보아야 되겠는데…… 나는 그 전보를 보고 벌써 돌아가신 줄 알았어. 올 때에 친구들이 북포(北布)[19]니 뭐니 부의(賻儀)를 주길래 아직 돌아가시지도 않았는데 이게 웬일이냐 하니까, 그 사람들 말이, '돌아가셔도 자손들에게 그렇게 전보를 놓느니' 하데그려. 그래 모두 받아왔는데…… 허허허…….'

그중에 제일 연장자로 쾌활하고 말 잘하는 백형(伯兄)[20]은 웃음 섞어 이런 말을 하고 있었다.

"암만해도 오늘내일 돌아가실 것 같지는 않은데…… 이거 큰일났는걸. 가는 수도 없고…….'

---

18) 무한년 햇수에 제한이 없음.
19) 북포(北布) 조선 시대에 함경북도에서 생산하던 올이 가늘고 고운 삼베.
20) 백형(伯兄) 맏형.

"딴은 곧 돌아가실 것 같지는 않아……."

은행원으로 있는 육촌은 이렇게 맞방망이를 쳤다.

"의사를 불러서 진단을 해보는 것이 어떨까요?"

부산 방직회사에 다니는 사촌이 이런 제의를 하였다.

"옳지, 참 그래보아야 되겠군."

아버지께 이 사연을 아뢰었다.

"시방 그물그물하시지 않나, 그러면 하여간 의원을 좀 불러올까."

의원은 아버지와 절친한 김주부(主簿)를 청해오기로 하였다.

갓을 쓴 그 의원은 얼마 아니 되어 미륵 같은 몸뚱이를 환자방에 나타내었다. 매우 정신을 모으는 듯이 눈을 내리감고 한나절이나 진맥을 하더니 고개를 절레절레 흔들며 물러앉는다.

"매우 말씀하기 안되었소마는 아마 오늘 밤이 아니면 내일은 못 넘길 것 같소."

매우 말하기 어려운 듯이, 기실 조금도 말하기 어렵지 않은 듯이 그 의원은 최후의 판결을 언도하였다.

"글쎄 그래. 워낙 노쇠하여서 오래 부지를 하실 수 없지……."

그러면 그렇지 하는 얼굴로 아버지는 맞방망이를 쳤다.

가려던 자손은 또 붙잡혔다. 그러나 할머니는 그날 저녁부터 한결 돌리었다. 가끔 잡수실 것을 찾기도 하였다. 잡숫는 건 고작해야 배즙, 국물에 만 한술도 안 되는 진지였다. 죽과 미음은 입에 대기도 싫어하였다. 그리고 전일에 발라드린 양약의 효험이 나서 상처가 아물었던지 자부와 손부에게 부축되어 꽤 오래 일어나 앉게도 되었다.

그 이튿날이 무사히 지나가자 한의(韓醫)의 무지를 비소하고, 다른 것은 몰라도 환자의 수명이 어느 때까지 계속될 시간 아는 데 들어서는 양의(洋醫)가 나으리라는 우리 젊은 패의 주장에 의하여 ○○의원 원장으로 있는 천엽의학사(千葉醫學士)를 불러오게 되었다.

그는 진찰한 결과에 다른 증세만 겹치지 않으면 2, 3주일은 무려하리라[21] 하였다.

"그래, 그저 그럴 거야, 아직 괜찮으신데 백주에 서둘고 야단을 했지" 하고 일이 바쁜 백형은 그날 밤으로 떠나갔다.

그 이튿날 아침이었다.

우리가 집에 돌아오니까 할머니 곁을 떠난 적 없는 중모가 마당에서 한가롭게 할머니의 뒤 흘린 바지를 빨고 있다가 웃는 낯으로 우리를 맞으며,

"할머님이 오늘 아침에는 혼자 일어나셨다. 시방 진지를 잡수시고 계시다. 어서 들어가 뵈어라."

나는 뛰어 들어갔다. 자부와 손부의 신기해 여기는 시선을 받으면서 할머니는 정말 진지를 잡숫고 있었다.

나는 빙글빙글 웃으며,

"할머니, 어떻게 일어나셨습니까?"

할머니는 합죽한 입을 오물오물하여 막 떠넣은 밥 알맹이를 삼키고,

"내가 혼자 일어났지, 어떻게 일어나긴. 흉악한 놈들! 암만 일으켜달라니 어데 일으켜주어야지. 인제 나 혼자라도 일어난다" 하며 자랑스럽게 대답하였다.

---

21) 무려하다(無慮—) 믿음직스러워 아무 염려할 것이 없다.

"어제 의원이 왔지요. 인제 할머니가 곧 나으신대요."

"정말 낫겠다고 하던, 응?"

하고 검버섯 핀 주름을 밀며 흔연(欣然)한[22] 웃음의 그림자가 오래간만에 그의 볼을 스쳤다. 나의 눈엔 어쩐지 눈물이 핑 돌았다.

그날 밤차로 모였던 자손들은 제각기 흩어졌다. 나도 그날 밤에 서울로 올라왔다.

어느 아름다운 봄날이었다. 말갛게 갠 하늘은 구름 한 점도 없고 아른아른한 아지랑이가 그 하늘거리는 깁[23] 오리로 봄비단을 짜내는 어느 아름다운 봄날이었다. 나는 깨끗하게 춘복(春服)을 차리고 친구 몇몇과 우이동 앵화(櫻花) 구경을 막 나가려던 때였다. 이때에 뜻 아니한 전보 한 장이 닥쳤다.

'오전 3시 조모주 별세.'

---

[22] 흔연하다(欣然—) 기쁘거나 반가워 기분이 좋다.
[23] 깁 명주실로 바탕을 좀 거칠게 짠 무늬 없는 비단.

1 중모의 염불 외는 소리와 할머니 궁둥이의 상처가 의미하는 것은 무엇일까요?

중모는 독실한 불교 신자입니다. 할머니도 그에 못지않은 불교 신자이지요. 중모는 할머니 앞에서 밤새도록 염불을 외우며 할머니의 곁을 떠나지 않고 걱정하며 밤잠을 이루지 못합니다. 이에 주인공 '나'는 중모의 효심과 정성에 놀라 감동을 받게 됩니다. 그런데 이상하게도 할머니는 중모가 외는 염불이 귀찮아 못 듣겠다고 합니다. 염불을 외는 것이 할머니가 원하는 것이 아님을 금방 알 수 있습니다. 할머니가 원하는 것은 중모와 자손들이 할머니를 위해 밤잠을 설치고 염불을 외는 것이 아니라 오랫동안 누워 있는 몸을 일으켜 정상적인 사람과 같이 앉아 보는 것입니다. 중모는 이런 것은 안중에 없고 일어나려는 할머니를 무조건 그냥 저지하기에 바쁩니다. 할머니의 궁둥이 언저리가 모두 벗겨져서 일어나 앉으면 아파하시기 때문에 그냥 누워 계시는 게 할머니를 위하는 길이라는 것이지요. 오히려 약을 발라주고 옷을 깨끗한 것으로 갈아입혀 드리는 것이 우선일 텐데 말입니다. 이렇듯 염불 외는 소리와 할머니 엉덩이의 상처는 할머니를 위한다는 중모의 이중성을 나타내고 있습니다.

2 가족들이 의사를 불러 왕진을 청한 것은 그 이면에 어떤 뜻이 숨어 있나요?

할머니 가족들의 위장된 이중성의 아이러니는 의사의 왕진에서 더욱 심하게 나타납니다. 할머니의 죽음을 맞이하기 위해 본가로 몰려들었던 자손들은 할머니가 죽지 않고 상황이 뜻대로 되지 않자 의사를 불러 할머니의 상태를 진단합니다. 왕진이라는 것은 환자의 건강이 얼마나 회복되었는가를 알아보기 위한 것인데 가족들은 할머니가 빨리 돌아가시기를 바라는 마음에서 한의사에게 왕진을 청하게 되지요. 한의사는 오늘내일을 넘기기 어려울 것이라는 진단을 하고 자손들은 한의사의 말에 안심을 합니다. 그러나 자손들의 속을 알아차리기라도 한 듯 오히려 할머니의 건강은 회복되었고 당황한 자손들은 한의사를 못미더워하며 양의를 청합니다. 그리고 진단 결과 2, 3주일은 걱정 없다고 하여 제각기 자신들의 일상 속으로 흩어져 돌아가게 됩니다. 이렇듯 왕진은 할머니의 죽음을 기다려서 장례를 치르고 얼른 자기의 삶으로 돌아가고자 하는 가족들의 속마음을 드러내고 있습니다.

3 소설 첫머리에 가족이 많아서 팔자가 좋다는 양조모의 말은 어떤 효과를 가지고 있나요?

양조모는 하나뿐인 자식을 먼저 저세상으로 보내 아들 둘에 직손자가 여덟이나 되는 할머니를 무척이나 부러워하였습니다. 그러나 많은 자손들은 할머니의 오래된 병환에 지쳐 있었고, 누구 하나 할머니의 입장에서 걱정하는 사람은 없어 보입니다. 결국 자손들이 자신들의 일상 속으로 흩어진 후 할머니는 쓸쓸히 돌아가시게 되지요. 풍요 속의 빈곤이라는 말처럼 할머니도 자손은 많지만 그렇다고 하여 자신을 위해주는 자손이 많은 것은 아닙니다. 이렇듯 양조모의 말은 그 뒤에 이어지는 이야기를 통해 자손이 많아도 팔자가 꼭 좋은 것만은 아니라는 아이러니를 만들어내고 있습니다.

4 이 소설에서 할머니와 그 가족들을 이야기하고 있는 '나'는 어떤 역할을
하고 있나요?

이 작품에서 1인칭 서술자인 나는 할머니를 포함하여 모여든 가족들의
모습을 일정한 거리를 유지한 채 마치 카메라를 돌려가며 차례로 대상
을 찍어대듯 객관적이고 섬세하게 이야기를 진행시키고 있습니다. 이
는 「희생화」에서 이야기를 하고 있는 '나'와 대조적입니다. 「희생화」
에서의 '나'는 지나치게 감정에 치우쳐 호소하고 작가가 자신의 목소
리를 직접적으로 노출하고 있는 데 반해, 「할머니의 죽음」에서 '나'는
작중인물들에 대한 생생한 묘사와 더불어 아이러니를 통해 그들의 외
양과 실상을 낱낱이 고발하고 있습니다. 어든둘 고령에도 임박해오는
죽음 앞에서 악착같이 삶에 대한 집착을 보여주는 할머니, 겉으로는 할
머니 시중에 정성을 다하면서도 그것으로 자신의 효성을 과시하고 다
른 가족들을 질타하는 중모, 할머니에 대한 효심보다는 단지 호기심에
서 재미있는 구경거리인 양 할머니를 바라보며 웃는 자부들 등 모든 가
족들의 모습에서 인간 본성의 모순과 이중성이 낱낱이 드러나고 있습
니다. 그리고 무엇보다도 서술자 자신이 할머니를 대하는 자기 내면의
이중성을 솔직하게 고백하고 있는 부분은 특히 돋보입니다.

5 '나'는 앵화 구경을 가려는데 할머니의 죽음을 알리는 전보를 받게 됩니다. 이런 결말은 어떤 느낌을 주나요?

차갑게 생명이 죽어 있는 것만 같은 겨울에 이어 봄이 옵니다. 바람이 순해지고 따스해지며 생명의 싹이 돋아납니다. 또 붉고 화사한 꽃들이 정신없이 흐드러지게 피어납니다. 이런 어느 아름다운 봄날, 구름 한 점 없고 아지랑이가 하늘거리는 그런 날에 나는 앵화 구경을 가려고 합니다. 그리고 할머니의 죽음을 알리는 전보를 받습니다. 생명이 움트는 봄이라는 계절과 할머니의 죽음이 대비되면서 삶의 덧없음과 허무함을 더욱 절실하게 느끼게 해줍니다. 할머니 입장에서는 삶의 끝인데도 마치 어느 누가 사고로 죽었다는 신문기사를 읽는 것처럼 살아 있는 나와 가족들에게는 자신의 일상이 더 소중합니다. 그리고 세상은 똑같이 흘러가는 것입니다.

까막잡기

미남과 추남의 표본인 두 청년의 자유연애에 대한
편견과 허위의식을 드러낸 작품.

"여보게, 거울을 좀 보게"
미소년 상춘과 추남 학수의 대립되는 여성관

「까막잡기」는 1924년 1월 『개벽』에 발표된 작품입니다. 까막잡기는 술래가 눈을 가리고 다른 사람을 잡는 놀이입니다. 이 작품에서는 미남과 추남의 표본이라고 할 수 있는 두 청년이 등장합니다. 두 청년은 자유연애와 여학생에 대한 인식에 차이를 보이는데, 음악회를 통해 이들의 편견과 허위의식이 드러납니다. 앞서도 언급했듯이 1920년대에 여성들은 신교육을 받기 시작했고 남성들은 이들과의 자유연애를 꿈꾸며 부모님이 정해준 배필과 결혼하는 것보다 자기가 선택한 사랑하는 사람과 결혼하고 싶어했습니다. 외모에 자신만만해 자신에게 여자가 당연히 따를 것이라고 생각했던 상춘, 그리고 무조건 여학생들을 비난하고 구여성을 선호하는 못생긴 학수는 음악회를 통해 내면에 갖고 있는 실상이 드러나게 됩니다. 잘생긴 외모에도 상춘은 그 누구와도 이어지지 못했으며, 까막잡기당한 학수는 오히려 열띠게 여학생을 동경하게 됩니다. 이 작품을 읽으면서 외모가 다른 사람들과의 관계에 미치는 영향을 생각해보며 아름다움에 대한 여러분의 생각을 정리해보면 좋을 듯합니다.

덧붙이자면, 현진건의 작품은 초기작「희생화」부터 시작해서『개벽』에 발표된 것이 많습니다.『개벽』은『창조』나『폐허』와 달리 순문예지가 아니라 천도교계에서 발행한 본격 종합잡지였습니다. 1920년 6월에 창간되었으며 천도교의 후천개벽사상에서 이름을 따왔고, 천도교계의 중진들인 최종정, 이두성, 이돈화가 각각 사장, 발행인, 편집인을 맡았습니다.『개벽』은 3·1 운동을 거치면서 다져진 평등과 자유정신에 입각한 식민지 민중 해방을 잡지 발행의 목적으로 삼고 이를 충실히 따릅니다. 이런 발행 목적 때문에 검열 당국의 최우선 감시 대상에 올라 창간호부터 수난을 겪게 되지요. 일제는 표지의 호랑이 삽화가 독립의지를 나타낸다는 둥, 시·소설·기사의 내용이 불순하다는 둥 사사건건 트집을 잡아 잡지 발행을 막으려고 했어요. 결국 일제 검열 당국의 무자비한 삭제를 거친 끝에 겨우 임시호로 빛을 봅니다. 그리고 몇 차례의 판매금지와 압수 또는 정간을 당하면서도 1926년 8월 1일자로 72호를 내기까지『개벽』은 1920년대의 갖가지 문학 형태를 담아내는 큰 그릇 구실을 합니다. 이후 1934년에 속간되나 이듬해에 끊기며, 1946년에 복간된 뒤 통권 81호까지 이어지다가 1949년에 다시 끊기게 됩니다.

까막잡기

"자네 음악회 구경 아니 가려나?"

저녁 먹던 말에 상춘은 학수를 꼬드겼다. 상춘은 사내보담 여자에 가까운 얼굴의 남자였다. 분을 따고 넣은 듯한 살결, 핏물이 도는 듯한 붉은 입술, 초승달 모양 같은 가늘고도 진한 눈썹, 은행꺼풀 같은 눈시울 —여자라도 여간 예쁜 미인이 아니리라. 그와 정반대로 학수의 얼굴은 차마 볼 수 없이 못생긴 얼굴이었다. 살빛의 검기란 아프리카의 흑인인가 의심할 만하다. 조금 거짓말을 보태면 귀까지 찢어졌다고 할 수 있는 입, 장도리나 무엇으로 퍽퍽 찍어서 내려앉힌 듯한 콧대, 광대뼈는 불거지고, 뺨은 후벼 파놓은 듯, 그 우들두들한 품이 천병만마(千兵萬馬)[1]가 지나간 고전 전쟁터와 같은 느낌이었다. 이 미남과 추남의 표본이라

---

[1] 천병만마(千兵萬馬) 천 명의 군사와 만 마리의 군마라는 뜻으로 썩 많은 군사와 말을 이르는 말.

고 할 만한 두 청년은 한고장 사람으로 같이 ○○전문학교에 다니는 터였다.

"오늘 저녁에 어디 음악회가 있나?"

"있고말고, 종로 청년회관에 학생 주최로 춘계 대음악회가 있다네. 종로로 지나다니면서 그 광고도 못 봤단 말인가. 참말이지 이번 음악회는 굉장하다네. 그 학당의 자랑인 꽃 같은 여학생들의 코러스는 말할 것도 없거니와 조선서 음악깨나 한다는 사람은 총출[2]이라데. 그리고 그 나라에서도 울렸다는 프오크 양의 독창도 있고 또 요사이 러시아에서 돌아온 리니코라이의 바이올린 독주도 있고……."

"여보게, 그만 늘어놓게. 그만해도 기막히게 훌륭한 음악회인 줄 알겠네. 그러나 내가 어디 음악을 아는가. 내 귀에는 한다는 싱익가의 독창이나 도야지 멱따는 소리나 다른 것이 없네. 바이올린으로 타는 좋다는 곡조나, 어린애의 앙알거리는 울음이나 마찬가지이데."

"그래, 음악회에 가기 싫단 말인가?"

"자네 혼자서 다녀오게."

"여보게, 음악은 모른다 하더래도 여학생 구경이라도 가세그려. 주최가 여학교 측이고 보니, 그 학교 학생은 물론이겠고, 서울 안의 하이칼라 여학생은 다 끌어올 것일세" 하고 매우 초조한 듯이,

"입장권은 내가 삼세. 음악이 싫거든 여학생 구경이라도 가세그려."

"왜?"

"왜라니. 여학생의 구경이라도 가자는밖에."

[2] **총출** 모두 나옴.

학수는 빼앗는 듯이,

"여학생은 보아 쓸 데가 무엇이란 말인가?"

상춘은 펄쩍 뛰며,

"쓸 데란 말이 웬말인가. 자네같이 쓸 데 있는 것만 찾는다면 인생은 쓸쓸한 황야일 걸세. 캄캄한 그믐밤일 걸세. 아름다운 음악을 들으며 아름다운 여성을 보는 것이 벌써 시가 아닌가, 행복이 아닌가."

"시다? 행복이다? 흥, 내야 어디 자네같이 취미가 있어야지."

빈정대는 듯이 이런 말을 하건마는, 찡그린 그 얼굴에 말할 수 없는 고뇌의 그림자가 떠돌았다. 상춘은 제 동무의 말은 들은 체 만 체하고 꿈꾸는 듯하는 눈자위를 더욱 반들반들하게 적시우며 시나 읊조리는 어조로,

"여자는, 더구나 새로운 학문을 배우는 여학생은 인생이란 거친 들의 꽃일세, 어두운 밤의 불일세. 햇발이 왜 따스한 줄 아나? 그들의 가슴을 덥히기 위함일세. 달빛이 왜 밝은 줄 아나? 그들의 얼굴을 바래기 위함일세. 꽃이 피기도 그들의 눈을 기쁘게 하려는 까닭이요, 새가 울기도 그들의 귀를 즐겁게 하려는 까닭일세. 그런데……" 하고 잠깐 가쁜 숨을 돌렸다. 학수의 얼굴엔 고뇌의 그림자가 더욱더욱 짙어가며 단박 울음이 터져나올 듯이 온 상판의 근육이 경련적으로 떨린다.

"듣기 싫네, 듣기 싫어. 그만해도 자네가 시와 소설을 본 줄 알겠네."

"…… 그런데 말이지. 그들이 하나가 아니고, 둘이 아니고, 백여 명이 모였단 말이다. 생각을 해보게, 백여 명이 모였단 말이다. 그곳은 백화난만(百花爛漫)[3]한 꽃동산일 것일세. 거기 종달새 격으로 꾀꼬리 격으로 피아노가 운다, 바이올린이 껄떡인다. 그나 그뿐인가, 꽃 그것이 노

래를 부르니 이게 낙원이 아니고 어데가 낙원이란 말인가. 거기 가기를 싫어하는 자네는 사람이 아닐세. 사내가 아닐세, 목석[4]일세"

하고 상춘은 못 견디겠다 하는 듯이 벌떡 일어나 방 안을 왔다 갔다 한다. 그의 눈에는 쉴 새 없이 미소가 떠올랐다. 제 얼굴에 지나치게 자신을 가진 그는, 여성과 접촉을 안 했기 망정이지 접촉만 하고 보면—불행한 일은 아직 여성과 흠씬 접촉해본 일이 없었다—손끝 한번 까딱해서, 눈 한번 깜짝해서, 다 저에게 꿀 같은 사랑을 바치려니 생각한다. 젊고, 어여쁘고, 지식이 있고, 마음이 상냥한 여성은 언제든지 저의 애인이 될 가능성이 있다. 그러므로 그들을 비난하거나 미워할 생각은 꿈에도 없었다. 따라서 그는 어디까지 여성 찬미자—더구나 새로운 학문을 배우는, 배운 여성의 찬미자이었다. 그늘의 말이 나오면 딕없이 흥분히는 법이었다.

"사람이 아니래도 좋고, 사내가 아니래도 좋네. 목석이라도 좋아. 음악회 구경도 싫고 여학생 구경도 딱 싫으이."

마침내 학수도 버럭 화증을 내었다.

"참말이지 요새 여학생은 콧잔등이가 시어서 못 보겠네. 기름을 바를 대로 바르고, 왜 귀밑머리는 풀고 다니는지. 살찐 종아리 자랑인지는 모르지만, 왜 정강이까지 올라오는 잠방이를 입고 다니는지, 발등뼈가 튀어나와야 맛인가, 구두 뒤축은 왜 그리 높은지. 암만해도 까닭 모를 일이야. 옆에만 지나가도 그 퀴퀴한 향수 냄새란 구역이 날 지경이다. 그

---

3) 백화난만(百花爛漫) 온갖 꽃이 피어서 아름답게 흐드러짐.
4) 목석 나무와 돌이란 뜻으로 감정이 무디고 무뚝뚝한 사람을 비유하여 이르는 말.

리고 이름이 좋아서 하눌타리로 사랑은 자유라야 쓰느니, 연애는 신성한 것이니 하면서 얼굴만 반드레해도 고만 반하고, 피아노 한 채만 보아도 마음이 솔깃하고, 애꾸눈이라도 서양 갔다 온 사람이면 추파를 건넨다든가. 그런 천착하고, 경박하고, 허영에 뜬 년들에게 침을 게 흘리는 놈도 흘리는 놈이지 그래. 그래, 그런 것들이 우글우글 끓는 음악회에 간단 말인가, 차라리 요괴가 끓는 지옥엘 가는 게 낫지. 바로 제가 잰 체하고 단 위에 올라서 몸짓, 고갯짓을 하면서 주리난장을 맞는 듯이 아가리를 딱딱 벌리는 꼴이란 장님으로 못 태어난 것이 한이 될 지경이다"라고 학수는 까닭 모를 흥분에 목소리를 떨며, 그 험상궂은 얼굴이 붉으락푸르락하며 부르짖었다. 제 스스로 제 얼굴이 다시 더 못생길 수 없이 못생긴 것을 잘 아는 그는, 여성을 대할 적마다 저 아닌 남으론 상상도 못할 만큼 심각한 고통을 느꼈다. 여성의 시선이 제 얼굴에 떨어지면 못생긴 제 얼굴이 열 곱, 스무 곱 더 못생기는 듯싶었다. 조소와 멸시를 상상치 않고는 여성의 눈길을 느낄 수 없었다. 이러구러 그는 어느 결엔지 미소지니스트(여자를 미워하고 싫어하는 이)가 되고 말았다. 구식 여자보담 자유연애를─저는 일평생 가야 맛보지 못할 자유연애를 한다는 신식 여자가 더욱 밉고 싫고, 침이라도 뱉고 싶을 만치 더럽고 추해 보였다.

상춘은 어이없이 학수를 바라다보다가,

"여보게, 웬 야단인가. 여학생하고 무슨 불공대천지원수[5]나 졌단 말인가. 모욕을 해도 분수가 있지."

"압다, 그러면 자네는 여학생에게 무슨 재생지은덕이나 입었단 말인

---

5) **불공대천지원수** 한 하늘 아래서는 같이 살 수가 없는 원수라는 뜻으로 원한이 깊이 사무친 원수를 이르는 말.

가. 왜 여학생이라면 사지를 못 쓰나?"

두 친구는 잠깐 마주보면서 입을 닫치었다. 이윽고 상춘은 또 방 안을 거닐다가 화증난 듯이 문을 열고 튀 하고 침을 뱉었다. 봄밤이다. 생각에 젖은 처녀의 눈동자 같은 봄밤이다. 전등 불빛의 세력 범위를 벗어난 어스름한 마당 구석에는 달빛조차 어른거린다. 단성사인지 우미관인지 사람 모으는 젓대 소리가 바람결에 들린다.

상춘에게는 한 찰나가 몇 세기나 되는 듯싶었다. 아름다운 음악회의 광경이 무지개같이 그의 머리에 비친다. 그는 마치 애인과 밀회할 시간이 늦어가는 사람 모양으로 앉았다 일어섰다 조를 비빈다. 저 혼자 같으면 좋으련만 같이 있는 처지에 학수를 버리고 가는 것이, 실없는 말다툼으로 감정이나 낸 듯도 싶고, 그보다 많은 여자에게 제가 얼마나 질린 것을 돋보이게 하려면 못생긴 동반자가 필요도 하였다. 그는 다시 동무를 달래고, 꼬드기고, 조르기 시작하였다. 오늘 저녁이 봄밤인 것과, 이러고 틀어박혀 있을 때가 아닌 것과, 정 음악이 듣기 싫고 여학생이 보기 싫더래도 제 얼굴을 보아 가달라고 비대발괄하였다. 친구 따라 강남도 간다느니, 이렇게 청을 하는데 아니 갈 게 무어냐고 성도 내었다. 얼굴과 달리 마음은 싹싹한 학수라, 그렇게 조르는 친구의 청을 떨치기도 무엇하고, 또 얼마큼 상춘의 달뜬 기분이 전염이 되어 혼자 빈방을 지키기도 을씨년스러웠다. 마침내 학수는 싫으나마 도수장⁶⁾에 끌려가는 소 모양으로 상춘을 따라서고 말았다.

상춘이와 학수가 음악회에 들어선 때에는 벌써 회를 여는 관현악이

---

6) **도수장** 도살장.

아롤 적이었다. 만일 상춘이가 대분발을 해서 2원을 내고 일등표 두 장을 사지 않았던들—그들은 일등표를 산 덕택에 바로 여자석 옆 악단에 멀지 않게 자리를 잡을 수 있었다—구경도 못하고 돌아설 뻔하였다. 그다지도 모인 사람이 많았다. 상춘의 짐작과 틀리지 않아 자리를 반분하다시피 여자 구경꾼도 많았다. 띄엄띄엄 쪽진 이와 땋은 이가 없지 않았으되 대개는 푸수수한 트레머리의 꽃밭이었다. 그래, 탐스럽게 핀 검은 목단화 송이의 동산이었다. 머리를 꽃송이에 견주면 뽀얀 목덜미들이 그 흰 줄기이리라. 문에 쑥 들어서면서 이 송이와 줄기만 보아도 젊은이의 가슴은 이상하게 뛰놀았다.

그윽한 향수와 기름내, 많은 젊은 몸에서 발산하는 훈훈한 살내, 입내, 옷내—그곳의 공기는 온실과 같이 눅눅하고, 향긋하고, 따스하였다. 1분은 음악으로 하여, 9분은 이성으로 하여 모인 이들은 우단[7]을 감는 듯한 포근한 느낌과 아지랑이에 싸인 듯한 황홀한 심사에 사라지며 있다. 이따금 파릇파릇 잎 나는 포플러 가지를 흔들고 온 듯한 바람이—우 하고 유리문을 찌걱거리면, 지금이 봄철인 것과, 꽃구경이 한창인 것과 오늘 저녁이야말로 음악 듣기에 꼭 좋은 밤임을 새삼스럽게 생각해내며 공연히 마음이 놀아들 나서, 이성의 눈길은 더 많이 이성에게로 몰린다.

상춘은 아까부터 보아둔 여학생이 하나 있었다. 그이는 모시 치마와 옥양목 저고리를 입은 얼굴 갸름한 처녀인데, 저와 슬쩍 한번 눈길이 마주친 후로는 자꾸 저를 보는 듯하였다. 가장 잘 음악을 아는 체로 얼굴

---

7) 우단 거죽에 고운 털이 돋게 짠 비단. 벨벳.

에 미소를 띠고 발로 박자를 맞추는 사이 그이의 눈길은 꼭 저만 쏘고 있는 듯하였다. 고개만 돌리면 그와 나의 시선은 또 마주쳤다. 그는 부끄러워 얼굴을 붉히렸다. 남에게 무안을 주는 것은 좋지 못한 일이다. 얼마든지 나를 보게 해두자. 아마도 나에게 마음이 끌린 모양이야. 얼마든지 보라지. 가만히 내버려둬.—열기 있고 짜릿짜릿한 눈살의 쏘임을 견디다 못해서 상춘은 문득 고개를 돌렸다. 저편에서 어느 결에 눈길을 돌렸나? 그이의 눈은 저 아닌 바이올린 켜는 이를 똑바로 보고 있다. 이제 이쪽에서 한동안 노리며, 보아주기를 기다렸으나 그이는 매우 감동된 듯이 눈을 번쩍이며 깽깽이[8] 켜는 이의 손을 따르고 있을 뿐이었다. 빌어먹을! 하고 성낸 듯이 제 고개를 돌이키자마자 어째 저편의 고개가 얼른 제 편으로 돈 듯하였다. 또 놓져서 될 말인가 하고 이번에는 닐쌔게 돌아다보았다. 그편의 눈은 한결같이 바이올린에 박혔을 뿐 몇 번을 고개를 바로세웠다 틀었다 해보건만 한결같이 그이의 눈은 저를 쏘지 않았다.

'나를 보지 않는군, 안 보면 대순가.'

화증낸 듯이 속으로 중얼거리고 또 다른 눈맞는 이를 찾아내려 하였다. 한참이나 헛되이 돌아다니던 눈이 얼마 만에 저를 보고 웃는 듯한 눈을 잡아내었다. 그이의 얼굴은 동그스름한데 아까 저 보던 이보담 몇 갑절이나 아름다운 듯싶었다. 옳다구나! 할 새도 없이 염통이 파득파득 소리를 내었다. 슬쩍 눈길을 피했다가 슬쩍 눈길을 던지매 그이는 시방도 웃기는 웃건마는 곁에 앉은 제 동무와 속살거리고 웃을 뿐이고 저를

---

8) 깽깽이 바이올린.

보지는 않았다. 또 아까처럼 눈살을 놓았다 거두었다 하는 사이에 용하게 두 번째 그이의 눈을 맞출 수 있었다.

'두 번이다, 두 번이야. 이번 것은 틀림없이 나한테 호의를 가졌나 보다.'

상춘은 이렇게 확신 있게 속살거리며 사람이 헤어져 돌아갈 때에 문 앞에서 기다리면 그이가 나와 저를 보고 반겨 웃을 것과 저더러 같이 가자든지 그렇지 않으면 저를 따라올 것과 어떻게 꿈 같은 사랑을 맛볼 것을 생각하였다. 악수, 키스, 달밤에 산보, 꽃 사이의 헤매임—그림보다 더 아름다운 정경을 역력히 그리고 있을 때였다.

곁에 앉아 있던 학수, 신트림이나 올라오는 사람 모양으로 보기 싫게 찡그린 얼굴을 주체를 못하는 듯이 숙였다 들었다 하며, 여자 편과 외면을 하고 될 수 있는 대로 남자 편을 향하고 있는 학수. 맡지 않으려 할수록 속을 뒤흔드는 이성의 냄새와 느끼지 않으려 할수록 몸에 서리는 이성의 훈기에 축축이 진땀이 흘렀다. 어지러이 한기가 들었다 하던 학수가, 한창 꿈결 같은 환상에 녹는 상춘의 옆구리를 꾹 찔렀다. 제 친구의 존재를 깜박 잊어버렸던 상춘은 발부리에서 메추리가 날아간 듯이 놀랐다.

학수는 목 안에서 나는 듯한 그윽한 소리로,

"여보게 상춘이, 여보게 상춘이, 여기 변소가 어데인가. 오줌이 마려워서 견딜 수 없네."

"뭐?" 하고 상춘은 네 말을 못 알아듣겠다는 듯이 물끄러미 학수를 보았다. 학수는 여간 급하지 않은 듯이,

"변소가 어데냐 말일세, 오줌이 마려워서 죽을 지경일세."

"뭐, 오줌이 마려워? 참게, 참아."

상춘은 뱉는 듯이 퉁을 주었다. 저의 꽃다운 환상을 이따위 일에 부순 것이 속이 상하였다.

"여보게, 인제 더 참을 수 없네. 여기 오는 맡에 마려운 것을 이때까지 참았네. 인제 할 수 없네. 아랫배가 뻑적지근하게 아파 견딜 수 없네."

"원, 사람도. 그러면 저 문으로 나가게."

상춘은 어처구니없이 픽 웃고는 악단의 오른편에 있는 조그마한 문을 가리키며,

"나가면 오른편에 층층대가 있으니 그리 나가면 거기 변소가 있네" 하였다.

학수는 엉거주춤하고 겸연쩍은 듯이 고개를 숙이고 가리키는 대로 그 문을 열고 밖에 나왔다. 밝은 데 있다가 나온 까닭에 눈앞이 캄캄하였 다. 손으로 더듬어서 층층대를 내려는 왔으나 어디가 어딘지 도무지 알 수가 없었다. 헛되이 층층대를 끼고 얼무적얼무적대다가, 하는 수 없이 '층층대 밑에라도……' 할 즈음이었다. 괴상하게 야릇한 일이 일어나기 는 그때였다. 문득 뒤에서 똑 찍 똑 찍 하는 소리가 들리자마자 방망이 같은 무엇이 훌쩍 어깨를 넘을 겨를도 없이 등 뒤에 물씬한 것이 닿으며 보드랍고 싸늘한 무엇이 눈을 꼭 감기인다. 학수는 전신에 소름이 쭉 끼 치며, 하도 놀라 '악' 소리도 지를 수 없었다.

"내가 누구예요?"

물어 죽이는 웃음과 함께 낮으나마 또렷또렷한 목성이 묻는다.

"왜 아무 말도 않으셔요. 놀랐어요?"

하는 소리가 나면서 눈 가렸던 물건이 떨어진다. 일시에 등에 대었던 것 도 떨어지며 가벼운 힘이 어깨를 흔들자 눈앞에 보얀 얼굴이 어른하였

다. 이 불의에 나타난 괴물이 학수의 얼굴을 알아보자마자 그편에서도 매우 놀란 듯 "에그머니!" 하는 부르짖음과 함께 그 괴물은 천방지축으로 달아난다.

학수는 얼없이 제 앞에 나는 듯이 떠나가는 괴물의 뒷골을 바라보고 있었다. 얼마 후 놀랐던 가슴이 가라앉은 뒤에야 시방 제 눈을 감고 달아난 것이 결코 귀신도 아니요, 괴물도 아니요, 한 아름다운 여성임을 확실히 깨달을 수 있었다. 그러자 그 여성이 댔던 자리가 전기로나 지진 듯이 욱신욱신하고 근질근질해온다. 뭇주룩하게 어깨를 누르는 팔뚝, 말씬말씬하게 등때기를 비비는 젖가슴, 위빰과 눈언저리에 왕거미 모양으로 붙였던 두 손을 참보다 더 참다이 느낄 수 있었다. 그 근처의 공기조차 따스하고 향긋하게 코 안으로 기어드는 듯하였다.

그는 몽유병자의 걸음걸이로 그 여자의 간 곳을 향해서 몇 걸음 걸어가보았다. 그때에 찾고 찾아도 찾을 수 없던 뒷간인 듯한 집이 보였다. 그는 늘어지게 소변을 보고 몸이 날 듯이 가뿐해오매, 이 이상한 일의 까닭을 캐어보았다.

그것은 어렵지 않게 풀 수 있는 수수께끼였다. 눈을 감긴 이는 저의 애인과 함께 이 음악회에 왔음이리라. 그런데 그들은 무슨 까닭으로든지 이 층층대 밑에서 남몰래 만나자고, 무슨 군호로—눈짓 같은 것으로 맞추었음이리라. 사내가 그 군호를 몰랐던지 그렇지 않으면 사내의 발길은 더디고 계집의 발길은 일러서, 층층대 아래서 학수가 어름어름하는 것을 보고 꼭 제 애인인 줄만 여겨서 아양 피움으로 까막잡기를 하였음이리라.

이윽고 그 층층대를 올라와서 음악회에 통한 문을 여는 학수는 제 얼굴이 여지없이 못생긴 것과 여성에 대한 미움을 씻은 듯이 잊어버렸다. 전등불이 급작스럽게 밝아지며, 모든 사람이 저에게 호의 있는 듯한 시선을 보내는 듯하였다. 그중에도 여자들은 미소를 보내는 듯하였다. 바이올린은 이미 끝났음이리라, 어느 양녀 하나가 뽀얀 손가락을 북같이 쏘대이게 하며 피아노를 치고 있다. 전 같으면 시답지 않을 그 악기의 소리가 제 가슴속의 무슨 은실 같은 것을 스치어서 어느 곁엔지 멋질린[9] 발길이 춤추는 듯이 박자를 맞춘다.

그는 바로 여자석의 옆 걸상에 있는 제 자리에 한두어 걸음 남겨놓고, 걸상 줄 밖에 나온 어느 여학생의 구두코를 것척 하고 밟아버렸다. 학수는 그 얼굴에 애교를 넘쳐 흘리며 제 잘못을 사과하였다. 그 여학생은 낭황히 발을 끌어들이니 괜찮다고 하였다. 빌 밟힌 이의 얼굴이 아무 일도 아니 일어난 것처럼 새침하게 바뀐 뒤에도 발 밟은 이는 사과를 되풀이하며 빙글빙글 웃는다. 그 여학생은 한 번 흘긋 학수를 쳐다보더니 고개를 푹 숙이고는 제 옆동무를 꾹 찌르며 웃는다. 제 자리에 앉는 학수도 자기의 한 일이 가장 재미있고 우스운 것같이 킬킬 소리를 내어 웃었다. 그러는 가운데 언뜻 깨달으니 그 여학생이 갈데없는 제 눈을 감기던 사람 같았다. 북받치는 웃음으로 하여 가늘게 떠는 그 동그스름한 어깨, 서너 올의 머리카락이 하늘거리는 보얀 귀밑—그렇다, 그렇다, 분명히 그 여자다. 내 눈을 감기고 달아난 그 여자다, 하였다. 이런 생각을 하고 있을 때 그 여학생이 입을 비죽비죽하는 웃음을 간신히 참으며, 또 한 번 학수의 편을 보았다. 그의 광대뼈가 조금 내민 것을 알아보자 학수는

---

9) 멋질리다 아주 멋들어진 기상을 지니다.

그이가 아니로구나 하고 고개를 쩔레쩔레 흔들었다.

찡그린 상판을 남자 쪽으로 향하고 있던 학수는 인제 번쩍이는 얼굴을 여자 편에게로 돌려서, 저와 까막잡기하던 이를 찾기에 골몰하였다. 여러 번 그이인 듯한 여학생을 찾아냈건만, 눈썹이 경성드뭇도 하고 입이 크거나 작거나 하고 이마가 좁기도 하며, 코가 높거나 낮거나 해서, 정말 그이를 알아맞히는 도리가 없었다. 그릇 알았든 옳게 알았든, 비록 눈도 한 번 못 깜짝일 짧은 동안이라 할지라도 저를 애인으로 생각해준 그 여자는 여성으로의 모든 아름다움을 갖추고 있을 듯하였다. 상춘은 상춘대로 그 얼굴이 동그스름한 여학생과 눈을 맞추며 기뻐하고 있었다. 시선이 마주치기가 벌써 네 번이나 된다.

음악회는 그럭저럭 끝나고 말았다.

상춘은 저와 네 번이나 눈이 마주친 그이를 기다리면서, 학수는 혹 제 동무들과 휩쓸려 나오는지 모르는 제 눈 감기던 그이를 기다리면서, 두 청년은 청년회관 문 앞에 서 있다⋯⋯.

상춘의 그이는 나왔다. 무슨 할 말이나 있는 듯이 상춘은 다가들었건만, 그이는 거들떠보지도 않고 제 갈 데로 가버렸다. 나오는 족족 새로이 얼굴을 검사해보았건만 학수의 그이는 없었다.

사람들이 다 헤어진 뒤에도 잘난 이와 못난 이는 사라지려는 아름다운 꿈을 아끼는 듯이 우두커니 서 있었다.

아까 음악당의 유리창을 삐걱거리던 바람은 휙휙 먼지를 날리며 포플러 가지를 우쭐거리게 한다. 반 남아 서쪽으로 기울어진 초승달은 색시의 파리한 뺨 같은 모양을 구름자락 사이에 드러냈다.

"달이 있군."

상춘은 하늘을 쳐다보며 한숨지었다.

"시방 집에 가면 잠 오겠나. 우리 종로를 한번 휘돌까?"

두 청년은 걷기 시작하였다. 광화문까지 올라갔다가 도로 내려왔다. 그들이 묵고 있는 집은 사동(寺洞)에 있었다.

"음악회란 기실 아무것도 보잘게없어. 그 많은 여학생 가운데, 하나나 그럴듯한 게 있어야지."

상춘은 탄식하는 듯이 이런 혼잣말을 하였다.

"왜, 그렇게 가자고 사람을 들볶더니."

"갈 적에는 좋았지만 나와보니 그런 싱거운 일이 없네그려. 돈 이 원만 날아갔는걸."

"나는 재미있는데."

상춘은 턱없이 빙글빙글하는 학수를 바라보며 의아한 듯이,

"왜, 음악회라면 대경실색을 하더니?"

"딴 음악회는 다 재미없어도 오늘 것은 매우 재미있었어…… 그런데 여보게, 사랑 맡은 귀신은 장님이라지?"

"그것은 왜 묻나?"

"글쎄 말일세."

"그렇다네. 사랑을 하면 곧 이성의 눈이 감긴단 말이겠지."

"흥, 그러면 나는 오늘 저녁에 사랑을 하였는걸. 사랑 맡은 귀신의 은총을 입었는걸."

"사랑을 하였다니?"

"흥, 세상에는 이상한 일도 있지."

"무슨 일이 그렇게 이상하단 말인가?"

"이야기할까?"

"이야기할 테면 하게그려."

상춘은 별로 흥미가 끌리지 않는 듯하였다. 학수는 주춤 걸음을 멈추더니 다짜고짜로 등 뒤에서 상춘의 눈을 감겼다.

"이게 무슨 미친 짓인가?"

상춘은 놀라 부르짖었다.

"내가 사내가 아니고 여자일 것 같으면 자네 마음이 어떠하겠나?"

"그게 다 무슨 소린가?"

"오늘 음악회에서 어느 여자가 나를 그리했다네."

상춘은 어이없이 웃으며,

"예끼, 미친 사람……."

"미치기는 누가 미쳐. 왜, 거짓말인 줄 아나?"

하고 학수는 입에 침이 없이 아까 층층대 밑에서 일어난 일의 자초지종을 얘기했다.

호기의 눈을 번쩍이고 있던 상춘은 얘기가 끝나자 웬일인지 그 여자를 여지없이 타매하였다.[10] 어디 밀회할 곳이 없어서 그 어둠침침한 층층대 밑에서 그런 짓을 하느냐는 둥, 그런 년이 있기 때문에 여학생의 풍기가 문란하다는 둥, 필연 여학생 모양을 한 은근짜[11]나 갈보라는 둥, 내가 그런 일을 당했으면 꼭 붙들어가지고 망신을 주었으리라는 둥, 그리 못한 학수가 반편이라는 둥…….

"왜? 샘이 나나? 생각을 해보게. 보들보들한 손이 살짝 내 눈을 가렸

10) 타매하다 침을 뱉으며 꾸짖는다는 뜻으로 아주 더럽게 여기며 욕하는 것을 이르는 말.
11) 은근짜 몰래 몸을 파는 여자를 속되게 이르는 말.

단 말이지. 내 등에 그 따뜻한 가슴이 닿았단 말이지. '내가 누구예요?'
하는 그 목소리! 그야말로 꾀꼬리 소리란 말이지……"
하고 학수는 못 견디겠다는 듯이 몸을 비꼬자마자 상춘을 부둥켜 안았다.

"이 사람이 정말 미쳤나?" 하고, 상춘은 사정없이 뿌리쳤다. 학수는
넘어질 듯이 비틀비틀하면서 허허 하고 소리쳐 웃었다. 그들은 벌써 사
동 입구에 다다랐다.

상춘은 부인상회로 무슨 살 것이나 있는 듯이 들어간다. 어디 갔다가
돌아오는 길에는 이 상회를 거치는 것이 그의 버릇이었다. 전일엔 상춘
이가 암만 졸라도 좀처럼 들어가지 않던 학수이건만 오늘밤에는 서슴지
않고 상춘을 따라 들어설 수 있었다.

상회에 들어온 뒤에도 학수의 온 얼굴에 퍼진 웃음의 그림자는 시리
지지 않았다. 이 꼴을 보고 상춘은 의미 있게 웃고는, 벙글거리는 이를
슬며시 경대를 벌려둔 데로 끌고 와서 귀에 대고 소곤거렸다.

"여보게, 거울을 좀 보게."

벙글거리던 이는 무심코 거울을 들여다보았다—저놈이 웬 놈인가.
지옥의 굴뚝에서 튀어나온 아귀 같은 상판으로 빙그레 웃는 저놈이 웬
놈인가. 입은 찢어진 듯이 왜 저리 크며, 잔등이 움푹한 콧구멍은 왜 저
리 넓은가. 학수는 제 앞에 나타난 이 추(醜)의 그것 같은 괴물을, 차마
제 자신으로 생각할 수 없었다. 그러나 이 더할 수 없이 못생긴 괴물이
야말로 갈 데 없는 저임에 어찌하랴. 다른 사람 아닌 제 본체임에 어찌
하랴?

그의 눈앞은 갑자기 한그믐밤같이 캄캄하였다.

1 상춘과 학수의 대조되는 모습은 어떤 효과를 갖고 있나요?

현진건은 소설 「희생화」 「타락자」 「B사감과 러브레터」 등에서 인물의 외모에 대한 묘사를 많이 하고 있습니다. 그 특징은 착한 사람은 아름답게, 악한 사람은 추하게 그리고 있다는 것이지요. 「까막잡기」의 상춘과 학수의 외모에 대한 묘사에서도 이런 인식이 뚜렷하게 드러납니다. 상춘은 아름다운 미소년으로 그리고 있으며 학수는 차마 볼 수 없이 못생긴 얼굴로 표현되지요. 그리고 이런 겉모습은 그들이 여자를 바라보는 시각에도 영향을 줍니다. 상춘은 여학생을 거친 들의 꽃으로, 학수는 지나칠 때 나는 향수 냄새도 구역질이 난다고 말하고 있습니다. 이렇게 두 인물의 겉모습은 여자에 대한 이런 가치관을 갖게 된 원인이 되고 있습니다.

2 음악회에서 학수는 여학생과의 만남을 통해 무엇이 드러나게 되나요?

화장실을 찾던 학수는 어두침침한 계단을 내려가다가 어느 여학생으로부터 두 눈을 뒤에서 잡히게 됩니다. 여자는 자신의 남자친구와 이곳에서 만나기로 했나 봅니다. 그리고 여자라면 경멸하고 천박하다고 생각하던 학수는 여자에 대한 미움은 어느새 사라져버리고 사랑의 은총을 입었다는 착각에 빠지게 됩니다. 학수는 연신 그 여학생을 떠올리며 기분 좋아 합니다. 이 소설에서 학수가 여자를 싫어하는 것이 외모 콤플렉스 때문이며 자신의 진짜 속내가 아니라는 것을 밝혀내고 있습니다.

3 이 소설에서 음악회는 어떤 역할을 하고 있나요?

전문학교 학생인 미남 청년 상춘은 평소 여성을 즐거움의 대상으로 생각하고 있었습니다. 음악회에 가는 것은 그곳에 모인 아름다운 여학생을 만나기 위해서이며, 신식 교육을 받은 여학생들은 생활을 즐겁게 해 주는 꽃으로 생각합니다. 자신의 외모를 믿고 모든 여성이 바로 자기를 좋아할 것이라는 착각을 갖고 있습니다. 반면에 학수는 여성을 미워하고 싫어하는 청년처럼 묘사되고 있습니다. 여학생들의 취향에 혐오감을 가졌고, 자유연애니 신식 여자니 하고 떠드는 여학생들을 경박하다고 생각하고 있습니다. 그러나 이렇게 외모에 자만한 상춘과 여자를 멸시하는 학수의 여자에 대한 잘못된 인식과 허위의식은 음악회를 통해 밝혀지게 됩니다. 음악회를 마치고 자신의 외모에 자만심이 있었던 상춘은 불쾌한 심리 상태가 되고, 반대로 이성에 대해 부정적인 인식을 갖고 있었던 학수는 여학생과의 접촉으로 설레어하며 마냥 좋아하는 속내를 드러내고 있습니다.

4 결말에서 상춘이 학수에게 들이민 거울은 무엇을 의미하나요?

음악회에서 여학생과의 만남 이후 연신 싱글벙글 웃던 학수에게 상춘은 거울을 보라고 얘기합니다. 거울 속의 자신의 모습은 지옥의 굴뚝에서 튀어나온 아귀 같았죠. 여학생의 나긋한 목소리와 보얀 얼굴, 그리고 살결에 도취해 있던 학수는 거울을 통해 자신의 모습을 들여다보고 자신의 실체를 다시금 깨닫습니다. 여기서 거울은 변하지 않는 자신의 외형적 실체를 분명히 들여다보게 해주는 역할을 하고 있습니다.

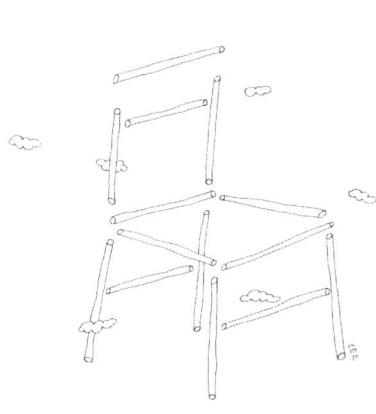

불

우리나라 민며느리제도가 빚어내는 시집살이의
쓰라림과 조혼제도의 비극을 그린 작품.

"이러다간 내가 죽겠구먼! 어서 잠을 깨야지, 깨야지"

열다섯 살 순이의 고된 시집살이

「불」은 1925년 1월 『개벽』 55호에 발표된 작품으로, 우리나라 민며느리제도가 빚어내는 시집살이의 쓰라림과 조혼제도의 비극을 그린 작품입니다. 그리고 현진건이 다른 작품에서처럼 남편에게 맹종하는 아내를 아름답게 부각시키거나, 등장인물의 부부관계 또는 남녀관계의 이상적인 화합을 통해 문제 해결의 실마리를 찾는 방식으로부터 탈피한 작품이지요.

주인공 순이는 열다섯 살이라는 어린 나이에도 불구하고 가부장제가 가지는 여성착취 구조의 피해자입니다. 남편에게는 성적인 대상으로, 시어머니에게는 노동력 제공자로서 착취와 소유 구조 속에 놓인 여성입니다. 순이는 아직 성적으로 미숙한 열다섯 소녀임에도 불구하고 가난으로 어려움을 겪고 있는 가정에서 자신의 의지와 상관없이 남의 집 민며느리로 살아갑니다. 낮에는 힘겨운 노동으로 시어머니에게 시달리고, 밤에는 남편의 왕성한 성행위에 어려움을 겪으면서 마침내 그 인습의 굴레에서 벗어나기 위해 남편의 방에 불을 지르게 됩니다.

이 작품은 「빈처」「타락자」 등 다른 작품에서 나타나는 부부관계와는 사뭇 이질적인 모습을 하고 있습니다. 아마도 이는 빈곤을 소재로 현실사회의 모순을 담아내는 신경향파 소설의 영향 때문인 듯합니다. 신경향파 소설은 빈곤을 소재로 지주 대 소작인, 공장주 대 노동자를 대립시키고 있으며 결말은 보통 살인과 방화로 끝나는 것이 특징입니다. 또, 현진건의 작품 중 「불」과 「사립정신병원장」은 순이의 방화와 W의 살인으로 끝나고 있는데, 이는 신경향파 소설의 이러한 특징과 비슷해 보입니다. 문학의 현실적 기능에 주목하며, 현실 변혁의 열망을 작품에 담고 있습니다. 일제시대 작가들이 문학을 통해 사회에 대응한 방식을 살펴보고, 현진건의 「불」과 신경향파 작가의 작품들을 비교하여 읽는다면 좋을 듯합니다.

불

    시집온 지 한 달 남짓한, 금년에 열다섯 살밖에 안 된 순이는 잠이 어릿어릿한 가운데도 숨길이 갑갑해짐을 느꼈다. 큰 바위로 내리누르는 듯이 가슴이 답답하다. 바위나 같으면 싸늘한 맛이나 있으련마는 순이의 비둘기 같은 연약한 가슴에 얹힌 것은 마치 장마 지는 여름날과 같이 눅눅하고 축축하고 무더운 데다가 천 근의 무게를 더한 것 같다. 그는 복날 개와 같이 헐떡거렸다. 그러자 허리와 엉치가 뻐개내는 듯, 쪼개내는 듯, 갈기갈기 찢는 것같이, 산산히 바수는 것같이 욱신거리고 쓰라리고 쑤시고 아파서 견딜 수 없었다. 쇠막대 같은 것이 오장육부를 한편으로 치우치며 가슴까지 치받쳐올라 콱콱 뻐지를 때엔 순이는 입을 딱딱 벌리며 몸을 위로 치수린다……. 이렇듯 아프니 적이나하면[1] 잠이 깨

---

[1] **적이나하면** 웬만하면.

이련만 온종일 물 이기, 절구질하기, 물방아 찧기, 논에 나간 일꾼들에게 밥 나르기에 더할 수 없이 지쳤던 그는 잠을 깨랴 깰 수 없었다. 그렇다고 그가 혼수상태에 떨어진 것은 물론 아니니 '이러다간 내가 죽겠구먼! 죽겠구먼! 어서 잠을 깨야지, 깨야지' 하면서 풀칠이나 한 듯이 죄어 붙는 눈을 뜰 수가 없었다. 흙물같이 텁텁한 잠을 물리칠 수가 없었다. 연해 입을 딱딱 벌리며 몸을 치수르다가 나중에는 지긋지긋한 고통을 억지로 참는 사람 모양으로 이까지 빠드득빠드득 갈아붙였다……. 얼마 만에야 무서운 꿈에 가위눌린 듯한 눈을 어렴풋이 뜰 수 있었다. 제 얼굴을 솥뚜껑 모양으로 덮은 남편의 얼굴을 보았다. 함지박만 한 큰 상판의 검은 부분은 어두운 밤빛과 어우러졌는데 번쩍이는 눈깔의 흰자위, 침이 흐르는 입술, 그것이 삐뚤어지게 열리며 드러난 누른 이빨만 무시무시하도록 뚜렷이 알아볼 수가 있었다.

그러자 가뜩이나 큰 얼굴이 자꾸자꾸 부어오르더니 주악²⁾빛으로 지져놓은 암갈색의 어깨판도 따라서 확대되어서 깍짓동³⁾만 하게 되고 집채만 하게 된다. 순이는 배꼽에서 솟아오르는 공포와 창자를 뒤트는 고통에 몸을 떨었다가, 버르적거렸다가 하면서 염치 없는 잠에 뒷덜미를 잡히기도 하고, 무서운 현실에 눈을 뜨기도 하였다.

그 고통으로부터 겨우 벗어난 때에는 유월의 단열밤〔短夜〕⁴⁾이 벌써 새었다. 사내의 어마어마한 윤곽이 방이 비좁도록 움직이자 밖으로 나간

---

2) **주악** 찹쌀가루에 대추를 이겨 섞고 꿀에 반죽하여 깨소나 팥소를 넣어 송편처럼 만든 떡.

3) **깍짓동** 콩이나 팥의 마른 깍지를 줄기째 많이 모아 묶은 동. '뚱뚱한 사람의 몸집'을 비유하여 이르는 말.

4) **단열밤〔短夜〕** 짧은 여름밤.

다. 들에 새벽일 하러 나감이리라. 그제야 순이도 긴 한숨을 쉬며 잠을 깰 수 있었다. 짙은 먹칠이나 한 듯하던 들창[5]이 잿빛으로 변하며 가물 가물한 가운데 노랏노랏이 삿자리의 눈이 드러난다. 윗목에 놓인 허술한 경대 위에 번들번들하는 석경[6]이라든지, 머리맡 벽에 걸려 있는 누룩장 [7]이라든지 원수의 방이 분명하다. 더구나 제 등때기 밑에는 요까지 깔려 있다. '이것은 어찌 된 셈인고?' 순이는 정신을 차리며 생각해보았다. 어 젯밤에 그가 잔 데는 여기가 아닐 테다. 밤이 되면 으레 당하는 이 몹쓸 노릇을 하루라도 면하려고 저녁 설거지를 마치는 맡에 아무도 몰래 헛간 으로 숨었었다. 단지 둘밖에 아니 남은 볏섬을 의지 삼아 빈 섬거적[8]을 깔고 두 다리를 쭉 뻗칠 사이도 없이 고만 고달픈 잠에 떨어지고 말았었 다. 그런데 어찌 또 방으로 들어왔을까? 그 원수의 놈이 육욕에 번쩍이 는 눈알을 부라리며 사면팔방으로 찾다가 마침내 그를 발견하였음이리 라. 억센 팔로 어렵지 않게 자는 그를 안아다가 또 원수의 방에 갖다놓 음이리라. 그리고는 또 원수의 노릇…….

이런 생각을 끝도 맺기 전에 흐리터분한 잠이 다시금 그의 사개 물러 난 몸을 엄습하였다…….

집안이 떠나갈 듯한 시어미의 소리가 일어났다.

"안 일어났니! 어서 쇠죽을 끓여야지!"

그 소리가 끝나기도 전에 순이는 빨딱 몸을 일으킨다. 한 손으로 눈을

---

5) 들창 벽의 중간 위쪽으로 자그맣게 낸 것으로 들어서 열게 된 창.
6) 석경 유리로 만든 거울. 몸에 지닐 수 있도록 자그마하게 만든 거울.
7) 누룩장 밀을 굵게 갈아 반죽하여 띄운 것. 술을 빚는 발효제로 쓰임.
8) 섬거적 짚으로 엮어서 만든 곡식 따위를 담는 데 쓰이는 거적.

비비며 또 한 손으로 남편이 벗겨놓은 옷을 주섬주섬 총망히 주워 입는다. 그는 시방껏 자지 않았던가? 그 거동을 보면 자기는 새로 정신을 한껏 모으고 호령 일하를 기다리던 군사에 진배없었다. 그러리만큼 자던 잠결에도 시어미의 호령은 무서웠음이다.

총총히 마루로 나오니 아직 날은 다 밝지 않았다. 자욱한 안개가 격해서 광채를 잃은 흰 달이 죽은 사람의 눈깔 모양으로 희멀겋게 서로 기울고 있다.

저녁에 안쳐놓은 쇠죽 솥에 가서 불을 살랐다. 비록 여름일망정 새벽 공기는 찼다. 더욱이 으슬한 기를 느끼던 순이는 번쩍하고 불붙은 모양이 매우 좋았다. 새빨간 입술이 날름날름 집어주는 솔가지를 삼키는 꼴을 그는 흥미 있게 구경하고 있었다. 고된 하룻밤으로 말미암아 더욱 고된 순이의 하루는 또 시작되었다.

쇠죽을 다 끓이자 아침밥 지을 물을 또 아니 이어올 수 없었다. 물동이를 이고 두 팔을 치켜 그 귀를 잡으니 겨드랑이로 안개 실린 공기가 싸늘싸늘하게 기어들었다. 시냇가에 나와서 물동이를 놓고 한 번 기지개를 켰다. 안개에 묻힌 올망졸망한 산과 등성이는 아직도 몽롱한 꿈길을 헤매는 듯, 엊그제 농부를 기뻐 뛰게 한 큰비의 덕택으로 논이란 논엔 물이 질번질번한데 흰 안개와 어우러지니 마치 수은이 엉킨 것 같고, 벌써 옮겨놓은 모들은 파릇파릇하게 졸음 오는 눈을 비비고 있다. 이런 가운데 저 혼자 깼다는 듯이 시내는 쫄쫄 소리를 치며 흘러간다. 과연 가까이 앉아서 들여다보니 샛말간 그 얼굴은 잠 하나 없는 눈동자와 같다. 순이는 퐁 하며 바가지를 넣었다. 상처가 난 데를 메우려는 듯이 사방에서 모여든 물이 바가지 들어갔던 자리를 둥글게 에워싸며 한동안

야료[9]를 치다가 그리 중상은 아니라고 안심한 것같이 너르게너르게 둘레를 그리며 물러나갔다. 순이는 자꾸 물을 퍼냈다.

한 동이를 여다놓고 또 한 동이를 이러 왔을 제 그가 벌써부터 잡으려고 애쓰던 송사리 몇 마리가 겁 없이 동실동실 떠다니는 걸 보았다. 욜랑욜랑하는 그 모양이 퍽 알미웠다. 숨소리를 죽이고 가만히 두 손을 넣어서 움키려 하였건만 고놈들은 용하게 빠져 달아나곤 한다. 몇 번을 헛애만 쓴 순이는 그만 화가 더럭 나서 이번에는 돌멩이를 주워다가 함부로 물속의 고기를 때렸다. 제 얼굴에, 옷에 물만 튀었지 고놈들은 도무지 맞지를 않았다. 짜증이 나서 울고 싶다. 돌질로 성공을 못할 줄 안 그는 다시금 손으로 움켜보았다. 그중에 불행한 한 놈이 마침내 순이의 손아귀에 들고 말았다. 손 새로 물이 빠져가자 제 목숨도 잦아가는 것에 독살이나 난 듯이 파득파득하는 꼴이 순이에게는 재미있었다. 얼마 안 되어 가련한 물짐승이 죽은 듯이 지친 몸을 손바닥에 붙이고 있을 제 잔인하게도 순이는 땅바닥에 때기를 쳤다. 아프다는 듯이 꼼지락하자 그만 작은 목숨은 사라졌건만 그래도 아니 죽었거니 하고 순이는 손가락으로 건드려보았다. 그래서 일순간 전에는 파득파득하고 살았던 그것이 벌써 송장이 된 것을 깨닫자 생명 하나를 없앴다는 공포심이 그의 뒷덜미를 잡았다. 그 자리에서 곧 송사리의 원혼이 날 듯싶었다. 갈팡질팡 물을 긷고 돌아서는 그는 누가 뒤에서 머리카락을 잡아당기는 듯하였다.

눈코를 못 뜨게 아침을 치르자마자 그는 또 보리를 찧어야 한다. 절구

[9] 야료 까닭 없이 트집을 부리고 마구 떠들어대는 짓.

질을 하노라니 허리가 부러지는 것 같다. 무거운 절구에 끌려서 하마터면 대가리를 절구통 속에 찧을 뻔도 하였다. 팔이 떨어지는 것 같다. 그래도 그는 깽깽하며 끝까지 절구질을 아니 할 수 없었다.

또 점심이다. 부랴부랴 밥을 다 지어서는 모심기하는 일꾼(거기에는 자기 남편도 끼었다)에게 밥을 날라야 한다. 국이며 밥을 잔뜩 담은 목판이 그의 정수리를 내려누르니 모가지가 자라의 그것같이 옴츠려지는 것은 물론이려니와 키까지 졸아든 듯하였다. 이래 가지고 떼어놓기 어려운 발길을 옮기며 삽짝 밖을 나섰다.

샛말갛게 갠 하늘엔 구름 한 점도 없고, 중천에 솟은 햇님이 물 같은 볕을 내리 퍼붓고 있었다. 질펀한 들에는 흙의 아들이 하얗게 흩어져 응석 피듯 어머니의 기름진 젖가슴을 칠벅거리며 모내기에 한창 바쁘다. 그들이 굽혔다 폈다 하는 서슬에 옷으로 다 여미지 못한 허리는 새까맣게 찢어놓은 듯하고, 염치없이 눈에까지 흘러드는 팥죽 같은 땀을 닦느라고 얼굴은 모두 흙투성이가 되었다. 그래도 한숨 한번 쉬지 않는다. 도리어 그들은 노래를 부른다. 가장 자유로운 곡조로 가장 신나게 노래를 부른다.

땅은 흠씬 젖은 물을 끓는 햇발에 바래고 있다. 논두렁에 엉클어진 잡풀들은 사람의 발이 함부로 밟음에 맡기며, 발이 지나가기를 기다려 고개를 쳐들고 부신 햇발에 푸른 웃음을 올리고 있다. 거기는 굳세게, 힘 있게 사는 생명의 기쁨이 있고, 더욱더욱 삶을 충실히 하려는 든든한 노력이 있었다. 간단히 말하면 건강이 넘치는 천지였다. 불건강한 물건의 존재를 허락지 않는 천지였다.

이 강렬한 광선의 바다의 싱싱한 공기를 마시기엔 순이의 몸은 너무나 불건강하였다. 눈이 핑핑 내둘리며 머리가 어찔어찔하다. 온몸을 땀으로 미역 감기면서도 으쓱으쓱 한기가 들었다. 빗물이 고인 데를 건너 뛰려 할 제 물속에 잠긴 태양이 번쩍하자 그의 눈앞은 캄캄해졌다. 문득 아침에 제가 죽인 송사리란 놈이 퍼드덕하고 내달으며 방어[10]만치나 어마어마하게 큰 몸뚱이로 그의 가는 길을 막았다. 속으로 악―외마디 소리를 치며 몸을 빼 달아나려고 할 제 그는 그만 무엇이 무엇인지 분간을 못하게 되었다. 누가 저의 머리채를 잡아서 회술레를 돌리는 듯한 느낌이었다. 그럴 사이에 그는 벼락치는 소리를 들은 채 정신을 잃었다…….

한참 만에야 순이는 깨어났건만 본정신이 다 돌아오지는 않았다. 어리둥절하게 눈만 멀뚱거리고 있는 사이 점심밥을 이고 나가던 일, 넓은 들에서 눈을 부시게 하던 햇발, 길을 막던 송사리 생각이 차례차례로 떠올랐다. 그러면 이고 가던 점심은 어떻게 되었는가? 하면서 휘 사방을 둘러볼 겨를도 없이 그는 외마디 소리를 치며 몸을 소스라쳤다. 또다시 그 원수의 방에 누웠을 줄이야! 미친 듯이 마루로 뛰어나왔다. 그의 눈은 마치 귀신에게 홀린 사람 모양으로 두려움과 무서움에 휘둥그레졌다.

마당에 널어놓은 밀을 고무래[11]로 젓고 있는 시어미는 뛰어나오는 며느리에게 날카로운 눈살을 던졌다. 국과 밥을 모두 못 먹게 만든 것은 그만두더라도 몇 개 아니 남은 그릇을 깨뜨린 것이 한없이 미웠으되 까무러치기까지 한 며느리를 일어나는 맡에 나무라기는 어려웠음이리라.

---

10) **방어** 전갱이과의 바닷물고기.
11) **고무래** 곡식을 그러모으고 펴거나 또는 논밭의 흙을 고르거나 아궁이의 재를 긁어내는 데 쓰는 기구. 丁 자 모양으로 되어 있음.

"인제 정신을 차렸느냐. 왜 더 누워서 조리를 하지 방정을 떨고 나오니. 어서 방으로 들어가서 누워 있으려무나."

부드러운 목소리를 짓느라고 매우 애를 쓰는 모양이다.

그래도 순이는 비실비실하는 걸음걸이로 부득부득 마당으로 내려온다.

"방에 들어가서 조리를 하래도 그래."

이번에는 어성이 조금 높아진다.

"싫어요, 싫어요. 괜찮아요."

순이는 방에 다시 들어가기가 죽기보다 싫었다.

"또 고분고분 말을 아니 듣고 악지를 부리는군"

하다가 속에서 치받치는 미움을 걷잡지 못하겠다는 듯이 고무래 자루를 거꾸로 들 사이도 없이 시어미는 며느리에게 달려들었다.

"요 방정맞은 년 같으니, 어쩌자고 그릇을 다 부수고 아실랑아실랑 나오는 건 뭐냐. 요 얌치 없는 년 같으니, 저번 장에 산 사발을 두 개나 산산조각을 맨들고……"

하고 푸념을 섞어가며 고무래 자루로 머리, 등, 다리 할 것 없이 함부로 두들기기 시작한다. 순이는 맞아도 아픈 줄을 몰랐다. 으스러지는 듯이 찌뿌드드한 몸에 툭툭 하고 떨어지는 매가 도리어 괴상한 쾌감을 일으켰다.

"요런 악지 센 년 좀 보아! 어쩌면 맞아도 울지도 않고 요렇게 있담"

하고 또 한참 매질을 하다가 스스로 지친 듯이 고무래를 집어던지며,

"요년, 보기 싫다. 어서 부엌에 가서 저녁이나 지어라."

순이는 또 시키는 대로 부엌에 들어가서 밥을 안쳤다.

그럭저럭 하루해는 저물어간다. 으슥한 부엌은 벌써 저녁이나 된 듯

이 어둑어둑해졌다. 무서운 밤, 지겨운 밤이 다시금 그를 향하여 시커먼 아가리를 벌리려 한다. 해질 때마다 느끼는 공포심이 또다시 그를 엄습하였다. 번번이 해도 번번이 실패하는 밤 피할 궁리로 하여 그의 좁은 가슴은 쥐어뜯겼다. 그럴 사이에 그 궁리는 나서지 않고 제 신세가 어떻게 불쌍하고 가여운지 몰랐다. 수백 리 밖에 부모를 두고 시집을 온 일, 온 뒤로 밤마다 날마다 당하는 지긋지긋한 고생, 더구나 오늘 시어머니한테 두들겨 맞은 일이 한없이 서럽고 슬퍼서 솟아오르는 눈물을 걷잡을 수 없었다. 주먹으로 씻다가 팔까지 젖었건만 눈물은 그치지 않았다……. 그때였다. 누가 뒤에서 그의 어깨를 흔들었다. 순이는 무심코 돌아보자마자 간이 오그라붙는 듯하였다. 낮일을 다하고 돌아왔음이리라. 그의 남편이 몸을 굽혀서 어깨너머로 그를 들여다보고 있지 않은가. 그 볕에 그을은 험상궂은 얼굴엔 어울리지 않게 보드라운 표정과 불쌍해하는 빛이 역력히 흘렀다. 그러나 솔개에 채인 병아리 모양으로 숨 한번 옳게 쉬지 못하는 순이는 그런 기색을 알아볼 여유도 없었다.

"왜 울어, 울지 말아, 울지 말아!"
라고 껵센 몸을 떨어뜨리며 위로를 하면서 그 솥뚜껑 같은 손으로 우는 순이의 눈을 씻어주고는 나가버린다.

남편을 본 뒤로는 더욱 견딜 수 없었다. 가슴을 지질러서 막는 바위, 온몸을 바스러내는 쇠몽둥이, 시방껏 흐르던 눈물도 간 데 없고 다시금 이 지긋지긋한 밤 피할 궁리에 어린 머리를 짰다. 아니 밤 탓이 아니다. 온전히 그 원수의 방 때문이다. 만일 그 방만 아니면 남편이 또한 눈물을 씻어주고 나갈 따름이다. 그 방만 아니면 그런 고통을 주려야 줄 곳이 없을 것이다. 고 원수의 방을 없애버릴 도리가 없을까? 입때 방을 피하려다가 뜻을 이루지 못한 순이는 인제 그 방을 없애버릴 궁리를 하게 되었다. 밥이 보그르르하고 넘었다. 순이는 솥뚜껑을 열려고 일어섰을 제 부뚜막에 얹힌 성냥이 그의 눈에 띄었다. 이상한 생각이 번개같이 그의 머리를 스쳐나간다. 그는 성냥을 쥐었다. 성냥 쥔 그의 손은 가늘게 떨렸다. 그러자 사면을 한번 돌아볼 겨를도 없이 그 성냥을 품속에 감추었다. 이만하면 될 일을 왜 여태껏 몰랐던가 하면서 그는 생그레 웃었다.

그날 밤에 그 집에는 난데없는 불이 건넌방 뒤꼍 추녀로부터 일어났다. 풍세를 얻은 불길이 삽시간에 온 지붕에 번지며 훨훨 타오를 제 그 뒷집 담 모서리에서 순이는 근래에 없이 환한 얼굴로 기뻐 못 견디겠다는 듯이 가슴을 두근거리며 모로 뛰고 세로 뛰었다.

1 민며느리로 들어간 순이는 어떤 생활을 하고 있나요?

열다섯에 시집을 온 순이는 아직은 신체적으로, 성적으로 연약한 존재
입니다. 그녀는 시아버지가 안 계시는 집안의 민며느리로 시어머니와
맏아들인 남편과 농촌에서 살게 되지요. 집안의 가부장인 남편은 우직
한 농부의 모습으로 집채만 한 몸으로 성적인 압박을 가해옵니다. 그리
고 시어머니에게 순이는 노동력을 제공해주는 도구일 뿐입니다. 쇠죽
을 끓이고, 밥 지을 물을 긷고, 아침을 치른 후 보리를 찧어야 하고, 또
한 새참도 날라야 합니다. 이렇듯 순이는 남편에게는 성욕의 대상으로
시어머니에게는 노동의 도구로서 시달림을 당하고 있습니다.

2 '원수의 방'은 무엇을 뜻하나요?

'원수의 방'은 바로 순이와 남편의 방입니다. 그리고 남편이 자신의 성
욕을 채우는 공간이자 순이에게는 착취를 당하는 공간이지요. 부부관
계임에도 남편과 순이는 대등한 관계가 아닙니다. 방은 남편과 순이 사
이에서 지배와 피지배, 착취와 억압이 이루어지는 공간이라고 할 수 있
습니다.

3 순이가 송사리를 잡는 행위는 무엇을 의미하나요?

순이는 물을 길러 시내에 갔다가 송사리가 헤엄치는 모습을 보고 잡아서 바닥에 태질을 쳐버립니다. 맘껏 꼬리를 흔들며 헤엄을 치는 송사리의 처지는 얄밉게도 남편과 시어머니로부터 억압당하고 있는 자신의 처지와 달리 자유로워 보입니다. 그래서 송사리를 잡으려다 실패하자 약이 올라 돌멩이를 던집니다. 돌을 던지고 송사리를 잡아서 바닥에 내던지는 이런 행동은 순이의 마음속에 자리 잡은 남편과 시어머니에 대한 저항과 살의를 보여주고 있습니다.

4 순이의 불을 지르는 행위는 무엇을 의미하나요?

순이의 저항은 송사리를 죽이는 것에서 시작하여 남편의 방을 불태우는 것으로 확장됩니다. 이 방을 순이는 원수의 방이라고 하고 있습니다. 살림으로 피곤에 지친 순이에게 피하고 싶은 두려운 곳이지요. 남편은 거대한 무게로 육체적, 정신적으로 자신을 짓누릅니다. 순이의 불을 지르는 행위는 가부장의 권위와 힘에 대한 도전이라고 할 수 있습니다.

5 현진건의 다른 작품에 나오는 아내의 모습과 순이의 모습은 어떻게 다른 가요?

현진건 소설에 나오는 아내 중에서 남편에게 극단적인 행동으로 저항 하는 아내는 유일하게 순이뿐입니다. 「빈처」나 「타락자」의 경우에는 지식인 남편에 대해 불만을 가지고 있긴 하지만 순종하는 아내의 모습 입니다. 반면에 농촌을 배경으로 한 「불」에서는 농부인 남편에게 성욕 과 노동의 도구로서 희생당하다가 적극적인 행동으로 저항합니다. 이 는 우연히 성냥을 발견한 순이가 남편의 방에 불을 지르고 환한 얼굴로 기뻐하며 뛰고 있는 모습에서 나타나지요.

고향

동척에 토지를 빼앗기고 대대로 살던 고향을
떠나야만 했던 민중의 비극적 삶의 과정을 보여주는 작품.

"반가워하는 사람이 다 뭔기요, 고향이 없어졌더마"

시대의 가혹함과 고향을 잃은 민중의 유랑하는 삶

「고향」은 1926년 1월에 '그의 얼굴'이라는 제목으로 〈조선일보〉에 발표되었다가 다시 3월에 『조선의 얼굴』이라는 단편집을 간행하면서 「고향」으로 제목을 바꿔 재수록된 작품입니다. 「고향」은 대구에서 서울로 올라오는 길에 만난 청년의 이야기를 '나'가 1인칭 관찰자 시점으로 서술하고 있습니다. 지식인인 '나'는 처음에 거리감을 가졌던 '그'에게 민족의 동질감을 느끼면서 시대의 가혹함과 민중의 유랑하는 삶을 표현하고 있습니다.

이 소설 역시 1920년대를 배경으로 하고 있으며 특히 동양척식주식회사(이하 동척)에 의해 토지를 빼앗기고 고향을 떠나야 했던 농촌의 현실을 그리고 있습니다. 동척은 1908년 한일합작으로 설립된 회사로, 우리나라의 토지를 약탈하고 일본 농민을 이주시키는 등 일본이 한국경제를 수탈할 목적으로 세운 것이었습니다. 처음에는 본점을 서울에 두었으며, 토지조사사업이 완료된 뒤 1920년 말에는 10만 정보(3억 평)에 이르는 토지를 소유하게 됩니다. 그리고 획득한 토지를 소작인에게 빌려주어 높은 이자를 물게 했습니다. 당시 동척의 황해도 재령군 북률 농장에서는 동척과 소작농 사이에 격렬한 대립이 발생해 엽총을 쏘는 등 과잉 폭력 진압 사태가 일어나기도 합니다. 또 1922년 이후 계속된 대흉작으로 벼랑 끝에 내몰린 농민들이 소작료 감면을 요구하며 납부를 거부하자 동척은 청년들과 어용 소작인 수십 명을 엽총과 몽둥이로 무장시켜 강제징수에 나서기도 하지요. 식민지 경제수탈의 첨병 구실을 한 동척은 이 과정에서 빈농들의 얼마 안 되는 재산마저 차압하고 소작권을 몰수하는 한편 쟁의에 앞장선 사람들을 구속합니다.

「고향」은 주인공 '그'를 통해 동척에 토지를 빼앗기고 대대로 살던 고향을 떠나야만 했던 민중의 비극적 삶의 과정을 보여주고 있습니다. 또한 폐허가 된 고향에서 만난 궐녀는 민족의 슬픔을 더해줍니다. 마지막에 부른 그의 노래는 바로 식민지 시대 우리 민족의 자화상이라고 할 수 있습니다.

고향

대구에서 서울로 올라오는 차중에서 생긴 일이다. 나는 나와 마주 앉은 그를 매우 흥미 있게 바라보고 또 바라보았다. 두루마기 격으로 기모노를 둘렀고, 그 안에서 옥양목 저고리가 내어 보이며, 아랫도리엔 중국식 바지를 입었다. 그것은 그네들이 흔히 입는 모양으로 번질번질한 암갈색 피륙[1]으로 지은 것이었다. 그리고 발은 감발[2]을 하였는데 짚신을 신었고, 고부가리[3]로 깎은 머리엔 모자도 쓰지 않았다. 우연히 이따금 기묘한 모임을 꾸미는 것이다. 우리가 자리를 잡은 찻간에는 공교롭게 세 나라 사람이 다 모였으니, 내 옆에는 중국 사람이 기대었다. 그의 옆에는 일본 사람이 앉아 있었다. 그는 동양 삼국 옷을 한 몸에 감은 보람

---

[1] 피륙 실로 짠 새 베. 아직 끊지 않은 필로 된 천을 통틀어서 하는 말.
[2] 감발 발감개. 버선 대신 발에 무명을 감은 차림새.
[3] 고부가리 바리캉으로 5푼(약 1.5cm) 높이로 머리를 깎음. 또는 그 머리.

이 있어 일본말도 곧잘 철철대이거니와 중국말에도 그리 서툴지 않은 모양이었다.

"도코마데 오이데 데스까(어디까지 가십니까?)" 하고 첫마디를 걸더니만, 동경이 어떠니, 대판이 어떠니, 조선 사람은 고추를 끔찍이 많이 먹는다는 둥, 일본 음식은 너무 싱거워서 처음에는 속이 뉘엿거린다[4]는 둥, 횡설수설 지껄이다가 일본 사람이 엄지와 검지손가락으로 짧게 끊은 꼿꼿한 윗수염을 비비면서 마지못해 까딱까딱하는 고개와 함께 "소데스까(그렇습니까?)"란 한마디로 코대답을 할 따름이요, 잘 받아주지 않으매, 그는 또 중국인을 붙들고서 실랑이를 하였다. "네쌍 나을취—" "니을 씽섬마(성함은 무엇입니까?)" 하고 덤벼보았으나 중국인 또한 그 기름 낀 뚱한 얼굴에 수수께끼 같은 웃음을 띨 뿐이요, 별로 대꾸를 하지 않았건만, 그래도 무에라도 연해 웅얼거리면서 나를 보고 웃어 보였다.

그것은 마치 짐승을 놀리는 요술쟁이가 구경꾼을 바라볼 때처럼 훌륭한 제 재주를 갈채해달라는 웃음이었다. 나는 쌀쌀하게 그의 시선을 피해버렸다. 그 주적대는 꼴이 어쭙잖고 밉살스러웠다. 그는 잠깐 입을 닫치고 무료한 듯이 머리를 더억더억 긁기도 하며, 손톱을 이로 물어뜯기도 하고, 멀거니 창밖을 내다보기도 하다가, 암만해도 지절대지 않고는 못 참겠던지 문득 나에게로 향하며, "어데꺼정 가는기요?"라고 경상도 사투리로 말을 붙인다.

"서울까지 가요."

"그런기요. 참 반갑구마. 나도 서울꺼정 가는데. 그러면 우리 동행이

4) 뉘엿거리다 속이 메스꺼워 자꾸 게울 듯하다.

되겠구마."

나는 이 지나치게 반가워하는 말씨에 대하여 무어라고 대답할 말도
없고, 또 굳이 대답하기도 싫기에 덤덤히 입을 닫쳐버렸다.

"서울에 오래 살았는기요?" 그는 또 물었다.

"육칠 년이나 됩니다." 조금 성가시다 싶었으되, 대꾸 않을 수도 없었다.

"에이구, 오래 살았구마. 나는 처음 길인데 우리 같은 막벌이꾼이 차
를 내려서 어디로 찾아가야 되겠는기요? 일본으로 말하면 기진야도[5]
같은 것이 있는기요?"

하고 그는 답답한 제 신세를 생각했던지 찡그려 보였다. 그때, 나는 그
의 얼굴이 웃기보다 찡그리기에 가장 적당한 얼굴임을 발견하였다. 군
데군데 찢어진 경성드뭇한 눈썹이 올올이 일어서며, 아래로 축 처지는
서슬에 양미간에는 여러 가닥 주름이 잡히고, 광대뼈 위로 뺨살이 실룩
실룩 보이자 두 볼은 쪽 빨아든다. 입은 소태나 먹은 것처럼 왼편으로
삐뚤어지게 찢어 올라가고, 조이던 눈엔 눈물이 괸 듯 서른 살밖에 안
되어 보이는 그 얼굴이 십 년 가량은 늙어진 듯하였다. 나는 그 신산스
러운 표정에 얼마쯤 감동이 되어서 그에게 대한 반감이 풀어지는 듯하
였다.

"글쎄요. 아마 노동 숙박소란 것이 있지요."

노동 숙박소에 대해서 미주알고주알 묻고 나서,

"시방 가면 무슨 일자리를 구하겠는기요?"라고 그는 매달리듯이 또
재우쳤다.

5) 기진야도 노동자 합숙소.

"글쎄요, 무슨 일자리를 구할 수 있을는지요."

나는 내 대답이 너무 냉랭하고 불친절한 것이 죄송스러웠다. 그러나 일자리에 대하여 아무 지식이 없는 나로서는 이외에 더 좋은 대답을 해줄 수가 없었던 것이다. 그 대신 나는 은근하게 물었다.

"어디서 오시는 길입니까?"

"흠, 고향에서 오누마"

하고 그는 휘 한숨을 쉬었다. 그러자 그의 신세타령의 실마리는 풀려나왔다. 그의 고향은 대구에서 멀지 않은 K군 H란 외딴 동리였다. 한 백호 남짓한 그곳 주민은 전부가 역둔토[6]를 파먹고 살았는데, 역둔토로 말하면 사삿집[7] 땅을 붙이는 것보다 떨어지는 것이 후하였다. 그러므로 넉넉지는 못할망정 평화로운 농촌으로 남부럽지 않게 지낼 수 있었다. 그러나 세상이 뒤바뀌자 그 땅은 전부가 동양척식회사의 소유에 들어가고 말았다. 직접으로 회사에 소작료를 바치게나 되었으면 그래도 나으련만, 소위 중간 소작인이란 것이 생겨나서 저는 손에 흙 한 번 만져보지도 않고 동척엔 소작인 노릇을 하며, 실작인[8]에게는 지주 행세를 하게 되었다. 동척에 소작료를 물고 나서 또 중간 소작인에게 긁히고 보니, 실작인의 손에는 소출의 3할도 떨어지지 않았다. 그후로 '죽겠다', '못 살겠다' 하는 소리는 중이 염불하듯 그들의 입길에서 오르내리게

6) 역둔토(驛屯土) 역의 경비를 충당하는 역토와 경비를 위해 역에 주둔하는 군대가 자급자족을 위하여 경작하는 둔전(屯田).
7) 사삿집 개인의 살림집.
8) 실작인(實作人) 착실하게 농사를 짓는 소작인.
9) 남부여대(男負女戴) 남자는 등에 지고 여자는 머리에 인다는 뜻으로 가난한 사람이나 재난을 당한 사람들이 살 곳을 찾아 이리저리 떠돌아다니는 것을 이름.

되었다. 남부여대(男負女戴)⁹⁾하고 타처로 유리하는 사람만 늘고, 동리는 점점 쇠진해갔다.

　지금으로부터 9년 전, 그가 열일곱 살 되던 해 봄에(그의 나이는 실상 스물여섯이었다. 가난과 고생이 얼마나 사람을 늙히는가) 그의 집안은 살기 좋다는 바람에 서간도로 이사를 갔다. 쫓겨가는 운명이거든 어디를 간들 신신하랴.¹⁰⁾ 그곳의 비옥한 전야도 그들을 위하여 열려질 리 없었다. 조금 좋은 땅은 먼저 간 이가 모조리 차지하였고, 황무지는 비록 많다 하나 그곳 당도하던 날부터 아침거리, 저녁거리 걱정이라, 무슨 행세로 적어도 일년이란 장구한 세월을 먹고 입어가며 거친 땅을 풀 수가 있으랴. 남의 밑천을 얻어서 농사를 짓고 보니, 가을이 되어 얻는 것은 빈 주먹뿐이었다. 이태 동안을 사는 것이 아니라 억지로 버티어갈 제, 그의 아버지는 우연히 병을 얻어 타국의 외로운 혼이 되고 말았다. 열아홉 살밖에 안 된 그가 홀어머니를 모시고 악으로 악으로 모진 목숨을 이어가는 중, 4년이 못 되어 영양 부족한 몸이 심한 노동에 지친 탓으로 그의 어머니 또한 죽고 말았다.

　"모친꺼정 돌아갔구마. 돌아가실 때 흰죽 한 모금 못 자셨구마"
하고 이야기하던 이는 문득 말을 뚝 끊는다. 그의 눈이 번들번들함은 눈물이 쏟아졌음이리라. 나는 무엇이라고 위로할 말을 몰랐다. 한동안 머뭇머뭇이 있다가 나는 차를 탈 때에 친구들이 사준 정종병 마개를 뺐다. 찻잔에 부어서 그도 마시고 나도 마셨다. 악착한 운명이 먼저 던져준 깊은 슬픔을 술로 녹이려는 듯이 연거푸 다섯 잔을 마신 그는 다시 말을

---

10) 신신하다 새롭고 생기가 돌다.

계속하였다. 그후 그는 부모 잃은 땅에 오래 머물기 싫었다. 신의주로, 안동현으로 품을 팔다가 일본으로 또 벌이를 찾아가게 되었다. 구주 탄광에 있어도 보고, 대판 철공장에도 몸을 담아보았다. 벌이는 조금 나았으나 외롭고 젊은 몸은 자연히 방탕해졌다. 돈을 모으려야 모을 수 없고, 이따금 울화만 치받치기 때문에 한곳에 주접¹¹⁾을 하고 있을 수 없었다. 화도 나고 고국 산천이 그립기도 하여서 훌쩍 뛰어나왔다가 오래간만에 고향을 둘러보고 벌이를 구할 겸 서울로 올라가는 길이라 한다.

"고향에 가시니 반가워하는 사람이 있습디까?"

나는 탄식하였다.

"반가워하는 사람이 다 뭐기요, 고향이 통 없어졌더마."

"그렇겠지요. 十년 동안이니 퍽 변했겠지요."

"변하고 뭐고 간에 아무것도 없더마. 집도 없고, 사람도 없고, 개 한마리도 얼씬을 않더마."

"그러면 아주 폐농이 되었단 말씀이오?"

"흥, 그렇구마. 무너지다 만 담만 즐비하게 남았더마. 우리 살던 집도 터야 안 남았는기요. 암만 찾아도 못 찾겠더마. 사람 살던 동리가 그렇게 된 것을 혹 구경했는기요?"

하고 그의 짜는 듯한 목은 높아졌다.

"썩어 넘어진 서까래,¹²⁾ 뚤뚤 구르는 주추¹³⁾는 꼭 무덤을 파서 해골을 헐어 젖혀놓은 것 같더마. 세상에 이런 일도 있는기요? 백여 호 살던

---

11) 주접 한때 머물러 삶.
12) 서까래 마룻대에서 보 또는 도리에 걸친 통나무.
13) 주추 기둥 밑에 괴는 물건.

동리가 십 년이 못 되어 통 없어지는 수도 있는기요, 후!"

하고 그는 한숨을 쉬며, 그때의 광경을 눈앞에 그리는 듯이 멀거니 먼산을 보다가 내가 따라준 술을 꿀꺽 들이켜고,

"참! 가슴이 터지더마, 가슴이 터져"

하자마자 굵직한 눈물 두어 방울이 뚝뚝 떨어진다.

나는 그 눈물 가운데 음산하고 비참한 조선의 얼굴을 똑똑히 본 듯싶었다. 이윽고 나는 이런 말을 물었다.

"그래, 이번 길에 고향 사람은 하나도 못 만났습니까?"

"하나 만났구마, 단지 하나."

"친척 되는 분이던가요?"

"아니구마, 한 이웃에 살던 사람이구마"

하고 그의 얼굴은 더욱 침울했다.

"여간 반갑지 않으셨겠지요."

"반갑다마다, 죽은 사람을 만난 것 같더마. 더구나 그 사람은 나와 까닭도 좀 있던 사람인데……."

"까닭이라니?"

"나와 혼인말이 있던 여자구마."

"하아!"

나는 놀란 듯이 벌린 입이 닫혀지지 않았다.

"그 신세도 내 신세만이나 하구마"

하고 그는 또 이야기를 계속하였다. 그 여자는 자기보다 나이 두 살 위였는데, 한 이웃에 사는 탓으로 같이 놀기도 하고 싸우기도 하며 자라났었다. 그가 열네 살 적부터 그들 부모들 사이에 혼인말이 있었고, 그도

어린 마음에 매우 탐탁하게 생각하였었다. 그런데 그 처녀가 열일곱 살 된 겨울에 별안간 간 곳을 모르게 되었다. 알고 보니 그 아비 되는 자가 20원을 받고 대구 유곽에 팔아먹은 것이었다. 그 소문이 퍼지자, 그 처녀 가족은 그 동리에서 못 살고 멀리 이사를 갔는데, 그 후로는 물론 피차에 한 번 만나보지도 못하였다. 이번에야 빈터만 남은 고향을 구경하고 돌아오는 길에 읍내에서 그 아내 될 뻔한 댁과 마주치게 되었다. 처녀는 어떤 일본 사람 집에서 아이를 보고 있었다. 궐녀14)는 20원 몸값을 십 년을 두고 갚았건만 그래도 주인에게 빚이 60원이나 남았었는데, 몸에 몹쓸 병이 들어 나이 늙어져서 산송장이 되니까, 주인 되는 자가 특별히 빚을 탕감해주고, 작년 가을에야 놓아준 것이었다. 궐녀도 자기와 같이 십 년 동안이나 그리던 고향에 찾아오니까, 거기에는 집도 없고, 부모도 없고 쓸쓸한 돌무더기만 눈물을 자아낼 뿐이었다. 하루 해를 울어 보내고 읍내로 들어와서 돌아다니다가, 십 년 동안에 한 마디 두 마디 배웠던 일본말 덕택으로 그 일본 집에 있게 되었던 것이었다.

"암만 사람이 변하기로 어째 그렇게도 변하는기요? 그 숱 많던 머리가 훌렁 다 벗어졌더마. 눈은 푹 들어가고, 그 이들이들하던 얼굴빛도 마치 유산을 끼얹은 듯하더마."

"서로 붙잡고 많이 우셨겠지요."

"눈물도 안 나오더마. 일본 우동집에 들어가서 둘이서 정종만 열 병 따라 뉘고 헤어졌구마"

하고 가슴을 찌는 듯한 괴로운 한숨을 쉬더니만 그는 지난 슬픔을 새록

14) 궐녀 그 여자.

새록이 자아내어 마음을 새기기에 지쳤음이더라.

"이야기를 다 하면 무얼 하는기요"

하고 쓸쓸하게 입을 다문다. 나 또한 너무도 참혹한 사람살이를 듣기에 쓴물이 났다.

"자, 우리 술이나 마자 먹읍시다"

하고 우리는 주거니 받거니 한 되 병을 다 말리고 말았다. 그는 취흥에 겨워서 우리가 어릴 때 멋모르고 부르던 노래를 읊조렸다.

    볏섬이나 나는 전토는 신작로가 되고요.
    말마디나 하는 친구는 감옥소로 가고요.
    담뱃대나 떠는 노인은 공동묘지 가고요.
    인물이나 좋은 계집은 유곽으로 가고요.

1 이 소설에서 '기차'라는 장소는 어떤 의미를 가지고 있나요?

'나'는 대구에서 서울로 오는 기차 안에서 주인공 '그'와 만나 그의 이야기를 듣게 됩니다. 그는 어느 한곳에 정착하지 못한 채 생계를 꾸려갈 목적으로 기차를 타고 막연하게 서울로 올라가는 처지입니다. 반면에 나는 그가 물어보는 노동 숙박소에 대해 모를 정도로 생계에 큰 어려움이 없어 보이는 지식인입니다. 그가 목적 없이 유랑을 하는 것은 그의 의지가 아니라 식민지 상황에서 떠밀려 생긴 것이지요. 식민지 현실의 어려움에서 벗어나려고 애를 쓰지만 노력하면 할수록 더 깊은 고난 속으로 빠져들게 됩니다. 이렇게 근대문명을 나타내는 기차는 식민지 상황에서 땅과 부모와 고향을 상실하고 정처 없이 떠돌고 있는 민중의 운명을 상징하고 있습니다.

2 내가 기차에서 그를 처음 만났을 때 냉정하게 피해버린 이유는 무엇 때문인가요?

　　기차에서 '나'와 마주 앉은 그는 동양 삼국의 옷을 한 몸에 감은 채 일본인과 중국인에게 말을 건네고 있습니다. 도대체 국적이 어디인지 옷과 사용하는 말로는 알 수가 없습니다. 나 또한 일본인과 중국인처럼 눈치 없이 말을 거는 그가 밉살스러워 냉정하게 시선을 피해버립니다. 누구도 그를 반기고 그의 이야기를 들으려고 하지 않습니다. 하다못해 같은 조선인인 나도 그의 우스운 모습과 어설프게 여기저기 기웃거리는 모습이 좋아 보이지 않습니다.

3 노동 숙박소를 묻는 질문에 대답을 못한 나는 그에게 미안한 마음이 들어 어디서 오는지 사연을 묻게 됩니다. 그리고 계속되는 나와 그의 대화는 소설에서 어떤 의미를 갖고 있나요?

나와 그는 같은 동족이지만 신분상으로 거리가 있어 보입니다. 식민지 치하이지만 나는 지식인으로서 일반 민중들보다는 나은 생활을 하고 있으며, 민중의 비참한 삶을 제대로 모르고 있는 듯 보입니다. 그리고 그는 땅을 믿고 농사를 짓던 우리 민중의 하나로 식민지 상황에서 땅을 잃고 고향을 떠나 국적 없이 떠돌아야 했던 삶을 살고 있습니다. 같은 동족이지만 지식인과 민중의 이와 같은 거리는 이야기를 통해서 점차 좁혀지고 그에 대한 부시와 이실삼이 동족으로시 느끼는 이픔괴 동질감으로 바뀌어갑니다.

4 폐허가 된 고향에서 그와 귈녀의 만남을 통해 알 수 있는 것은 무엇인가요?

그는 고향을 떠나 서간도에 살다가 어머니가 돌아가시게 되고, 부모 잃은 서간도가 싫어서 신의주, 안동현, 일본의 구주 탄광과 대판 철공장 등을 전전하며 외롭게 지내다가 그리운 고향을 찾게 됩니다. 그런데 그를 맞이한 고향은 폐허로 변해 집도 없고, 사람도 없고, 개 한 마리도 얼씬하지 않습니다. 이곳에서 과거에 자신과 혼인말이 오갔던 여자를 우연히 만나게 됩니다. 얼마나 반가웠겠어요. 죽은 사람을 다시 만난 것처럼 반가웠으나 곧 그녀에게서도 자신과 마찬가지로 조선의 비참한 얼굴을 다시 한 번 확인하게 됩니다. 귈녀의 이야기는 그의 마음을 더 아프게 하고 아름다운 추억마저도 빼앗아버립니다. 아버지에 의해 20원에 유곽에 팔리고, 지금은 병을 얻어 쫓겨나 일본인 집에서 아기를 돌보며 살고 있습니다. 이처럼 폐허가 된 고향에서의 그와 귈녀의 만남은 당시 우리 하층 민중들의 삶의 역경이 그에게만 한정된 것이 아니라 전체 민중의 보편적인 상황임을 상징적으로 나타내고 있습니다.

5 이 소설의 제목 '고향'은 무엇을 의미하나요?

그는 그의 삶처럼 폐허로 변해버린 고향 이야기를 하며 침통해합니다. 이런 그의 얼굴에서 나는 음산하고 비참한 조선의 얼굴을 발견하게 되지요. 「고향」이 실린 단편집 제목이 '조선의 얼굴'이고, 그의 얼굴을 '조선의 얼굴'이라고 한 점으로 보아 '고향'은 식민지 상황에서의 우리 조국, 우리 땅, 우리의 삶의 터전을 의미하고 있습니다. 서간도로 떠날 때보다 더 황폐해진 고향의 모습을 통해 식민지 상황에서 민중들의 삶이 일제에 의해 얼마나 침식당하고 어려워졌는지 알 수 있습니다. 그리고 마지막에 그가 부르는 노래에는 우리 조선의 슬픈 자화상이 압축되어 드러나고 있습니다. '볏섬이나 나는 전토는 신작로가 되고요, 밀마다나 하는 친구는 감옥소로 가고요, 담뱃대나 떠는 노인은 공동묘지 가고요, 인물이나 좋은 계집은 유곽으로 가고요.'

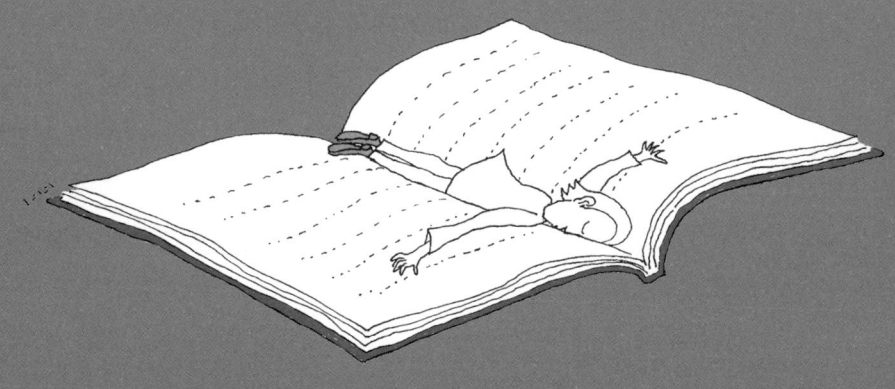

한국 사실주의 문학의 개척자

일제 치하의 사회적 모순과 빈곤 등을 사실적으로 담아낸
현진건의 작품들은 지식인으로서의 그의 고뇌를 여실히 보여준다.

현진건의 단편소설은 대부분 1920년대에 씌어졌습니다. 그래서 그의
대부분의 작품은 주로 일제 식민지 상황을 배경으로 하고 있습니다. 지
금과는 다소 낯설고 동떨어진 이야기처럼 느껴지고 인물들의 모습도 그
리 친숙하지 않습니다. 글에서 불쑥불쑥 튀어나오는 낯설고 어려운 단
어들은 소설의 흐름을 방해하고 그의 소설 읽기를 어렵고 까다롭게 느
끼게 합니다. 하지만 내용을 유심히 들여다보면 1920년대와 2000년대
라는 시간을 훌쩍 뛰어넘어 그 당시의 사람들도 지금의 우리들과 별반
다르지 않음을 알 수 있습니다. 그리고 작품 속의 인물을 통해 작가의
내면세계와 만나고, 당시의 사람들과 만나고, 당시의 시대를 새로운 감
각으로 공감하고 이해하게 됩니다. 그는 작품을 통해 지식인의 고뇌, 황
금만능주의, 효에 대한 이중적인 모습, 연애에 대한 생각, 외모에 대한

편견, 친구로부터의 소외감, 소외계층에 대한 사회의 무시 등에 대해 이야기합니다. 드러나는 양상이 다르긴 하지만 오늘날 우리 사회에서도 나타나는 동일한 문제들이 그의 작품에서 다양하게 펼쳐지고 있습니다. 현진건의 작품을 풍성하게 읽기 위해서는 이와 같이 시대적인 교감을 통해 그 의미를 다시 생각해보고 오늘날의 모습을 되돌아보는 것이 필요하다고 생각합니다. 그리고 이십 대 청년 현진건이 작품을 통해서 말하고자 했던 것은 무엇인지 그의 삶을 추적하며 살펴보기로 하겠습니다.

빙허 현진건은 1900년 9월 2일 대구 우정국장이던 현경운의 막내아들로 태어납니다. 그는 독립운동을 하던 형 정건이 있던 중국 상하이의 후장대학 녹일어전분무에서 공부하나가 마치지 못하고 1919년 귀국을 하지요. 이상화, 백기만 등과 동인 활동을 벌이던 그는 1920년 조선일보사에 입사해 같은 해 11월 『개벽』 5호에 「희생화」를 발표합니다. 그러나 황석우가 이 첫 작품을 혹평하는 등 작가로서 산뜻한 출발을 하지는 못하지요. 그럼에도 좌절하지 않고 1921년 1월 『개벽』에 「빈처」를 발표함으로써 아직 사실주의라는 용어가 생소하던 때에 사실주의 작가라는 칭호를 얻고, 1920년대를 대표하는 소설가로 발돋움합니다. 『백조』 동인을 거쳐 파스큘라(PASKYULA: 카프 이전의 신경향파 문학단체)와 카프(KAPF: 조선 프롤레타리아 예술가 동맹)로 이어지는 현진건의 문학적 편력은 사상의 변천 과정과 맞물려 있는데, 3·1운동 실패 이후 젊은 지식인들의 의식을 점유한 낭패감과 좌절감에서 비롯된 계급적 한계에 대한 자각이 그 추동력이었습니다.

「빈처」는 궁핍한 환경으로 인하면 이상과 현실 사이에서 번민하는 지식인의 심리를 예리하게 해부한 작품입니다. 이 작품은 '문사의 애잔한 일상'이라는 작가의 자전적 체험에 바탕을 두고 있습니다. 「빈처」에는 사회적 소명과 현실 사이에 가로놓인 간극을 메우지 못하는 지식인의 번민과 고통이 잘 그려져 있지요. 지식인이지만 무능한 남편과 지나칠 정도로 남편에게 복종하는 무지한 아내, 이 두 사람의 관계를 통해 어두운 시대에 지식인들이 겪는 소외와 고뇌가 일상적 언어로 매우 실감나게 드러납니다. 부부의 일상생활, 궁핍, 무능한 지식인 남편, 무식한 아내 등 소설의 작은 부분을 이루는 몇 가지 상황 설정은 이후 발표한 「술 권하는 사회」에서도 되풀이됩니다.

일본에서 고등교육을 받고 왔는데도 사회에서 활용할 수 있는 기회를 박탈당한 식민지 지식인의 자조 섞인 한탄 속에 암담한 조국의 현실이 여지없이 드러납니다. 식민지 지식인의 고뇌와 사회적 소외에 초점을 맞춘 「술 권하는 사회」는 한 가정을 축도로 식민지 조국이 처한 현실을 은유적으로 표현한 당대의 문제작이지요.

「빈처」와 「술 권하는 사회」로 문단의 주목을 받은 현진건은 1922년 유미주의 경향을 보이던 『백조』 동인으로 가담합니다. 『백조』 동인의 시와 소설에는 지식 계급이 주도한 민족해방 투쟁인 3·1운동이 실패로 돌아간 뒤에 청년 지식인들의 정신을 물들인 좌절감이 짙게 배어 있습니다. 『백조』 동인으로 활동한 현진건의 소설에도 다른 동인들의 작품과 마찬가지로 조선의 암울한 상황에서 비롯된 좌절감과 패배주의적 정서가 스며듭니다. 그러나 식민지 조선의 전체 상황을 통찰하고 그 모순의 총체성을 작품 속에 오롯이 담아내는 수준에 이르지는 못하는데, 이는 한편으로 지식인의 자기 폐쇄적 한계를 뛰어넘지 못한 데 따른 것이라 할 수 있습니다.『백조』동인의 해체와 함께 파스큘라를 거쳐 카프로 넘어가는 1920년대 문학의 지각변동과 현진건 소설의 변화는 그 궤를 같이합니다.

「운수 좋은 날」은 초기의 「빈처」나 「술 권하는 사회」와 마찬가지로 부부의 삶을 그려내고 있으나 지식인이 아니라 무식한 인력거꾼을 내세운다는 점에서 뚜렷한 차이를 보이지요. 병들고 배고픈 아내의 애원을 뿌리치고 돈벌이를 하러 나온 인력거꾼 김첨지. 그날따라 유난히 손님이 많아 주머니 그득히 백동화가 쩔렁거립니다. 아내에게 설렁탕 한 그릇을 사주고 술도 한잔 들이켤 수 있다는 흐뭇한 생각에 잠겨 그는 배고픔도 잊고 빗속을 달리지요. 그러나 김첨지가 설렁탕을 사가지고 집에 낳았을 때는 이미 아내의 몸이 싸늘히 식은 뒤였습니다. 도시 극빈층의 고달픈 삶과 이에 따른 세세한 이야기를 공들여 묘사함으로써 현진건은 사실주의 작법을 충실하게 구현한 작가로 떠오릅니다. 표현기법면에서도 우회적이고 역설적인 문장 구사, 그리고 독자의 의표를 찌르는 기습적인 반전을 시도함으로써 큰 효과를 봅니다. 죽은 아내를 보고 내뱉는 인력거꾼의 욕지거리는 그 어떤 지식인의 강렬한 구호나 탄식보다 가슴에 와 닿습니다.

현진건은 1925년에 조혼이라는 봉건 유습의 문제점을 파헤친 「불」, 개화의 바람을 타고 바뀌어가는 세태 풍속을 다룬 「B사감과 러브레터」를 발표합니다. 1925년 〈시대일보〉가 폐간되어 동아일보사에 입사한 그는 다음 해 「사립정신병원장」, 1929년 「신문지와 철창」을 발표합니다. 1936년에는 베를린 올림픽 마라톤 종목에서 우승한 손기정 선수의 사진을 신문에 실으며 가슴 쪽에 있던 일장기를 지운 사건으로 구속되어 일년 남짓 감옥살이를 합니다. 감옥에서 나온 뒤에도 그는 여전히 작품 활동을 벌여 1938년 〈동아일보〉에 『무영탑』, 1939년 『흑치상지』, 1941년 『춘추』에 『선화공주』를 연재합니다.

그는 술을 매우 좋아한 사람이었지만 창작할 때에는 술을 마시지 않았다고 합니다. 그의 치밀한 성격은 글쓰기에도 반영되는데 어휘 연구를 위해 문세영의 『조선어 대사전』을 꼼꼼히 읽고 고어와 신어를 비교할 만큼 낱말 선택에 심사숙고를 하며 문장을 써나갔습니다. 그는 식민지 지식인의 내면에 비친 모순된 현실과 극빈층으로 내몰린 일제 강점기 민중의 삶에 눈길을 돌린 리얼리스트였지요. 1943년 4월 25일, 현진건은 만성 과음과 폐결핵의 악화로 사실주의 문학의 꽃을 더 피우지 못하고 숨집니다. 독립운동을 하다가 일본 경찰에 체포된 형 정건의 옥사와 「흑치상지」의 연재 중단으로 말미암은 화병도 그를 죽음으로 몰고 갑니다. 유언에 따라 화장된 그는 지금의 서울 서초구인 경기도 시흥군 신동면 서초리에 묻힙니다. 그리고 대구 두류공원 한쪽에 한국 사실주의 문학의 개척자 현진건을 기리는 문학비가 서 있습니다.

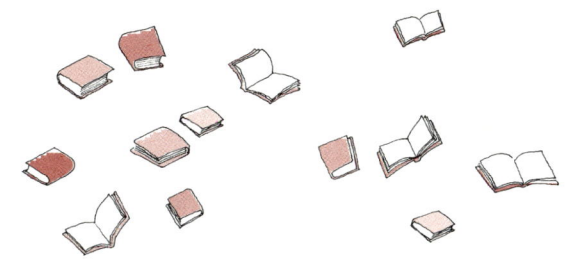

| 논술 | **지식인의 사회적 역할과 기능**

1. 주제 파악

　현진건은 「빈처」(1921), 「술 권하는 사회」(1921), 「타락자」(1922), 「지새는 안개」(1923) 등 1920년대 초기 소설에서 사회에 적응하지 못하고 방황하며, 사회의 주도세력으로 기능하지 못하는 지식인의 모습을 그리고 있습니다. 이들은 식민지 현실이라는 사회 변동기에 어느 곳에서도 쉽게 뿌리를 내릴 수 없었던 지식인의 나약하고도 절망적인 모습을 보여주고 있지요. 오랫동안 지식인은 진리와 정의를 주관하는 자로서 불리며, 그 권위를 인정받아왔습니다. 사람들은 보편적 진리의 대변인으로서 지식인에게 귀 기울였고, 지식인은 모든 사람의 의식과 양심의 지표로 간주되었습니다.

　그러나 오늘날 지식인은 이제 더 이상 이러한 역할을 요구받지 않습니다. 지식인은 '보편', '모범', '모든 이들을 위한 진리와 정의'의 자격으로서가 아니라, 그들의 직업적인 근로조건 또는 삶의 조건이 처한 구체적인 장에서 일하는 것에 익숙해졌습니다. 이를 통하여 그들은 더욱 생생한 현실의식을 얻게 되었고, 구체적이고 '비보편적인' 문제들에 직면하게 되었습니다. 이에 우리는 1920년대 현진건의 작품에 드러나고 있는 식민지 지식인의 갈등과 고뇌의 원인을 고전적 지식인의 개념에서 살펴보고, 현대사회에서 지식인은 누구이며, 이들의 역할은 무엇인지 생각해보고자 합니다.

2. 논술문제

다음 제시문을 읽고 (가)와 (나)에서 주인공 '나'가 갈등하고 좌절하고 있는 이유를 (다)와 관련지어 설명하고, 현대사회에서의 지식인은 누구이며, 이들의 역할은 무엇인지 자신의 견해를 논술하시오.

(가) T는 촌수가 가까운 까닭인지 자주 우리를 방문하였다. 그는 성실하고 공순하여 소소한 소사(小事)에 슬퍼하고 기뻐하는 인물이었다. 동년배인 우리들은 늘 친척간에 비꼿거리가 되었었다. 그리고 나의 평판이 항상 좋지 못했다.

"T는 돈을 알고 위인이 진실해서 그에는 돈푼이나 모일 것이야! 그러나 K(나의 이름)는 아무짝에도 못쓸 놈이야. 그 잘난 언문 섞어서 무어라고 끄적거려놓고 제 주제에 무슨 조선에 유명한 문학가가 된다니!

시러베아들놈!"

이것이 그네들의 평판이었다. 내가 문학인지 무엇인지 하는 소리가 까닭 없이 그네들의 비위에 틀린 것이다. 더군다나 나는 그네들의 생일이나 혹은 대사 때에 돈 한 푼 이렇다는 일이 없고, T는 소위 착실히 돈벌이를 해가지고 국수 밥소라나 보조를 하는 까닭이다.

—현진건, 「빈처」 중에서

(나) "옳지, 누가 나에게 술을 권했단 말이오? 내가 술이 먹고 싶어서 먹었단 말이오?"

"자시고 싶어 잡수신 건 아니지요. 누가 당신께 약주를 권하는지 내가 알아낼까요? 저…… 첫째는 화증이 술을 권하고, 둘째는 하이칼라가 약주를 권하지요."

아내는 살짝 웃는다. 내가 어지간히 알아맞혔지요, 하는 모양이었다. 남편은 고소(苦笑)한다.

"틀렸소, 잘못 알았소. 화증이 술을 권하는 것도 아니고, 하이칼라가 술을 권하는 것도 아니오. 나에게 술을 권하는 것은 따로 있어.

(중략)

이 조선 사회란 것이 내게 술을 권한다오. 알았소? 팔자가 좋아서 조선에 태어났지, 딴 나라에 났더라면 술이나 얻어먹을 수 있나……."

(중략)

사회란 무엇인가? 아내는 또 알 수가 없었다. 어찌하였든 딴 나라에는 없고 조선에만 있는 요릿집 이름이거니 한다. (중략)

"저 우리 조선 사람으로 성립된 이 사회란 것이 내게 술을 아니 못 먹게 한단 말이오. ……어째 그렇소? ……또 내가 설명을 해드리지. 여기 회(會)를 하나 꾸민다 합시다. 거기 모이는 사람놈치고 처음은 민족을 위하느니 사회를 위하느니 그러는데, 제 목숨을 바쳐도 아깝지 않느니 아니하는 놈이 하나도 없어. 하다가 단 이틀도 못 되어, 단 이틀이 못 되어……"

한층 소리를 높이며 손가락을 하나씩 둘씩 꼽으며,

"되지 못한 명예 싸움, 쓸데없는 지위 다툼질, 내가 옳으니 네가 그르니, 내 권리가 많으니 네 권리가 적으니…… 밤낮으로 서로 찢고 뜯고 하지. 그러니 무슨 일이 되겠소. 회뿐이 아니라 회사이고 조합이고 …… 우리 조선놈들이 조직한 사회는 다 그 조각이지. 이런 사회에서 무슨 일을 한단 말이오. 하려는 놈이 어리석은 놈이야. 적이 정신이 바로 박힌 놈은 피를 토하고 죽을 수밖에 없지. 그렇지 않으면 술밖에 먹을 게 도무지 없지."

—현진건, 「술 권하는 사회」 중에서

(다) 20세기 중반 서구의 근대적 지식인의 상징으로 간주되었던 사르트르는 지식인을 자신 및 사회 속의 지배 이데올로기와 실제적인 진리 사이의 대립을 인식하는 전문가라고 정의하였다.

첫째, 지식인은 전문가로부터 나온다.[1]

둘째, 지식인은 보편주의적인 지식 및 기술의 추구와 지배계급이 요구하는 당파적 이해 관심 사이의 모순을 경험한다.

---

[1] 그가 의미한 전문가에는 학자, 엔지니어, 의사, 변호사 등이 속한다.

셋째, 지식인은 소외계급으로부터 나올 수 없다. 그리고 그들은 보편 주의와 당파주의 간의 모순 때문에 소외계급의 보편화 운동에 참여하 지만, 비록 소외계급을 위한 이론가가 될 수는 있어도 이들의 유기적 지식인이 될 수는 없다.

사르트르가 말하는 지식인의 궁극적인 목표인 보편주의의 추구는 구체적인 상황으로부터, 그리고 노동계급이라는 특정한 계급의 관점 으로부터 시작된다. 지식인이 노동계급의 편에 서야 한다는 관점에서 출발하기 때문에 지식인은 근본적으로 불안정한 존재이다. 또한 지배 계급뿐 아니라 노동계급으로부터도 의심을 받는 처지에 있으며, 그들 이 가진 객관적 지성 때문에 그들의 바람과는 달리 노동자들의 관점에 온전히 동조하지 못한다. 사르트르는 소외계급에게 필요힌 '계급의 식'을 일깨우는 역할이 지식인에게 주어져 있음을 지적함으로써 계몽 적 지식인상을 분명히 하고 있다.

— 강수택, 『한국사회학』 중에서

3. 논술의 길잡이

(1) 주제 설명

사회에서 지식인의 역할과 기능

'지식인(intellectuals)' 이라는 말은 19세기 말 프랑스에서 드레퓌스 사건[2] 의 진행 과정에서 등장했습니다. 지식인들의 등장은 자기 정체성을 파악하려는 지적인 관심을 넘어, 사회적 위기 상황에서 지식인의 역할에 대한 현실적 요구와 지식인 스스로의 책임의식의 산물이었습니다. 당시의 고전적 지식인은 사회 전체의 고민과 대결해 그 해결 전망을 제시해야 한다는 보편적 지식인의 역할이 강조되었으나, 오늘날에는 지식이 더욱 분화되고 전문화되면서 특정한 계층이나 집단의 이익을 대변하는 기능적인 지식인의 역할이 강조되고 있습니다. 이에 현진건의 자전적인 작품을 통해 봉건주의사회에서 자본주의사회로 넘어오는 1920년대 일제 식민기에 우리나라 지식인들이 겪어야만 했던 혼란과 갈등, 방황의 문제를 고찰해보고, 당시와 오늘날의 지식인에 대한 개념과 이들의 역할에 대해 생각해보고자 합니다.

1920년대의 지식인

1920년대 지식인들은 타고나면서 갖게 되는 생득적 지위가 아니라 교육으로 계층을 획득하고자 합니다. 이는 그 사회가 권력이나 힘보다는 기능에 의해 분화된다는 것을 의미합니다. 하지만 교육으로 지위 상승을 하고자 하는 지식인들의 기대치는 이들을 수용하지 못하는 식민사회라는 특수성으로 인해 상대적 소외를 겪게 하고, 더 큰 좌절의 굴레 속으로 빠져들게 합니다.

그들은 사각모에 망토를 둘러쓴 모습만으로도 선민의식을 가질 수 있

---

[2] 드레퓌스 사건 1894년 10월 프랑스 육군 참모본부에 근무하던 유대계 포병대위 A. 드레퓌스 (Dreyfus Alfred, 1859~1935)가 독일대사관에 군사정보를 팔았다는 혐의로 체포되었는데 그가 무죄였다는 확증을 얻었는데도 군 수뇌부가 진상을 은폐하려 했던 사건.

었지만, 식민지 관료가 되거나 학교 선생으로 남지 못하면 대개는 고등실업자가 돼버렸습니다. 또한 방구들을 짊어지고 하릴없이 신문이나 뒤적이는 것이 일이었으며, 자연 퇴영적이고 나태한 사고로 하루하루를 보낼 뿐이었습니다. 고등실업자의 숫자가 늘어나면서 '룸펜(lumpen)'이라는 말이 하나의 유행어처럼 번졌고, 스스로를 멋스럽게 룸펜이라고 부르는 치도 늘었습니다. 룸펜이란 말은 독일어에서 누더기, 넝마란 뜻으로 제정 러시아 시대의 서구파 자유주의자들을 이르는 말인데 지적 노동에 종사하는 지식계급을 의미하며, 이들의 본질적인 속성은 반항과 불안, 무기력 등이었습니다.

초기의 계몽적 지식인이 가지고 있었던 선지자로서의 역할은 1920년대에 들어와 정치적·사회적 문제에 관심을 가지는 인텔리겐치의 의미로 바뀌었습니다. 근대를 추구하는 이들 지식인들에게는 그것이 민족적 실력양성론이었든지, 친일적 실력양성론이었든지, 교육과 계몽을 통해 민족의 힘을 키우고자 하는 민족주의자로서의 지식인의 자부심이 있었습니다. 그리고 한편으로는 사회진화론에 근거하여 일본 제국주의를 받아들이고 서구문화를 수용하지 않으면 안 되는 민족적 열등감이 동시에 존재하기도 했습니다. 이렇듯 1920년대 일제시대의 지식인들은 자신을 짓누르는 봉건적 삶과 근대화된 자신의 의식과의 괴리를 가장 먼저 체험했던 이들이라고 할 수 있습니다.

현대사회의 지식인

현대사회가 점차 분화되고 발전되면서 지식인의 의미와 역할도 바뀌고 있습니다. 과거의 고전적 지식인은 특정한 계층이나 집단보다 사회 전체의 이익을 대변하는 보편적 집단의 성격을 지녔습니다. 인간 본성에 대해 성찰하고 이를 토대로 사회가 나아가야 할 전체적 방향을 제시하거나 새로운 가능성을 탐색하는 것이 지식인의 주요 과제였습니다. 그러나 근래 지식이 더욱 분화되고 전문화되면서 지식인의 역할은 특정 기능이나 기술에 대한 전문성에 그 초점이 맞춰지고 있습니다.

최근 정부가 추진하고 있는 '신(新)지식인' 정책이 보여주듯 인문학적 지식보다 부가가치를 창출할 수 있는 전문적 지식 혹은 기능에 더 많은 비중을 두고 있는 실정입니다. 그래서 이들은 가족, 주택, 보건, 남녀관계 등 일상생활에 얽혀 있는 문제들에 관여하지 않을 수 없게 되었으며, 심한 경우 지배권력의 기초를 탄탄히 하는 데에 전문적인 지식이 적극적으로 활용되는 경우가 늘어나고 있습니다. 오늘날의 핵과학자, 유전공학자, 자료처리 전문가, 약물학자와 같은 구체적 지식인은 싫든 좋든 막중한 정치적 책임을 가져야 더불어 이들의 사회에서의 역할 또한 더욱 중요한 자리를 차지하고 있습니다.

지식인 담론―근대적 지식인론 / 탈근대적 지식인론

서구 지식인들은 1968년 그들의 고전적 지식인관에 커다란 충격을 받게 됩니다. 사르트르는 1970년 한 인터뷰에서 옛 관념을 갖고 1968년 5월혁명[3]을 파악하려 했던 지식인 집단의 실패를 지적하였습니다. 이런 맥락에서 그는 5월 혁명 이전의 지식인 집단에 대한 희망을 포기하

---

3) 5월혁명 1968년 5월, 파리 학생들의 카르체 라탄에서의 바리케이드 점거 투쟁을 계기로 프랑스 전국을 휩쓴 1천만 노동자의 공장 점거 총파업을 말한다. 5월혁명의 결과 대학 교육의 대중화, 성의 혁명을 통한 여권의 성장, 엘리트 문화의 대중화라는 성과를 얻게 된다.

는 대신 1968년의 주역인 젊은 세대에 대한 희망을 나타냈습니다. 그럼에도 불구하고 그는 고전적 지식인으로서 이들 젊은 지식인들이 새로운 사명을 위해서 대중이 이 순간 원하는 보편성을 파악하는 것이 중요하다는 점을 강조했습니다.

반면에 푸코는 5월혁명을 통해서 대중이 지식 획득을 위해서 더 이상 지식인을 필요로 하지 않는다는 점을 지식인 스스로 깨달아야 하며, 대중들은 자신들의 대변자로서의 지식인은 더 이상 필요하지 않게 되었다고 주장합니다. 왜냐하면, 어떤 낭만적 환상도 갖지 않는 대중이 지식인보다 사태를 더 정확하게 파악할 수 있으며, 자신들의 뜻을 더 잘 표현할 수 있음을 깨닫게 되었기 때문입니다.

그리고 푸코는 지식의 보편성을 주구하며 사회의 대변사 억할을 추구해온 고전적 지식인을 보편적 지식인이라고 규정한 후, 이를 대체할 새로운 지식인상으로서 특수적 지식인을 제시하였습니다.[4] 특수적 지식인은 자신의 삶이나 노동과 관련되는 주택, 가족, 병원, 실험실, 대학 등 특수한 부문에서 활동하는 지식인을 말합니다. 이들 새로운 지식인은 과학기술의 발전과 함께, 특히 1960년경부터 그 중요성이 크게 증대되고 있습니다.

(2) 작품과 연결 짓기

현진건의 자전적 소설에 등장하는 지식인들은 모두 신분상승과 개인적인 출세를 목적으로 유학을 갔다 온 젊은이들입니다. 「빈처」의 '나'

---

[4] 푸코는 지식인을 '자신의 지식, 능력, 그리고 진리에 대한 관계를 정치적 투쟁의 장에서 활용하는 사람'이라는 정치적 의미로 이해한다고 밝혔다.

는 조혼해야 할 가정형편 때문에 학업을 중도에 그만두고 돌아와 글 쓰는 일로 사회적인 출세를 도모하며, 「술 권하는 사회」의 '남편'은 중학 졸업 후 결혼하고 동경유학을 마치고 돌아와, 하고자 하던 일에 실패하고 술로 세월을 보냅니다. 이들이 일본 유학을 간 목적은 공부를 함으로써 사회적 지위 상승을 도모하기 위해서였습니다. 이것은 소설의 주인공에 관한 문제일 뿐 아니라 그 시대의 일반적 현상이었습니다.

글 (가)에서는 '나'를 통해, 입신출세주의와 물질주의라고 하는 사회적 가치를 거부했기 때문에 경제적 빈궁과 함께 정신적 고뇌를 치러야 하는 1920년대 지식인의 한 전형을 보여주고 있습니다. 또 '나'와 대비되는 다른 부류의 지식인인 은행원 'T'를 통해서 그러한 사회 속에서도 시대 상황과 마찰 없이 개인의 재질을 수단껏 발휘하여 적응하며 살아가는 물질적 가치 지향형의 인물을 보여줍니다.

글 (나)에서는 '남편'을 통해 당대 지식인이 식민지 현실을 어떻게 파악하고, 무엇을 고민했으며, 그 의미는 어떤 것인가를 「빈처」보다 한 층 밀도 있게 전개해나가고 있습니다. 지식인이 울분을 삼켜야 하는 이유를 일제에 나라를 빼앗긴 분노, 독립운동이나 사회개혁운동에 능동적으로 대처하지 못하는 분열상과 무력감으로 분석하고 있습니다. 또한 식민지 상황이라는 여건에서 현실을 도피하고 역사를 관조할 수밖에 없는 상황으로 말미암아, 참여와 소외 사이의 갈등에서 행위의 방향을 정하지 못하고 표류하는 존재가 지식인임을 보여줍니다.

글 (다)는 장 폴 사르트르의 『지식인을 위한 변명』이라는 글을 인용하며, 고전적 지식인의 의미를 정리하고 있습니다. 제시문에서 저자는 지식인이 특정 집단이나 계층의 이해관계를 떠나 사회 전체의 고민과 대결해 그 해결 전망을 제시해야 한다는 사르트르의 '보편적 지식인'에 대한 개념을 설명하고 있습니다. 그리고 지식인이 소외계급의 보편화 운동에 참여하지만 이론가일 뿐, 지배계급뿐만 아니라 노동계급에 의해서도 의심을 받는 불안정한 존재라고 말합니다.

4. 예시 답안

1920년대의 지식인들은 일제 강점기라는 불리한 조건에서 서구화와 정신적·물질적 궁핍이라는 이질적인 경험을 동시에 해야 했다. 현진건의 작품에서는 식민지라는 닫힌 사회에서 좌절, 실의, 자학, 고민, 갈등을 겪어야 했던 당대 지식인들의 삶의 양상이 식민지 현실과의 대응에서 패배하고, 사회에 대한 부적응과 고립감, 그리고 소외의식을 가진 인물들을 통해 형상화되어 있다. 글 (가)와 (나)의 제시문에 나오는 주인공 '나'와 '남편'이 이러한 1920년대 지식인으로서 고뇌하고 방황하는 이유를 글 (다)에 제시되어 있는 보편적 지식인의 관점에서 살펴보고, 이를 바탕으로 현대사회에서 강조되고 있는 기능적 지식인이란 누구이며, 현대사회에서 지식인의 사회적 역할과 기능은 무엇인지 논의하고자 한다.

글 (가)에서 지식인인 '나'는 문학을 불신하는 물질적 가치 지향의 현실 속에서 문학을 함으로써 지식인의 사명을 다한다고 여기며, 나아가 문학을 통해 사회적·경제적 상승까지도 달성하고자 한다. 그러나 현실은 그를 인정하지 않으며, 그가 최고의 가치를 두고 있는 예술이 한낱 무능의 상징으로만 평가된다. 그는 이러한 현실에 대해 초연한 태도를 취하지 못하고, 현실 속에 내재하고 있는 모순과 갈등을 파고들어 비판하는 지식인의 사명을 망각한 채 자신이 사회로부터 인정받지 못하는 것만을 토로함으로써 지식인의 소외와 무력감을 보여주고 있다. 글 (다)의 보편적 지식인의 관점에서 주인공 '나'는 분명 입신출세주의와 물질주의라는 사회의 지배 이데올로기에 대립되어 있지만, 사회 전체의 고민과 대결해 이를 해결하려는 사회적 의식을 갖고 못하고 개인적 차원의 고민에만 머물러 있다. 또 주인공 '나'는 봉건주의에서 자본주의로 이행하는 사회에 대한 문제의식을 갖고 있긴 하지만, 이를 소외계급의 보편화 운동에까지는 확장시키지 못한다. 오히려 그는 무능력한 지식인으로 가족과 사회로부터 소외되고 있으며, 신분과 지위 향상을 꿈꾸기도 하는 등 당시의 사회적 분위기에 편승하고 있는 모습도 보인다.

반면에 글 (나)에서의 '남편'의 고민은 개인적인 입신이나 출세욕을 품고 있는 「빈처」의 '나'보다 한발 더 나아가 사회적인 문제로까지 확대되고 있다. 그는 조국으로 돌아와 조국의 상황에 대한 책임의식을 갖고 무언가 이루려고 하지만, 일제에 나라를 빼앗긴 분노, 독립운동이나 사회개혁운동에 능동적으로 대처하지 못하는 지식인들의 분열상과 무력감으로 고뇌한다. 그는 식민지라는 여건에서 현실을 도피하고 역사를 관조할 수밖에 없는 상황으로 말미암아, 행위의 방향을 정하지 못하고 술로 도피하는 지식인상을 보이고 있다. 글 (다)의 보편적 지식인의 관점에서 분명 '남편'은 유학을 다녀온 전문가로서 소외된 계층에 속해 있지 않으며, 자신이 유학에서 배운 보편적인 지식과 당시 식민사회 사이의 모순을 경험하고 있다. 또한 사회에 대한 문제의식을 가지고 있으며, 이를 해결하기 위한 보편화 운동에 참여하고 있다. 그러나 지식인들 사이의 분열과 식민사회에 대한 무력감으로 인해 고뇌하고 이를 술로 풀고 있다. 또한 '남편'이 '아내'에게 느끼는 의사소통의 괴리감은 민중과 노동계급으로부터 인정받지 못하고 있는 지식인의 모습을 보여주며, 그 또한 민중으로 대변되는 '아내'를 온전히 이해하지 못하고 있다. 우리는 아내에게 토로하는 '남편'의 대화를 통해 글 (다)에서 제시하고 있는 보편적 지식인의 전형적인 모습과 한계를 엿볼 수 있다.

이와 같이 글 (가)와 (나)는 봉건사회에서 근대사회로 이행하는 식민사회의 지식인의 모습을 보여주고 있다. 이들은 보편적인 시식인의 입장에서 사회문제에 아파하기도 하고, 개인적인 입장에서 근대사회에서 자신들의 신분상승과 출세를 꿈꾸기도 한다. 글 (다)에 제시된 것처럼 과거, 보편적 지식인은 '보편', '모범', '모든 이들을 위한 진리와 정의'의 자격으로서 소외계층을 대변해왔고, 계몽적인 지식인으로서의 자리를 차지해왔다. 그러나 현대사회에서는 최근 정부가 추진했던 '신(新)지식인' 정책이 의미하듯 인문학적 지식보다 부가가치를 창출할 수 있는 전문적 지식이나 기능의 비중이 더 커지고 있으며, 지식이 분화되고 전문화되면서 지식인의 개념이 변화하고 있는 실정이다. 이렇게 빌 게이츠나 안철수와 같이 전문적인 지식이나 기술을 가지고 있는 현대사회의 지식인을 기능적 지식인이라고 한다. 그러나 기술적인 측면만을 강조할 경우 지식인들의 역할은 도구나 수단으로서 존재할 뿐 전체적인 통찰과 안목을 바탕으로 하는 예언자적인 전망을 기대하기는 어렵게 된다. 그러므로 지식인은 전문적 지식만을 다루는 전문가의 역할을 넘어 이를 바탕으로 규범적인 판단까지 수행할 수 있어야 한다. 이런 의미에서 현대사회의 지식인들에게는 보편적 지식인들이 보여줬던 현실에 대한 비판적인 태도와 미래에 대한 전망, 그리고 실천력이 무엇보다도 필요하다. 지식인이 자신의 양심을 잃지 않으면서 보편적인 규범을 바탕으로 비판적인 태도를 견지할 때 우리 사회는 올바른 방향감각을 유지하면서 더욱 건강한 사회로 나아가리라 생각한다.

열림원 논술한국문학 03

운수 좋은 날

초판 1쇄 발행 2006년 11월 13일
초판 5쇄 발행 2024년 09월 01일

지은이 현진건
펴낸이 정중모
펴낸곳 도서출판 열림원
출판등록 1980년 5월 19일(제406-2000-000204호)
주소 경기도 파주시 회동길 152
전화 031-955-0700
팩스 031-955-0661
홈페이지 www.yolimwon.com
이메일 editor@yolimwon.com
인스타그램 @yolimwon

ⓒ 열림원, 2006

ISBN 978-89-7063-513-2 04810
ISBN 978-89-7063-510-1 (세트)

* 책값은 뒤표지에 있습니다.